은퇴한 당신,
남미로 떠나라
———
넥타이
풀Go
배낭메Go
남미로
Go!

넥타이 풀Go 배낭 메Go 남미로 Go!

초판인쇄	2020년 01월 06일
초판발행	2020년 01월 10일

지은이	임광민
발행인	조현수
펴낸곳	도서출판 프로방스
마케팅	이동호
IT 마케팅	신성웅
디자인 디렉터	오종국 Design CREO

ADD	경기도 고양시 일산동구 백석2동 1301-2
	넥스빌오피스텔 704호
전화	031-925-5366~7
팩스	031-925-5368
이메일	provence70@naver.com
등록번호	제2016-000126호
등록	2016년 06월 23일
ISBN	979-11-6480-027-8-03810

정가 17,800원

은퇴한 당신,
남미로 떠나라

넥타이
풀Go
배낭메Go
남미로
Go!

PERU

BOLIVIA

BRAZIL

CHILE

PATAGONIA

임광민 지음

ARGENTNA

P 프로방스

41일간의 남미 여행 경로

페루
IN
리마
마추픽추
파라카스/이카
쿠스코
푸노
나스카
라파스
볼리비아
우유니
산페드로데아타카마(칼리마)
칠레
산티아고
아르헨티나
바릴로체
푸에르토몬트
엘찰텐
엘칼라파테
푸에르토나탈레스
우수아이아
브라질
포스두이과수
푸에르토이과수
리우데자네이루
OUT
부에노스아이레스

·········▶ 항공
────▶ 육로

이 책을 통해 더 멋지고
더 즐겁게 남미를 다녀오시는 분들이
많아졌으면 좋겠다.

누구나 다 은퇴를 한다.
먼저 은퇴한 선배의 한 사람으로서
이 글이 앞으로 은퇴할 후배들에게
새로운 여행의 디딤돌이 되었으면 한다.
그저 먼 그림으로 생각했던 남미가
나도 가 봐야지 하는 구체적인 희망 여행지로
자리 매김 했으면 하는 바람이다.

"홀로 떠난 배낭여행"

나는 내가 젊다고 생각했다. 여전히 패기 넘치고 자신만만하고….

그래서 여행을 떠났다. 넥타이를 풀고(Go), 배낭을 메고(Go), 남미로, Go!

직장 생활 30년. 은퇴하였다. 한국 사회에서 어느 날 예고 없이 쫓겨나듯 등 떠밀려 은퇴하지 않고 정년까지 근무하다 은퇴할 수 있는 것은 하나의 복이다. 또한 은퇴가 예정되어 있으니 은퇴 후의 삶을 어떻게 살아야 할지에 대한 고민을 미리 해 볼 수 있는 것도 큰 장점이다.

사람들에게 은퇴하고 제일 하고 싶어 하는 것이 무엇인가 물어본다면 단연 〈여행〉을 손꼽는다. 그런데, 선배들의 은퇴 후 모습을 보니 여행을 갈망하면서도 쉽게 여행을 떠나지 못하고 있었다. 기껏해야 패키지여행을 한두 번 다녀오는 것으로 그렇게 갈망했던 여행의 막을 내리고 만다. 똑같이 은퇴하였지만 새로운 여행을 시도하고 싶었다. 그래서 덜컥, 남미 배낭여행을 결정했다.

은퇴하고 호기롭게 세계를 돌아다니겠노라고 큰소리를 쳤다. 그렇게 세계 일주를 해야겠다고 마음먹고 나니 제일 먼저 남미가 눈에 들어왔다. 그렇지…. 남미를 다녀오자. 폼 나게 배낭을 메고. 남미 여행은 기본적으로 최소 30일 이상의 긴 여행 기간이 필요하다. 워낙 대륙이 크고 넓어 비행기로 이동을 해도 상당한 시간이 소요되기 때문이다. 앞으로 남은 내 인생에서 가장 젊을 때 다녀오는 것이 유리할 것이라는 판단도 한몫하였다. 여행지를 남미로 결정한 후 먼저 여행 일정을 짜기 위해 남미 관련 수많은 책과 블로그의 글들을 읽기 시작했다. 그런데 나에게 도움이 되는 나침반으로 삼을 만한 것들이 별로 없었다. 대부분 젊은 친구들의 패기 넘치는 여행기들로 그들은 스마트폰 앱을 잘 다루고 인터넷도 능수능란하다. 게다가 영어는 기본이고 스페인어도 능통한 젊은이들이 많았다. 스페인어는 커녕 영어도 제대로 못 하고 스마트폰은 누가 도와주지 않으면 앱 설치도 어려워하는 내가 혼자 여행을 떠날 수 있을까? 그것도 배낭을 메고? 그 크고 넓은 남미대륙을? 한 번도 홀로 여행을 떠나 본 적이 없다는 사실을 깨닫는 순간 혼자 남미를 다녀오겠다고 큰소리쳤던 게 급 후회가 된다. 남들처럼 그냥 패키지로 다녀올 걸 괜한 잘난척은 해서…. 여행에 대한 불안감이 커질수록 더욱 자료에 집착하게된다. 남미의 나라별 항공편과 호텔 등을 검색하고 일정을 어떻게짜야 좋을지 인터넷 웹사이트를 서핑하며 그야말로 기나긴 시간을자료 탐색에 몰두했다.

남미와 관련된 많은 책과 여행기를 읽어보았지만 대부분 아주 장기간(적어도 90일 이상) 여행이었다. 또한 나라별로 공부하고 알아볼것들이 너무 많아 어느 나라로 들어가서 어느 나라로 나와야 할지에대한 in, out 기점을 잡는 것에 많은 시간이 소요되었다. 그러다 보니 도대체 며칠간을 여행 기간으로 삼아야 할지에 대한 것조차 감이잡히지 않았다. 그렇게 갈피를 못 잡던 중 여행 관련 사이트에서 아주 좋은 정보를 얻을 수 있었다. 나처럼 여행 스케줄을 스스로 짜기힘들어하는 사람들을 위해 스케줄을 대신 짜주는 전문 여행사가 있다는 사실이었다. 이런 여행사들 덕분에 나이 많은 여성분들도 위험하다고 소문난 남미를 혼자 다녀올 수 있게 되었다. 여행사가 짜놓은 스케줄에 자신의 일정을 맞추어 출발하게 되면 호텔과 Local 비행기 등은 예약을 해 주고 나머지 현지에서의 일정은 혼자 계획하고 진행하는 세미 배낭인 셈이다.

남미! 갓 메이드God made라는 말이 오롯이 어울리는 곳.

죽기 전에 꼭 가봐야 한다는 말이 실감 나는 곳!

홀로 여행 떠나기를 두려워하는 이들에게 내가 먼저 다녀온 남미 41일간의 여행 일정을 소개한다. 올곧게 30년 직장 생활만 해 왔던 세상 물정 모르는 나도 다녀왔으니 당신도 다녀올 수 있다. 은퇴 후 활력 넘치는 새로운 도전을 지금부터 꿈꾸어 보자.

2020년 1월 새아침에

저자 **임광민**

"마치 내가 함께 여행하고 있는 듯한
착각에 빠졌습니다"

살아가면서 마음먹은 것을 그대로 실천해 내기란 여간 어려운 일이 아닙니다. 은퇴라는 단어는 그 실천을 주저하게 만들기도 하지요. 하지만 저자 임 광민 군에게는 은퇴라는 단어가 축복이라는 단어로 환치換置되는 느낌입니다.

은퇴하면 세계를 돌아다니겠노라고 큰소리치더니 떠난 줄도 몰랐는데 훌쩍 남미를 다녀왔습니다. 밴드를 통해 올려 진 그의 남미 여행 이야기는 정기 구독자가 생길 정도로 중독성이 강했습니다. 50 넘어 배낭을 메고 좌충우돌하는 고생담을 읽고 있노라면 나도 모르게 꼼짝없이 빠져들게 하는 묘한 매력이 있습니다. 마치 내가 함께 여행하고 있는 듯한 착각에 빠졌습니다. "혼자 읽기 아깝다. 책을 한 번 내어보지?"라고 농을 던졌더니, 글쎄 불쑥 일을 저질러 버립니다. 번뜩이는 재치와 뚝심 있게 밀어붙이는 추진력은 여전합니다.

저 역시 출장 때문에 여러 나라를 다녔지만 구석구석 제대로 된 개인적인 여행은 해 보지 못했습니다. 그래서 남의 여행 글 읽는 것을 좋아합니다. 여행 경험을 얻을 수 있기 때문입니다. 저자의 글을 따라 여행을 하다 보면 어느새 남미는 꼭 가보아야 하는 버킷리스트가 되어 있을 겁니다. 정말 티티카카 호수가 눈물이 나도록 아름다운지, 남미를 간다면 나는 남미의 어느 곳에서 눈물이 날지 궁금해집니다. 남미의 경치뿐만 아니라 경치 속에 감추어진 남미의 역사를 되돌아보게 하는 시각도 날카롭습니다.

은퇴 후 이렇게 멋지게 여행을 다니는 그가 부럽습니다. 임 광민 군의 넘치는 에너지와 은행 지점장을 통하여 얻은 경험과 지식, 뜨거운 열정이 어우러져 이 책의 깊이와 넓이를 더 풍성하게 만들었습니다.

그의 세계 여행 도전은 지금도 진행형입니다. 다음 여행에서는 어떤 이야기를 들려줄지 기대가 됩니다.

저자는 어렵고 힘들다는 남미를 혼자서도 얼마든지 다녀올 수 있다고 합니다. 한 살이라도 젊을 때 남미로 떠나라고 권합니다. God made가 무엇인지 느껴보라고…….

더 늦기 전에 나도 어디론가 훌쩍 떠나고 싶습니다

2020년 1월

전 과학기술정보통신부장관 유 영 민

"남미의 숨은 매력을 구석구석 자세히 소개하고 있어"

가장 멋진 질문을 하는 지점장!

만날 때마다 언제나 신선한 질문을 하던 임 광민 지점장을 나는 참 좋아했습니다.

햇병아리 책임자 시절부터 열정적으로 일하던 그 모습은 지점장이 되어서도 여전했습니다.

신문칼럼도 쓰고 라디오 방송을 3년간 진행할 만큼 다재다능하다는 사실은 익히 알고 있었지만 여행 다녀온 이야기를 이렇게 재미나게 풀어내는 글솜씨가 있는 줄은 미처 몰랐습니다.

보내준 원고를 한달음에 읽었습니다.

원래 책 읽기를 즐기지만, 이 여행기는 빨려가듯이 읽었습니다.

마치 내가 함께 여행하고 있는 듯한 느낌이 들었습니다.

업무상 남미의 여러 곳을 다녀보아 낯설지는 않았지만 내가 보지 못한 남미의 숨은 매력을 구석구석 다니며 소개하고 있어 기회가 되면 꼭 남미를 제대로 보고 싶다는 생각이 듭니다.

50 넘어 배낭 메고 좌충우돌하는 임 광민 전 지점장의 모습을 보면서 지점장 시절의 에너지를 그대로 보는 것 같아 읽는 내내 행복했습니다.

은퇴 후 자신의 새로운 삶을 씩씩하게 살아가는 임 전 지점장의 모습은 후배 지점장들에게도 좋은 Role 모델이 될 듯합니다.

여행은 직장인들의 손꼽히는 로망 중 하나입니다.

그동안 남미는 혼자 가기 어려운 곳, 위험한 곳으로만 알고 있었는데 임 전 지점장의 여행기를 통해 혼자서도 쉽게 떠날 수 있는 곳임을 새롭게 알게 되었습니다.

혹 여행을 계획하고 있다면 이 책을 통해 멀게만 느껴졌던 남미 여행을 꿈꾸어 보기를 추천합니다.

2020년 1월

하나금융지주 회장 김 정 태

Contents | 차례

PART 01

내 심장 소리에 잠 못드는 밤

PART 02

BOLIVIA
볼리비아

내 인생 최고의 샷

CHILE
칠레

PART 03

네루다를 만나다

PART 04

PATAGONIA
파타고니아

동화 속 도시 엘 칼라파테

PART 05

ARGENT
아르헨티나

여인의 향기 가득한 탱고

BRAZIL
브라질

PART 06

잊지 못할 리우 항의 석양

PART 01

PERU

페루 🇵🇪

내 심장 소리에 잠 못드는 밤

배낭을 메고 활짝 웃고 있다. 걷기 전이라. 그런데
집 밖을 나서면서부터 허리가 얼마나 중요한 부위(?)
인지 온몸으로 느낄 수 있었다.

PERU
페루

01

내 생애 첫 남미 도시, 리마

여행 01일 차

드디어 남미로 출발하는 전날, 잠을 이룰 수가 없었다. 설레어서? 천만의 말씀! 일단 '악' 소리가 날 만큼 허리가 아프다. 그전부터 허리가 조금씩 아팠었는데 여행을 한 달여 앞두고는 세수하고 허리를 펼 때 아파서 일어설 수가 없다. 앉았다가 일어서거나 급하게 방향 전환을 하려 하면 악! 하고 자지러진다. 이런 날벼락! 그냥 여행도 아니고 배낭을 메고 다니는 여행인데…. 걱정스러운 마음에 병원에 가서 CT를 찍었더니 척추분리증이란다. 나이 들어 생기는…. 남미를 배낭 메고 40여 일을 다녀야 한다고 하니 끌끌…하고 의사가 혀를 찬다. 최대한 허리 사용을 자제해야 한다고 고개를 절레절레 흔든다. 일단 출발 전까지 진통주사를 맞으며 허리 근육을 강화하는 운동을 해서 달래는 수밖에 없단다. 한 달 가까이 침도 맞고 통증클리닉도 다녔지만 별 차도가 없었다. 어제 배낭을 다 싸고 폼 잡느라 한번 메어보는데도 악 소리가 났다. 이런 상태로 내가 과연 40일 넘는 기간을 배낭 메고 다닐 수 있을까?

배낭을 꾸리면서 한숨부터 나왔다. 배낭을 무겁게 하면 다니는데 힘들까 봐 최대한 무게를 줄이기로 했다. 필수로 챙겨야 하는 물건을 먼저 챙기다 보니 입을 옷조차 여유 있게 챙기지 못했다. 가이드북도 스캔해서 스마트폰에 저장했다. 책의 무게도 무게지만 어차피 노안이라 작은 글씨는 보기 어려우니 스마트폰에 저장해 두고 확대해 보는 것이 좋을 것으로 판단하였다(나름 머리를 써서 선택한 것인데 이것이 최악의 결정이 될 줄이야!). 막상 짐을 다 꾸리고 나니 챙긴 것은 별로 없는데 무게는 상당하다. 이걸 메고 40여 일을 돌아다녀야 해?

아침 일찍 집을 나섰다. 불안해하는 아내의 걱정을 뒤로하고…. 배낭을 메고 낑낑대며 KTX 타고 서울역까지 그리고 다시 인천공항으로. 서울역에서 짐을 미리 부치려 했는데 미국행은 보안검색 때문에 공항에서 직접 부쳐야 한다. 혼자 하는 여행이다 보니 일단 화장실을 갈 때도 온갖 짐을 다 들고 들어가야 했다. 사소한 것 하나를 질문하러 담당자에게 다가가야 할 때도 어김없이 모든 짐을 들고 메고 다녀야 했다. 매번 무거운 배낭을 들었다 놨다 하는 것이 허리까지 아픈 나에게 여간 고역이 아니었다. 내가 그때 왜 배낭을 메려고 했었는지 지금도 알 수가 없다. 결코 낭만이 아니거늘….

공항에 도착해 짐을 다 부치고 나니 그제야 긴장이 풀린다. 인천에서 미국 댈러스까지 13시간, 댈러스에서 6시간 대기했다가 다시 페루의 수도 리마까지 7시간. 비행하는 시간만 20시간이 넘는다. 인천에서 오후 5시 35분에 출발하여 페루의 리마Lima에 다음날 새벽 5시에 도착했다. 태어나서 처음으로 딛는 남아메리카의 땅. 새벽이라 그런지 공항이 조용하다. 멀리 보이는 광고탑의 익숙한 LG 로고가 반가웠다. 반가움도 잠시 힘들고 지친다. 역시 남미 여행은 시작부터 만만치 않다.

낯선 땅에서
마주한 반가운 로고.
남미에서도 LG의
위력은 여전하다.
(리마 공항에서)

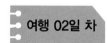
남미 여행은 와! 라는 감탄사에서 시작해서 와!
와! 와! 와! 로 거듭되는 감탄사로 끝난다.

죽기 전에 남미를 꼭 가봐야 한다는 말을 왜 하는지 남미를 가보면 절실하게 느낄 수 있다. 유럽은 오랫동안 다녀 보면 다 비슷비슷해서 어딘가 눈에 확 띄지 않으면 눈길이 잘 가지 않는 경우도 많다. 그런데 남미는 다르다. 다니는 곳마다 늘 새로운 감동으로 다가온다. 그래서 유럽은 Man - made, 남미는 God - made 라고 한다.

새벽 5시 도착해서 예약된 호텔로 택시를 타고 이동, 제대로 쉬지도 못하고 샤워 후 곧장 도시 투어에 나선다. 생체리듬은 한국 새벽 시간인데 전투적으로 도시 투어를 나섰다. 페루의 수도 리마는 구시가지와 신시가지로 나뉘는데 구시가지는 대통령궁을 비롯한 전통적인 시설들이 많고 신시가지는 복합 쇼핑몰 등이 화려하게 건설된 우리네 강남 같은 곳이다. 구시가지는 치안이 불안하여 대통령 궁을 비롯한 관광 지역에만 다닐 수 있고 그 지역을 벗어나면 소매치기 등 범죄의 표적이 되기 쉽다. 호텔에서 나와 조금 걸어가니 탁 트인 광장이 보인다. 아르마스 광장Plaza de Armas이다. 구시가지 중심이어서인지 관광객들이 매우 많다. 대통령 궁이 있어서 그런가? 경찰들도 곳곳에 배치되어 있다. 관광객 입장에선 경찰이 많으면 안심이 된다. 스페인 정복자들의 지배를 받은 곳이라면 어김없이 존재하는 아르마스 광장. 말 그대로 '무기 광장'인데, 통제를 원활하게 하기 위해 주요 행정관청과 성당 등 식민 지배의 핵심 기능 시설들을 광장을 중심으로 배치하였고 그 주변으로 다른 시설들이 확장되면서 도시가 형성되었다. 페루를 정복한 피사로Francisco Pizarro가 설립한 리마 역시 아르마스 광장을 중심으로 대통령 궁과 대성당, 시청 등이 마주 서 있어 식민지 시대의 페루 모습을 그대로 보여주고 있다. 잉카 문명을 보고 싶어 먼 길을 왔는데 정작 보고 싶은 것은 볼 수가 없고 죄다 스페인풍의 건물만 보인다. 광장에 들어서니 제일 먼저 리마 대성당La Catedral de Lima 이 눈에 들어온다. 페루에서 가장 오래된 대성당으로 정복자 피사로가 초석을 놓았다는데 아이러니하게 도 피사로의 유해가 성당 안에 안치되어 있다. 잉카 문명을 멸망시킨 침략자가 페루의 심장에 잠들어 있다니….

아르마스 광장

리마대성당

남미는 스페인의 영향으로 모든 도시에 아르마스 광장이 있고 아르마스 광장을 중심으로 주요 상권들이 형성되어 있다.

　오늘은 운이 좋은 날이다. 오늘은 리마의 날이라고 하여 아르마스 광장에서 각 부족이 전통복장을 하고 장기자랑을 비롯한 시가행진이 있었다. 요즘 젊은이들 말대로 대박 사건이다. 내용은 잘 모르지만 이런 행사를 볼 수 있어 신이 나고 흥겨운 리듬에 어깨가 절로 들썩인다. 사진을 함께 찍자고 하니 우르르 몰려와 같이 찍어 준다. 페루사람들, 아니 남미사람들은 우리처럼 정이 많고 흥이 넘친다.

넥타이 풀Go 배낭 메Go 남미로 Go!

사랑이 넘치는
사랑의 공원

택시를 타고 이번엔 신시가지 미라플로레스Miraflores로 갔다. 미라플로레스에는 페루에서 가장 현대적인 쇼핑몰인 라르코마르Larcomar가 있다. 택시 기사에게 딱 한 마디, 라르코마르라고 말하니 단박에 알아듣는다. 태평양 바다를 마주한 이 쇼핑몰을 중심으로 수려한 해안절벽을 따라 화려한 리조트와 호텔 등 각종 편의 시설이 들어서 있다. 따라서 우리네 시각에서는 깎아지른 절벽 해안을 제외하곤 그다지 볼만한 것은 없어 보인다. 남들은 탄성을 지르는 해안 절경조차 바다와 함께 자라온 부산 사나이의 마음을 녹여내진 못한다. 그래도 가이드북에 나와 있는 주요 포인트를 방문해보려고 애를 쓴다. 사랑의 공원, 케네디 공원, 음악 분수대 등등. 날씨는 덥고 제대로 볼 것은 없고 잠도 못 자고…. 평소 잘 걷지 않다가 걸으니 탈진 상태다. 그냥 숙소에 일찍 들어가 쉬고 싶은 생각이 간절하다.

신시가지 해안 절경. 바다에 관한 한 부산 사나이는 별로 감흥이 없다.

페루에 오면 반드시 먹어봐야 하는
음료가 있다. 바로 잉카 콜라. 페루의 자존심.
맛은 한국에서의 환타 맛이다.
잉카 콜라는 잉카문명을 이용한 토종 콜라로
이 음료 때문에 과거에 코카콜라가 맥을 못 추었던
시절도 있었다고 한다. 비록 지금은
코카콜라가 지분 49%를 갖고 있다고 한다

   페루 사람들은 동양인들에게 아주 친절하다. 같이 사진 찍자고 하면 우르르 몰려와 아주 흔쾌히 사진을 찍어준다. 마치 과거 우리네가 서양인을 만나면 이유도 없이 친절해지듯.

아래의 사진도 그냥 내 독사진을 찍어 달라고 부탁한 건데 꼬레아!! 라고 외치며 주변 친구들까지 와다닥 달려들어 함께 사진을 찍게 되었다. 처음엔 동양인에 대한 친절과 호기심으로 알았으나 남미 구석구석 한류열풍이 얼마나 커다란 위력을 발휘하고 있는지 체험할 수 있었다.

페루 사람들은 동양인들에게 아주 친절하다. 사진 찍자고 하면 아주 흔쾌히 사진을 찍어준다.

페루 택시는 미터기가 없다. 그러다 보니 택시를 타려면 무조건 흥정을 해야 한다. 택시를 타기 전에 목적지를 말한 후 흔히 말하는 밀당(밀고 당기기)을 해야 한다. 구시가지 대통령궁 앞에서 택시를 잡으니 단박에 40달러를 부른다. 내가 가이드북에 나와 있는 대로 15솔(₩4,875 정도, 1솔=325원)을 부르니 정부 공식 가격이라고 아예 가격이

인쇄된 가격표를 보여주는데 진짜 40달러로 되어있다. 40솔도 아니고 40달러. 우리 돈 4만 원이 넘는다. 어디나 바가지는 존재하는 법. 결국 조금 걸어 나와 중심에서 약간 벗어난 곳에서 택시를 잡고 흥정을 하니 30솔에서 20솔, 주거니 받거니, 옳지, 흥정이 된다. 몇 대의 택시를 그렇게 보낸 후 마침내 15솔에 오케이. 나중에 알게 된 사실이었지만 15솔에 오케이가 된 택시들은 하나같이 낡은 고물차였다. 외관상 조금이라도 나아 보이는 택시들은 여지없이 20솔 이하로는 흥정조차 되지 않았다. 그 사실을 알고 난 후론 택시 가격 흥정 시간이 현격히 단축되었다.

01 │ 한번 흥정 완료된 금액은 변동되지 않는다. 돌아오는 택시도 15솔에 흥정했는데 기사가 구시가지 지리를 잘 몰라 한참을 뺑뺑 돌았다. 우리나라 택시라면 추가 요금을 더 요구할 법했지만 페루에선 전혀 그런 게 없다.

02 │ 신시가지 미라플로레스에 패러글라이딩 하는 곳이 있다. 구시가지 관광을 마다하고 신시가지로 먼저 달려간 이유도 패러글라이딩 때문이었다. 하늘에서 태평양 바다 위를 내려다보며 날아보고 싶다는 욕심도 욕심이지만 무엇보다 가격이 무척 매력적이었다. 무려 한국의 절반 가격! 그런데…, 그날따라 바람이 전혀 불지 않아 개점 휴업 상태였다. 무작정 바람 불기만을 기다릴 수도 없어 그냥 돌아올 수밖에 없었다. 그렇게 남미는 Extreme Sport를 좋아하는 나에게 첫 번째 아픔을 남겨주었다.

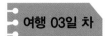

리마에서는 여러 가지로 운이 좋은 편이었다. 어제는 리마의 날이라고 각 부족의 다양한 전통복장과 춤을 볼 수 있었는데 오늘은 페루에서 가장 큰 리마 대성당에서 열리는 사순절 행사를 바로 눈앞에서 보는 행운을 얻었다.

처음엔 어느 유명한 사람의 장례행렬인 줄 알았다. 관을 멘 사람들의 표정이 어두웠고 분위기는 한없이 엄숙했다. 뒤따르는 몇몇 여인들의 눈에서는 눈물까지 볼 수 있었으니까. 자세히 보니 부활절을 앞둔 가톨릭교의 사순절 행사였다. 성당 뒤쪽에서 예수의 관이 천천히 성당 입구를 향하고 반대편인 성당 앞쪽에서는 성모 마리아의 형상이 마중을 나오고 있었다. 관 무게가 상당한 듯 여러 사람이 교대로 메고 간다. 두 행렬이 만나 성당 안으로 들어가며 행사는 끝이 났다. 행렬의 뒤를 따르는 브라스 밴드의 연주가 한없이 슬프기만 했다.

사순절 행사 _ 성당 뒤쪽에서 예수의 관리 천천히 성당 입구를 향하고 반대편이 성당 앞쪽에서는 성모 마리아의 형상이 마중 나오고 있었다.

슬프게 연주하는 밴드의 모습을 사진 찍다가 빵 터지고 말았다. 악보를 앞사람 등에 붙여 놓은 까닭에 앞사람 걸음이 빨라지거나 방향이 바뀌면 뒷사람이 죽을힘 다해 빠른 걸음으로 쫓아가려고 뒤뚱거리는 모습이 마치 디즈니 영화의 도널드 덕 가족들을 보는 것 같아 웃음이 나왔다. 대통령 궁의 근위병 교대식도 보고 가이드북에 나와 있는 유명 관광지 몇 군데를 돌고 나니 벌써 점심시간이다. 아침을 빵 2개로 때운 탓에 점심은 근사한 곳에서 제대로 된 한 끼를 먹고 싶었다. 이곳저곳 기웃거리다 한곳을 들어갔는데 종업원이 뭐라고 하는지 도무지 알아들을 수가 없었다. 영어로 얘기를 해도 스페인어로만 답을 한다. 다행히 사진 메뉴가 있어 맛있어 보이는 메뉴 사진을 골랐다.

Caldo de Gallina

우리나라 닭칼국수와 비슷하다. 가성비가 최고다. 메뉴에는 9솔로 되어 있는데 거스름돈을 받고 보니 4솔 값이다(1솔 = 대략 325원). 한화로 1,300원 정도? 와우?! 계산 잘못한 것이 아니냐고 물었지만 맞는다고 한다. 같은 곳에서 먹었던 누구는 9솔로 되어 있는데 10솔을 받더라는데? 나중에 물어보니 그땐 할머니가, 나는 손녀가 계산했다. 누구의 계산이 맞는 건지 아직도 궁금하다.

점심을 먹고 나니 오후 2시. 피스코Pisco로 출발한다. 리마에서 피스코까지는 버스로 3시간 걸린다. 차창 밖으로 멀리 산들이 보인다. 시내에 있는 바위산으로 경사가 가파르다. 가파른 절벽 사이사이로 전형적인 빈민촌이 보인다. 가이드북에 나와 있는 절대로 가서는 안 되는 우범지역, 리막 강Rio Limac 건너편. 빈민가인 저곳은 리마에서 범죄율이 제일 높다. 저곳에 사는 주민과 동행하지 않으면 페루 사람도 위험하다고 한다. 화려한 아르마스 광장을 조금만 벗어나도 저런 곳에 사람이 살 수 있겠냐는 생각이 들 만큼 열악한 곳이 많았다.

도로변의 집들은 아주 양호한 편이고 저 멀리 산 밑의 집들은 우리네 힘들었던 시절의 달동네를 연상케 한다. 어디나 사람 살아가는 곳엔 그늘이 있다.

늦은 시각. 피스코에 도착했다. 저녁도 안 먹고 계속 돌아다녔던 터라 허기가 진다. 호스텔에 짐을 풀고 먹을 곳을 찾기 위해 밤거리를 나선다. 작은 시골 마을이라 조금만 벗어나도 칠흑같이 어둡다. 그래도 역시 아르마스 광장 주변은 붐빈다. 적당한 식당을 골라 들어가 주문을 한다. 나는 짧은 영어로, 종업원은 스페인어로. 그래도 소통에 문제는 없다.

페루는 사진의 메뉴들이 주류를 이룬다. 1인분을 시켜도 양이 너무 많다. 가격이 너무 저렴해서 더 많은 종류의 음식을 주문해서 경험하고 싶었지만 혼자 하는 여행이라 꾹 참고 포기했다. 대신 메뉴 하나만 시켜야 했기 때문에 매번 신중하게 고민하며 주문해야 했다.

어젯밤에는 시차 적응 문제없이 꿀잠을 잤는데 오늘은 영 아니다. 여행할 때는 잠을 잘 자는 것이 제일 중요한데….

02

나도 할 수 있어! 샌드 보딩

여행 04일 차 아침 일찍 눈을 떴다. 누구나 알아주는 아침형 인간인데 해외라고 별반 다르지 않다. 새벽같이 일어나 조식이 나오길 한참을 기다렸다. 조식이 포함되어 있지 않은 숙소라 조식을 먹으려면 전날 미리 주문해야 한다. 달걀 프라이가 있으면 12솔 없으면 10솔. 작은 바게트 두 개와 주스 한 잔, 커피 한 잔이 전부다. 리마의 4솔짜리 〈칼도 데 칼리나〉가 생각난다. 채워지지 않는 허기를 달래기 위해 빵을 더 달라고 했더니 추가 계산을 하란다. 무료로 추가해 주는 우리나라 인심이 최고다 최고!

새들의 천국이라는 갈라파고스Galapagos는 에콰도르Ecuador에 있다. 에콰도르 해안에서도 1,000km나 떨어져 있는 갈라파고스에 가기도 쉽지 않지만, 입장하기란 더 어렵다. 환경보호 차원에서 입장을 통제하고 있어 출입절차가 몹시 엄격하고 비용도 어마 무시하게 비싸다. 피스코에는 작은 갈라파고스라는 바예스타 섬Isla Ballesta 이 있다. '가난한 자의 갈라파고스'라는 애칭으로 불리는 이곳 바예스타 군도는 갈라파고스만큼은 아니겠지만 백 개가 넘는 무인도로 이루어져 있고 푸른 발 부비새, 펠리컨, 가마우지, 훔볼트 펭귄 등 진귀한 바닷새가 60여만 종에 이른다. 〈모든 새들은 페루에 와서 죽는다〉는 말이 있을 만큼 이곳은 새와 물개가 많기로 유명하다. 가성비 대비 볼 것도 많은 나름 괜찮은 투어라는 가이드북 안내에 갈라파고스를 가는 마음으로 기대에 부풀었다. 하늘은 높고 맑으며 바다는 잔잔하다.

그런데…, 오늘은 바람이 불어서 배가 뜨질 않는단다. 파도가 심해서. 내가 보기엔 이렇게 잔잔한데? 나를 비롯해 투어를 신청한 모든 관광객이 난처한 기색이다. 이미 투어 비용을 지불했는데…. 대안으로 근처 파라카스Paracas 해상공원 투어를 하거나 아니면 환불받고 돌아가는 버스가 올 때까지 3시간을 기다려야 한단다. 울며 겨자 먹는 기분으로 해상투어를 갔다.

바예스타 섬으로 출발하는 선착장과 해안 풍경_ 해안선의 굴곡이나 바위의 규모 등 우리의 자연환경과 사뭇 다르다.

 파라카스는 '모래바람' 이라는 뜻으로 세계 최대 야생 조류들의 서식지로 유명하단다. 아직 페루의 자연을 제대로 보지 못했지만, 페루의 바다는 우리와 스케일이 다르다. 페루 가이드가 독특한 스페인 억양의 영어로 설명을 해주는데 당최 알아들을 수가 없다. 피스코 자연 공부는 뒤로 한 채 투어에 앞서거니 뒤서거니 자주 마주치는 미인들에게 더 눈길이 간다.

남미를 자전거로 투어 하는 세르비아 미녀.

투어 객들의 시선을 한 몸에 받았던 두 여인 젊음이 참 좋다. 부럽다. 탱크톱에 눈이 멀어 어디서 왔는지 묻지 못했다.

　　투어를 마치고 이카Ica로 간다, 이카에는 와카치나Huacachina 오아시스 마을이 있다. 사방이 사막으로 둘러싸여 있는 마을. 그 사막 한가운데 있는 오아시스 마을이다. 마을에 도착하니 디즈니 만화영화에서나 익숙하게 보았던 오아시스가 정말 있다. 어떻게 이런 호수가 생겼을까? 오아시스를 둘러싸고 마을이 형성되어 있다. 이곳은 사방의 사막을 관광자원으로 삼아 버기카 투어와 샌드 보딩, 그리고 사막에서 바라보는 일몰이 유명하다.

와카치나 오아시스 마을 _ 저 사막 언덕 너머에서 소설 연금술사의 양치기 소년 '산티아고' 를 만날 것만 같다.

오아시스를 한 바퀴 둘러보는 동안 마주치는 사람들은 대부분 한 국인이었다. TV 프로그램 '꽃보다 청춘'에서 이곳 버기카 투어를 한 까닭에 와카치나 오아시스 마을은 이미 한국에서 유명하다. 남미 를 여행하는 한국 사람들에게 이곳은 반드시 찍고 지나가야 하는 성 지로 바뀌었다(페루에서 '꽃보다 청춘'의 영향력은 생각보다 아주 막강했다. '꽃보다 청춘'이 다녀간 곳마다 한국인으로 바글바글했다).

버기카는 차체에 철판이 없고 뼈대만 있는 사막용 차량이다.
사막의 모래언덕을 따라 오르내릴 때에 롤러코스터 타는 것처럼 짜릿하다.

버기카 투어에서 '악' 소리 나는 최악의 상황에 부닥쳤다. 버기카 투어는 버기카를 타고 사막 꼭대기를 올라가 샌드 보딩을 타고 내려오며 사막의 일몰을 감상하는 일정이다. 투어에 합류한 일행에 젊은 연인들이 많다. 운전하는 친구도 신이 났는지 나름대로 서비스를 제공한다고 버기카를 아주 거칠게 몬다. 이곳 사막은 오르내림이 심한 작은 언덕들로 이어져 있는데 오르막을 올랐다가 내려갈 때는 마치 롤러코스터를 타는 듯하다. 제트스키를 타고 물 위에 붕 떠 있다가 아래로 내리꽂히는 것처럼 충격 그 자체이다. 타자마자 '악' 소리를 지른다. 여행을 앞둔 한 달 내내 침 맞고, 주사 맞으며 허리 운동도 하고 비행기에서도 제대로 앉지 못하고 이리 뒤틀, 저리 뒤틀 끙끙대며 갖은 고생으로 달래어 온 허리가 단 한 번의 거친 낙하로 결판이 난 것이다. 젊은 남녀들은 신이 나서 즐거움의 비명을 지를 때, 나는 엉덩이를 최대한 의자로부터 띄워 위에서 아래로 내리꽂히는 충격을 어떻게든 최소화하려고 그들과는 전혀 다른 비명을 질러대었다.

이런 울퉁불퉁한 언덕들을 롤러코스터 타듯...에고 내 허리...

이런 된장, 여행의 낭만은 무슨!!! 그렇게 긴 고통의 시간이 지나고 드디어 사막 제일 높은 봉우리로 올랐다. 남들과 다른 비명을 지르며 표정이 어두웠던 나를 알아본 투어 운전하는 친구가 샌드 보딩을 할 수 있겠냐고 물어본다. 여기까지 어떻게 올라온 건데. 아파도 기를 쓰고 샌드 보딩을 한다. 버기카 지붕에도 올라가 사진도 찍고….

아~ 사막…. 허리는 아프지만 태어나서 처음 보는 사막의 장엄함에 보는 눈이 즐겁다. 동계올림픽 스켈레톤처럼 엎드려 위에서 아래로 보드를 탄다. 머리부터 내려가는 아찔한 공포에 다들 선두에 서기를 두려워한다. 이 정도쯤이야. ROTC 장교 출신으로 레펠도 탔는데. 자신감 있게 선두에 선다. 보드 위에 몸을 맡기니 타자마자 중력에 의해 사정없이 내려간다. 근데 막상 타보니 별거 아니다. 더구나 스켈레톤과 달리 무거울수록 멀리 가는 것이 아니라 가벼울수록 멀리 간다. 모래 위에서는 가벼운 사람이 마찰력을 줄이기 때문이다. 다들 '이 정도였어?' 하는 표정이다. 버기카를 타고 다른 장소로 이동한다. 차가 멈추는 곳을 보니 우와~ 아까 탄 곳은 그야말로 연습 라인이다. 후들후들~ 경사가 장난 아니다. 옆에서 잡아주지 않으면 그냥 끝까지 내달려지는 각도다. 버기카 가이드의 목소리가 아까보다 더 커지며 긴장감이 묻어있다.

남들은 쉽게 올라가는 버기카 지붕을 나는 쩔쩔매며 올라갔다. 허리가 아파 도저히 혼자 오를 수 없어 주변 젊은이들의 도움을 받았다. 이런 굴욕적인 사진을 공개하는 이유는 더 나이 들기 전에 열심히 다녀야 한다는 사실을 온몸으로 알리고자 함이다.

"다리 펄리고, 파꿈치 너코, 고깨 뜰코" 동승했던 외국인 가족들이 어눌한 가이드의 한국말을 되받아 흉내 내어 주변이 순식간에 웃음 바다가 된다. 앞에서 말했듯이 '꽃보다 청춘' 이라는 TV 프로에서 이곳이 소개된 후 한국 관광객들이 어마어마하게 늘었단다.

사진에서는 느껴지지 않지만 보이는 것보다 경사가 훨씬 가파르다. 경사가 가파를수록 더 짜릿하다.

스릴을 맛본 사람들에게 경사는 더 이상 걸림돌이 아니다. 2~3번 의 샌드 보딩이 끝날 즈음 뉘엿뉘엿 해가 넘어간다. 내가 탄 차의 기 사가 막내인지 사용했던 도구 등 마지막까지 뒷정리를 마치고 제일 늦게 일몰 포인트에 도착했다. 아뿔싸, 해가 벌써 다 넘어가버렸다. 석양의 오렌지빛 은근함이 오아시스 주변을 따뜻하게 감싸 안는다.

사막 위에서 오아시스를 내려다보니, 마치 내가 코엘료Coelho의 『연금술사』에 나오는 산티아고가 된 듯하다.

　이카의 사막을 뒤로하고 내일 새벽 경비행기를 타기 위해 나스카Nazca로 향한다. 앞으로 3시간을 더 달려야 한다. 물로 여러 번 행구었는데도 입안에 모래가 씹힌다. 저녁 10시가 되어서야 겨우 나스카에 도착했다. 모래 범벅의 몸을 씻으려니 배가 고프다. 지친 일정에 그냥 굶고 잘까 하다가 배가 고프면 더 잠이 오지 않을 것 같아 거리로 나섰다. 늦은 시간이라 문 열린 곳이 없다. 그나마 술집 비슷한 곳이 눈에 띈다. 마침 샌드위치를 판다. 배는 고픈데 서비스는 더디고…. 우리나라 빨리빨리 문화에 익숙한 것도 있겠지만 해도 해도 너무한다. 샌드위치를 하나 주문했는데 나오는 데 1시간이 걸렸다. 무슨 일이 있었냐고? 페루에서는 주문한 순서대로 음식이 나오는 것이 아니라 TO GO(take out) 고객 우선이란다. 이 말을 믿어야 하나?

03

나스카 라인, 그대는 아름다워

여행 05일 차   우려했던 대로 새벽 2시에 눈이 떠졌다. 아직 시
차에 적응하지 못하고 있다. 어제 늦은 저녁으로
샌드위치를 먹고 잠자리에 든 시각이 12시 30분. 2시간도 채 못 잔
셈이다. 한국시간으론 오후 4시. 밤사이에 전화도 많이 걸려와 있고
여행 안부를 묻는 카톡과 문자도 많이 와 있다. 억지로 누워 있어도
다시 잠들기는 틀렸다. 룸 안에선 와이파이가 터지지 않아 새벽 한
밤중에 숙소 로비로 나와 열정적인(?) 답장을 보낸다. 탱크톱을 입은
미녀와 세르비아 미녀 사진을 보냈더니 다들 부러워(남자들만) 숨넘어
간다. 그렇게 긴긴밤을 보내고 새벽 5시, 나스카 라인Nazca Lines을
보기 위해 경비행장으로 간다.

영원히 풀리지 않는 수수께끼 지상화로 유명한 나스카. 나스카에

는 엄청난 길이의 기하학적인 선에서부터 동물이나 사람을 형상화한 그림까지 수많은 종류의 지상화가 있다. 원숭이, 도마뱀, 고래, 거미, 우주인 등의 형상을 그린 그림들의 규모가 워낙 커 지상에서는 어떤 모양인지 전혀 몰랐다가 비행기를 타고 하늘에서 내려 보아서야 그 실체를 알게 되었다는 나스카 라인. 이 지상화가 오랜 세월 동안에도 보존될 수 있었던 이유는 1년 내내 비가 오지 않는 극도로 메마른 사막이면서 바람이 많이 부는 기후 덕분이란다. 비가 오지 않아 선이 보존되었고 쌓이는 모래를 바람이 불어 날려버렸다고 한다. 누가? 왜? 이런 기하학적인 그림을 그렸을까? 어릴 적 '어깨동무', '새소년' 등에서 사진으로만 보았던 것들을 직접 내 눈으로 볼 수 있다는 생각에 여느 관광과는 달리 묘하게 설렌다. 나스카 라인을 제대로 보려면 경비행기를 타야만 하는데 막상 도착해선 탈까 말까를 망설였다. 인터넷 검색을 통해 얻은 정보 대부분이 '기대만큼 잘 안 보여서 실망스럽다'였기 때문이다. 망설임은 그리 오래 걸리지 않았다. 내가 가진 결론으로 단칼에 망설임을 끝장내었다. 지금까지 살아오면서 '한 일에 대한 후회'보다는 '하지 않은 일에 대한 후회'가 훨씬 더 크다는 사실을 익히 경험한 까닭이다. 여행하다 보면 비용 문제로 갈등하는 경우가 자주 있다. 그것이 예상치 못한 지출을 초래하게 될 경우엔 더더욱 선택을 망설이게 된다. 〈하고 싶은 것은 하자, 같은 여행지를 두 번 오는 경우는 극히 드물다. 혹 다음에 와서 하려면 이 비용이 또 든다. 지금 하는 것이 오히려 더 저렴

하다. 지금 하지 않으면 평생 못하게 되고 못 한 것에 대한 후회가
더 크다〉. 여행하면서 선택의 갈림길에 서게 될 때마다 내가 스스로
내리는 프레임이다. 의외로 이 프레임의 효과를 톡톡히 본다. 비행
장에 도착하니 하늘이 찌푸려져 있고 곧 비가 올 듯한 느낌이다. 이
번만은 내 프레임이 틀린 게 아닐까? 괜한 고집으로 돈만 날리는 게
아닌지 걱정이 살짝 들었다. 경비행기 투어는 US80+공항세 30sol,
여권과 보안 검색을 마쳤는데 특이하게 몸무게를 잰다. 소지한 모든
것을 소지한 채로. 경비행기라 좌우 균형을 맞추기 위해서란다. 기

대(?)와는 달리 내가 1번으로 호출되어 조종석 바로 뒷자리를 배정받는 행운을 누렸다. 그게 왜 행운이냐고? 그 자리가 가장 잘 보이는 곳이라서? 그건 일단 비밀이다.

출발 전 짧은 브리핑을 한다. 이 친구 영어는 제법 알아들을 만하다. 알고 보니 페루인이 아닌 호주에서 왔단다. 주요 내용은 이렇다. 오른쪽 왼쪽 골고루 보여 줄 테니 혼자 보겠다고 한쪽으로 쏠리지 말라는 주문이다. 두둥, 비행기가 떠올랐다. 탑승자는 나를 포함해 모두 8명. 맨 앞자리에 조종사와 설명 가이드, 뒤에 6자리는 관광객. 시끄러운 엔진 소리와 함께 가이드의 자세한 설명이 시작된다. 하늘 위에서 내려다보이는 나스카 라인이 그야말로 환상적이다. 인터넷에서 검색했던 정보와는 달리 아주 선명하게 잘 보인다. 조종사는 같은 위치에서 오른쪽 왼쪽을 번갈아 보여주고 해설 가이드도 똑같은 설명을 2번 되풀이해 준다(당연하게도 2번째가 훨씬 잘 들린다). 아주 꼼꼼하게. 투자한 돈이 아깝지 않다. 잘 안 보여서 실망스러우니 차라리 타지 않는 게 좋다고? 그런 낮은 기대를 하고 있어서인지 아주 만족도가 높았다.

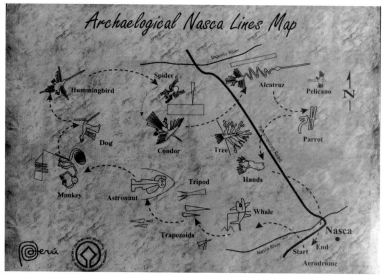

나스카 라인 지도.

가장 하이라이트는 돌아오는 비행에서 발생했다. 해설하던 친구가 뒤돌아보며 Are you want a activity? 라고 묻는다. 모두 OK! 라고 했더니 싱긋 웃는다. 순간 기수가 하늘로 치솟는다. 공중에서 360도 도는 묘기를 부리나 보다 하고 본능적으로 손잡이를 단단히 잡았다. 근데, 아뿔싸, 주님, 예수님, 하나님, 비행기가 갑자기 아래로 뚝 떨어진다. 마치 추락하듯이…. 내 앞쪽 의자 등받이에 꽂혀 있던 팸플릿들이 마치 우주선의 무중력상태에서 유영하듯 날아오른다. 내 몸도 허공으로 치솟았다가 뚝 떨어졌다. 스릴이 장난 아니다. 허리만 아프지 않았더라면 'one more!' 라고 외치고 싶었다. 허리는 괜찮았냐고? 워낙 스릴을 격하게 느껴서인지 당시에는 전혀 몰랐다. 나중에 뒷사람들의 말이 내 몸이 갑자기 붕 떠서 더 놀랐다고 한다. 가장 스릴을 크게 느낄 수 있는 자리. 앞서 말한 조종석 바로 뒷자리의 행운의 비밀이다.

돌아가는 길에 나스카 전망대를 들렀다. 전망대에서는 나스카 라인 중 일부분만 볼 수 있다.

새벽같이 경비행기를 탔으니 다시 리마로 돌아가야 한다. 리마에서 쿠스코Cusco로 가는 비행기를 타야 하기 때문이다. 이틀에 걸쳐 달려온 거리를 하루 만에 다시 돌아가야 한다. 소요 예상 시간은 7~8시간. 중간에 점심 먹을 시간도 없어 도시락을 스스로 준비해야 한다. 근처 슈퍼에 들러 잉카 콜라와 햄버거를 포장했다.

나스카의 고등학생들.

페루엔 우리나라 티코 같은 경차가 많다. 정면에 보이는 레스토랑이 어제 주문한 지 1시간 만에 샌드위치를 먹은 곳이다.

그로부터 8시간 후 다시 리마로 돌아왔다. 지겨운 버스 시간…. 이건 시작에 불과하다. 앞으로 짧게는 10시간, 17시간, 심지어 25~6시간 버스를 타야 하는 일정도 잔뜩 기다리고 있다. 서둘러 저녁을 먹으러 나간다. 내일 일정이 쿠스코라는 고산지역이라 충분히 쉬어야 한다. 영양보충을 위해 간만에 가장 비싼 요리를 시켰다. 꾸이Cuy요리. 음식 가격이 보통 10~30솔인데 꾸이는 자그마치 60솔(약 2만 원 정도)이다. 꾸이는 기니피그라는 대형 설치류이다. 쉬운 말로 '큰 쥐'다. 잉카 시대 부터 전해 내려오는 전통음식으로 남미지역의 대표 단백질 공급원이었다고 한다. 음식이 나왔는데 "헉"! 진짜 큰 쥐 한 마리가 통째로 올라와 있다. 도저히 먹을 수 없을 것만 같았는데 껍질부터 맛을 보니 제법 맛이 있다. 보기에는 혐오스럽지만, 겉이 아주 바싹하고 닭고기 맛이 난다. 외국인들이 한국에서 가장 먹기 힘들어한다는 '산 낙지'를 대하는 느낌도 이렇지 않을까? 하는 생각이 들었다.

다양한 형태의 꾸이요리 _ 페루의 작은 인디오 마을을 들렀을 땐 길거리 음식으로 이보다 더 혐오스러운 모습의 꾸이를 많이 볼 수 있었다. 우리에겐 혐오스러운 모습이지만 현지인들에겐 먹음직스러운 음식 재료일 뿐... 여행은 다양한 관점으로 상대방의 문화를 보게 하는 열린 마음을 갖게 하는 것 같다.

실제로 사육하고 있는 꾸이의 모습.

혐오스러웠지만 맛있는 꾸이를 먹고 포만감 가득한 배를 소화시킬 겸 아르마스 광장을 빙 돌아 숙소로 돌아간다. 아르마스 광장은 낮보다 밤이 더 아름답다. 주변 건물들의 조명이 화려하다. 밤 9시가 조금 지난 시각인데 리마의 명동이라고 불리는 라 우니온 거리Jiron de La Union의 불빛이 하나둘씩 꺼지고 있다. 대신 순찰 도는 경찰들의 모습이 더 늘어났다. 날카로운 눈매의 경찰견도 곳곳에 눈에 띈다. 경찰들의 등장으로 아르마스 광장엔 적막이 흐른다. 광장 주변을 돌아다니던 관광객도 점점 사라지고 광장엔 그나마 남아있는 불빛들만이 화려하게 빛난다. 누가 뭐라고 하지는 않았지만 더 이상 배회해서는 안 될 것 같다는 생각이 든다. 갑자기 숨이 막혀

리마 대성당(야간) _ 아르마스 광장은 낮보다 야경이 더 멋있다.

날카로운 눈매의 경찰견
관광객을 위한 치안이라기엔
너무 살벌한 느낌이 들었다.

온다. 통행금지는 없지만 통행금지가 느껴진다. 12시 통행금지가 있
었던 1970년대 우리나라가 불현듯 생각난다.

PERU
페루

04

내 심장 소리에 잠 못 드는 밤

여행 06일 차

오늘은 쿠스코Cusco 가는 날. 고산증세가 없어야 할 텐데…. 걱정이 앞선다.

누구보다 건강은 자신 있었지만, 허리 부상에다 여행 출발 전 황열병 예방주사를 맞은 후 꼬박 1주일을 앓아 누웠던 터라 매사 신중하고 조심스러워졌다. 절대 무리는 하지 말아야지. 다짐에 또 다짐한다. 쿠스코까지는 국내선 비행기로 1시간 40분 남짓, 짧은 비행이다. 도착하니 자그마한 도시의 첫인상이 시골스럽고 정겹다. 이곳역시 아르마스 광장을 중심으로 주요 건물들이 들어서 있고 그 주변으로 상가들이 밀집된 전형적인 스페인풍 구조다. 도시 전체가 세계문화유산이라고 하는데 시내는 온통 붉은 기와를 얹은 스페인풍 건물만 보인다. 정복한 곳은 완전히 파괴하는 스페인의 오랜 전통이 쿠스코도 예외는 아니었던 듯하다. 쿠스코가 잉카제국의 도시였다는 사실을 알기가 어렵다. 쿠스코는 마추픽추를 다녀오면서 다시 들르는 일정이라 오늘은 가볍게 구경하는 정도로만 다니려 한다.

공항에 내리니
전형적인 쿠스코 문양이
도시 곳곳에
장식되어 있다.

아르마스 광장의 전체 모습. 대부분
스페인 풍의 건물들이다.

그래도 기본적인 것은 봐야지. 은근 또 욕심이 앞선다. 점심으로 라마 고기 스테이크를 먹고 쿠스코 구석구석을 돌아다닌다. 의외로 넘치는 볼거리에 걸음이 바빠진다. 석벽으로 둘러싸인 로레토 골목길을 들어선다. 골목길 한쪽에 사람들이 몰려있다. 잉카 시대 석조 건축의 백미라 할 수 있는 12각 돌이 어디에 있는지 궁금했는데 물어볼 필요가 없다. 너도, 나도 12각 돌 앞에서 사진을 찍느라 내가 사진 찍을 틈을 주지 않는다. 쿠스코의 모든 관광객이 이곳에만 있는 듯하다. 그만큼 유명하다는 얘기. 이 골목의 바위벽은 돌을 다루는 잉카인의 뛰어난 기술을 그대로 보여주는 상징적인 것이다. 모양이 제각각인 돌들을 깎아서 벽돌처럼 쌓아 올렸는데 돌 틈새가 종이한 장 들어가지 않을 정도로 밀착되어 있다. 접착제도 전혀 사용하지 않고. 특히 12각 돌의 경우 잉카 시대엔 철기를 사용하지 않았는데 어떻게 이 큰 바위들을 자르고 다듬어 정밀하게 맞추었는지 그기술이 아직도 밝혀지지 않고 있다고 한다. 수백 년 세월이 흐르면서 또 수많은 지진이 일어나 스페인이 세운 건물들은 모두 무너지고다시 짓기를 반복했지만, 잉카인이 쌓은 석축만은 원래 모습 그대로라 하니 신비스럽고 그 기술력이 존경스럽기까지 하다. 골목길 좌우로 늘어선 기념품 가게에서의 흥정도 재미있고 광장 끝에 있는 산페드로 전통 시장 등 구석구석을 돌아다니는데 옛 시골 장터를 다니는 것 같은 기분이라 정겹다.

로레토 골목길에 있는 12각 돌.
잉카시대의 석벽 기술이
그대로 남아 있는 골목. 서로 다른
크기의 돌들을 작은 틈새 하나 없이
엇갈려 맞추어 대지진에 무너진
스페인 시대의 건물과 달리
끄떡없는 안정성을 자랑한다.

현지인들이 이용하는 산 페드로 시장 _ 가격도 저렴하고 음식도 맛있고... 아, 또 가고 싶어라.
귀여운 알파카와 쿠스코 전통의상의 여인들 _ 사진 찍을 때마다 5솔을 줘야 한다. 멋모르고
사진 찍었다가 된통 당했다.
쿠스코의 초등학생들 _ 아이들의 웃는 모습은 보는 이를 행복하게 한다. 여행은 이런 행복을
자주만나게 하고 이 행복들이 모여서 여행자의 마음을 따뜻하게 하나보다.

　처음에는 몰랐는데 시간이 지날수록 숨이 차고 걷기가 힘들어진
다. 숨을 크게 들이마시고 내쉬고를 반복해 보지만 달라지지 않는
다. 머리가 지끈지끈 아프고 구토가 날 것 같다. 이게 고산병 증세구
나. 돌아다니는 것을 급히 중단하고 바로 숙소로 돌아와 누웠다. 숙

소가 2층이어서 1층 로비에 있는 마테차를 마시기 위해 계단을 오르내리는 것조차 숨을 헐떡이게 한다. 황열병 예방주사로 그렇게 고생을 했는데 고산병까지 겪다니. 뒤늦게 알게 된 사실이지만 쿠스코를 다녀온 대부분의 사람은 누구나 할 것 없이 고통스러운 고산병 초기 증세를 앓는다고 한다. 도시가 해발 3,300m의 고산지대에 있기 때문에 나처럼 비행기를 통해 바로 오는 경우엔 적응 시간이 부족해서 그 증상이 더 심하다. 남미 여행을 준비하면서 읽었던 수많은 책과 블로그의 정보 중에 고산병 증세 때문에 힘들었다는 언급은 별로 없었다. 그래서 나만 그런가? 생각했는데 나중에 쿠스코로 돌아오는 길에 만났던 수많은 한국인(나이와 상관없이) 대부분이 극심한 고산병 증세로 힘든 첫날을 보내었다 한다. 쿠스코를 시작으로 앞으로 약 보름 동안 고산지대가 계속되는데 고산증세는 다니는 내내 사진 찍기조차 힘들 만큼 나를 힘들게 했다. 50을 훌쩍 넘긴 나이에 남미를

마데차
고산증세 완화에
도움을 준다는 마테차.
고산지대 숙소엔
어디나 비치되어 있었는데
이미 무리한 터라
크게 도움이 되질 않았다.

여행하려 계획한다면 쿠스코 도착 첫날은 아무것도 하지 않고 쉬는 것만으로도 힘들다는 사실을 꼭 기억하시길. 그날 밤, 나는 태어나 처음으로 쿵쾅거리는 내 심장 박동 소리 때문에 쉬이 잠이 들지 못했다.

고산병 초기 증세는 머리가 아프고 속이 메슥거려 토할 것 같으며 심장이 크게 두근거린다. 비아그라, 소노체 필 등 여러 가지 약들을 추천하지만 내가 겪은 바로는 진통제인 타이레놀을 먹으면서 몸이 적응할 때까지 버텨내는 것이 최고다.

PERU
페루

05

나약한 자여, 그대 이름은 남편!

자다가 몇 번을 깨었다. 깨게 되면 쿵쾅거리는 내 심장 소리에 다시 잠들기 어렵다. 새벽 4시, 더 잠들기를 포기하고 일어나 오늘 일정에 필요할 짐을 챙긴다. 어제저녁엔 너무 아파 저녁을 먹지도 못하고 누웠는데 아침이 되어도 입맛이 없다. 타이레놀을 먹어야 했기에 할 수 없이 아침을 먹는다. 오늘은 쿠스코 주변을 돌아보고 페루 레일을 타고 마추픽추로 가는 일정이다. 여전히 머리가 아프고 속이 메스껍고 걷기가 힘들다. 쿠스코는 마추픽추를 가기 위해 반드시 들러야 하는 도시이다. 옛 잉카제국의 수도답게 주변에 잉카제국의 유적들이 많이 있는데 아르마스 광장 근처에 가면 Around Cusco를 진행하는 Local 여행사들이 많이 있다. 대부분 당일 예약이 가능하고 호텔에 문의해도 알아서 예약해준다. 쿠스코 주변엔 6개의 박물관과 10개의 유적지가 있

통합 입장권
관광지에 입장할 때마다 해당되는 곳에 펀칭을 하여 표시해준다.

는데 부분 입장권으로 구매해서 골라보는 것보다 아예 통합 입장권을 사는 것이 훨씬 저렴하다.

　쿠스코 주변의 잉카 유적지 중에서 가장 돋보이는 것이 삭사이와만Sacsayhuaman이다. 쿠스코에서 북쪽으로 3km 떨어진 산에 있는 성벽으로 퓨마의 형상으로 지어졌다는 쿠스코 전체의 모습에서 보면 삭사이와만은 퓨마의 머리에 해당한다고 한다. 그래서인지 삭사이와만에 오르니 쿠스코 시내가 한눈에 다 들어온다. 넓은 벌판에 우뚝 솟은 바윗덩이들이 층층이 쌓여있다. 높이가 18m, 성벽의 둘레가 1.1km에 달한다니 그 규모가 상당하다. 사진을 찍고 싶지만, 너무 커서 렌즈에 다 담기질 않는다. 성벽 가까이 가보니 성벽을 이루고 있는 바위 하나하나의 크기가 어마어마하다. 바위 하나가 성인 키를 훌쩍 넘는 높이에 무게가 수백 톤에 이른다고 하는데 바퀴 문명이 들어서기 전이었던 잉카 시대에 어떻게 이 크고 무거운 돌들을 이곳까지 옮겨 종이 한 장 들어갈 틈이 없는 성벽을 쌓을 수 있었는지 그 석축 기술에 다시 한번 감탄을 한다. 스페인 정복자들이 쿠스코에 건물을 짓기 위해 삭사이와만의 성벽 바위들을 가져가서 지금은 그 일부만 겨우 남아 있는데 잉카문명을 파괴한 피사로의 만행에 대해서 『무지와 편견의 세계사』를 쓴 헨드릭 빌렘 반 룬Hendrik Willem van Loon이 "개인적 차원의 잔혹함을 넘어 인류 문명에 씻을 수 없는 죄악"이라고 했듯이 현재 파괴되고 남아 있는 성벽 바위들을 보니 쿠스코를 점령했던 스페인 군대의 만행이 어떠했을지 미루어 짐작된다.

삭사이와만Sacsayhuaman _ 잉카시대 성벽. 스페인에 의해 마구 파괴되고 남은 잔해들.

삭사이와만의 예수상 _ 쿠스코를 내려다 보고 있다. 여기를 직접 가보고 싶었는데 고산증세로 걷는 것 자체가 너무 힘들어 멀리서 줌으로 당겨 찍었다. 팔레스타인들이 난민들을 받아준 감사의 표시로 설립했다고 한다. 남미에서 리우의 예수상 다음으로 크다.

탐보마차이Tambomachay _ 잉카시대 수로, 일 년 내내 일정한 양의 물이 흐른다.

투어 가이드가 쿠스코의 역사적 배경 등에 대해 열심히 설명하는데 고산증세로 몸이 힘드니까 귀에 들어오지 않는다. 물론 페루 억양의 영어라서 더 그럴 수도 있겠지만 아무튼 지금은 모든 게 다 귀찮다. 여전히 숨쉬기가 어려워 허파 가득 큰 숨을 내뱉는다.

하늘이 파랗다. 아주 맑다. 맑으니 더 푸르고 더 높다. 산들도 너무 높아서 거대하고 웅장하다는 느낌이 든다. 봄날 같은 따뜻한 날씨에 페루의 높은 하늘과 구름, 들판의 이름 모를 들꽃들을 보고 있으니 흐리멍덩했던 마음에 생기가 도는 것 같다.

삭사이와만에서 바라본 쿠스코 시내 전경 _ 바라만 봐도 참 예쁜 도시다.

쿠스코의 하늘. 정말 맑고 푸르다. 카메라의 렌즈가 자연을 다 담아내지 못한다.

제단에 흘린 제물의 피나 잉카 전통술 치차를 바위에 흘려 액체의 모양에 따라 길흉을 점쳤다는 켄코Quenqo, 붉은 요새라는 뜻의 푸카 푸카라Puca Pucara도 다녀왔지만, 일행의 뒤쪽에서 쿠스코 하늘만 쳐다보다 투어가이드의 설명을 놓쳤다. 몸이 힘드니 생각도 느낌도 단순해진다. 삭사이와만의 예수상을 뒤로하고 성스러운 계곡Valle Sagrado으로 향한다. 피삭Pisaq에서 오얀타이탐보Ollantaytambo, 아구아스칼리엔테스Aguas Calientes를 거쳐 마추픽추Machu Picchu를 넘어 아마존까지 연결되는 황톳빛 계곡을 성스러운 계곡Valle Sagrado이라 부른다. 계곡을 중심으로 형성된 잉카의 마을들은 옛날 방식 그대로 살아가며 그 마을 안에 잉카 유적지들이 자리하고 있다. 피삭에는 '작은 마추픽추'라 불리는 잉카 유적지가 있다. 차로 20분 거리에 있는데 목적지까지 차로 갈 수 없어서 가까운 곳에 내려서 걸어가야 한다. 올라가니 피삭 입구에 해발 3,800m라는 안내 표지판이 보이고 계단식 경작지를 지나 저 멀리 잉카 유적지가 보인다. 보이는 모습이 '마추픽추'를 축소한 듯하다. 그곳까지 가기엔 계단이 너무 많다. 숨이 이렇게 가쁜데 또 계단을 올라가야 해? 그냥 멀리서 바라만 보는 것으로 만족하며 발길을 돌린다.

피삭의 인디오 마을에 들른다. 이곳은 마추픽추로 가는 길목이라 모든 투어버스들이 필수 코스로 들러 관광객들이 점심도 먹고 자유롭게 마을 투어를 할 수 있게 한다. 마을에 들어서니 화려하게 수를

계단식 경작지 _ 우리나라 남해의 다랭이논이 생각난다. 지구 정반대 편에 살아도 선조들의 생활 속 지혜는 어디서나 비슷한가 보다. 멀리 '마추픽추'를 축소한 모습의 유적지가 보인다.

놓은 알록달록한 물건들이 가게 좌우로 즐비하게 늘어서 있다. 눈이 어지럽다. 남미 특유의 화려한 색상이다. 남자인 내가 봐도 황홀하고 현란한데 여자들은 오죽할까? 같은 투어버스를 탔던 여자들은 점심도 거른 채 물건들을 사느라 야단이다. 그 분위기에 휩쓸려 나도 수제 목도리를 2개나 샀다. 오랜 경험에 비추어 볼 때 아내를 위해 선물을 샀다가 칭찬을 받은 적이 거의 없는데…. 갑자기 15솔을 투자한 것에 대한 후회가 밀려온다. 색깔은 마음에 들어 할까? 염색물이 빠지는 것은 아닐까? 아…, 나약한 자여, 그대 이름은 남편!!!

태양만큼이나 강렬한 잉카의 원색들. 남자인 내가 봐도 황홀하다.

장사하는 엄마의 가게 앞에서 천진난만하게 노는 아이들의 모습. 미소가 지어지지 않고 왜 마음이 아플까?

　페루 레일Peru Rail을 타기 전 모든 여행자가 머무는 곳 오얀타이 탐보 마을. 스페인 침략 때 잉카 사람들이 이곳에서 항전하여 승리

고산병으로 제대로 걷지도 못할 만큼 힘들었는데 저 높은 정상까지 올라갔다니... 내가 대견스럽다.

정상에서 바라본 오얀타이탐보 마을.

했다고 한다. 마을 위를 막아선 거대한 성벽이 천혜의 요새처럼 느껴진다. 그런데 성벽이 아니라 잉카의 신들을 모시기 위한 성전이란다. 까마득하게 쌓아 올린 계단과 정상의 제단에 있는 거대한 돌들을 보며 다시 한번 잉카인들의 뛰어난 석조 기술에 감탄한다. 성스러운 계곡이라는 이름이 어울릴 만큼 정상에서 바라보는 마을이 아름답기만 하다.

마추픽추로 가려면 오얀타이탐보역에서 페루 레일을 타야 한다. 오얀타이탐보 마을 관광을 마치고 역으로 가니 페루 레일을 타려는 전 세계 관광객들로 붐비고 있다. 저녁을 먹기 위해 근처 길거리 식당에서 익숙한 메뉴를 시킨다. 계속된 고산병으로 뜨거운 국물이 간절하다.

Caldo de Gallina. 익숙한 메뉴라 한눈에 들어온다. 한번 먹어보았다고 자신 있게 주문했는데 역 앞이다 보니 가격이 무지하게 비싸다. 그래도 이 많은 사람 틈에 자리를 잡은 게 대견스럽다. 길거리여서인지 음식이 금방 나온다. 그런데, 내가 알고 있는 Caldo de Gallina가 아니다. 분명히 닭칼국수였는데 험악한 모양의 닭고기만 큰 조각으로 들어가 있고 국수가 하나도 없다. 스페인어로 칼국수가 뭐지? 아니 noodle을 뭐라고 하지? 영어로 이게 아니라고, 왜 noodle이 없냐고 아무리 얘기를 해도 쿠스코 아주머니는 이게 Caldo de Gallina라고 더 크게 말한다. 안 돼, 이거 취소야 취소. 자리를 박차고 나오긴 했지만, 취소 안 된다고 붙잡을까 봐 뒤끝이 쭈뼛해졌다. 혼자 여행하니 용감해지기도 어렵다(나중에 확인해보니 아주머니가 옳았다. 스페인어로 Caldo(수프) Gallina(암탉)는 닭고기만 들어가는 수프를 말하는데 내가 리마에서 먹었던 것은 칼국수를 넣은 도시화한 퓨전 음식 같은 것이었다).

결국, 기차 시간에 쫓겨 햄버거로 저녁을 해결할 수밖에 없었다.

페루 레일을 탄다. 마추픽추가 있는 아구아스칼리엔테스까지는 약 1시간 40분 걸린다. 우리네 완행열차였던 비둘기호처럼 테이블을 가운데 두고 네 사람이 마주 보고 앉게 되어 있다. 요금은 왕복 US160. 페루의 물가 기준에서는 아주 비싼 요금인데도 서비스는 달리는 중간에 귀여운 승무원이 음료수와 과자를 주는 것이 전부다. 가이드북에는 달리는 기차 주변 경관에 대해 언급이 많지만 늦은 밤이라 아무것도 보이질 않는다. 그나마 쿠스코보다 고도가 낮아 다행이다. 아직도 고산병 증세로 숨이 차오른다. 피곤했던지 기차에 타자마자 금방 곯아떨어졌다. 얼마나 잤을까? 목적지에 도착해서 보니 특이하게 출구나 대합실 같은 것이 없다. 그냥 내리는 기찻길 양옆이 바로 마을이다. 기차 레일 옆에 카페도 있고 민박집도 보인다. 쿠스코보다 고도가 낮다고는 하나 고산지대라 여전히 춥다. 내일은 마추픽추와 와이나픽추Huayna Picchu 등반이 기다리고 있다. 새벽 3시 30분에 일어나 4시까지 아침을 먹고 5시에 마추픽추 가는 셔틀버스

를 타야 한다. 마추픽추를 가장 잘 볼 수 있다고 하는 와이나픽추 등
반은 하루 400명(오전 200명, 오후 200명)으로 제한되어 선착순 마감
을 하고 입장료도 더 비싸다. 출발기 전 몸 상태 좋을 때 신청한 것
이었는데 지금 컨디션으로 등반이 가능할지 은근히 걱정된다. 나이
와 몸 생각은 하지 않고 여전히 의욕만 앞서 있다. 몸이 아프니 하루
가 무척 길다.

오얀타이탐보 역 입구
마추픽추를 가려는 사람들로
북적인다.

페루 레일 승무원들
환하게 웃는 미소로 나누어주는
과자도 맛이 있었다.

06

남미의 버킷리스트 No 1. 마추픽추

여행 08일 차

　남미 하면 가장 먼저 떠오르는 곳. 많은 사람의 버킷리스트 No1. 남미 하면 꼭 가봐야 할 곳이며 남미를 가고 싶어 하는 사람들이 단연 첫 번째로 손꼽는 곳. 잉카시대 당시의 도시 모습을 완벽하게 보여주고 있는 '잃어버린 공중도시' 마추픽추!

　고대 잉카의 꽃으로 불리는 잉카제국의 마지막 흔적인 마추픽추 Machu Picchu. 세계의 '신 7대 불가사의'로도 선정된 이 도시는 케추아어로 '늙은 봉우리'라는 뜻을 가지고 있으며, 페루 남부 쿠스코 시에서 아마존 강의 원류인 우르밤바 Urbamba 강을 따라 북서쪽으로 약 115km 떨어진 안데스산맥 위 해발 2,280m에 위치해 있다. 마추픽추는 잉카인들이 세운 마지막 도시이자, 잉카문명의 옛 모습을 그대로 보존하고 있는 유일한 도시다. '공중도시' 또는 '하늘정원' 이라 불리는데 땅에서는 볼 수 없고 하늘에서만 도시를 확인할 수 있기 때문이다.

스페인 정복자들을 피해 깊은 산속으로 숨어든 잉카인들에 의해 건설된 도시 마추픽추는 이후 400여 년 동안 외부에 알려지지 않다가, 1911년 미국 예일대 교수인 하이럼 빙엄Hiram Bingham에 의해 처음 발견되었다. 빙엄 교수는 잉카제국 최후의 도시이자 전설적인 황금의 도시로 알려진 '빌카밤바Vilcabamba'를 찾겠다는 일념으로 안데스산맥의 오지인 우르밤바 강을 따라 탐험을 하다 우연히 인디오 소년에 의해 이곳으로 안내되어 마추픽추를 발견하게 된다. 이 도시와 마주 보고 있는 '젊은 봉우리'라는 뜻을 가진 와이나픽추 Huayna Picchu는 잉카인들이 신봉하는 퓨마의 형상을 하고 있으며, 이 봉우리에서 내려다보면 마추픽추가 콘도르 형상으로 배치되어 있음을 확인할 수 있다. 이 유적지는 중앙 광장을 중심으로 우물, 신전, 가옥, 창고 등이 들어서 있는데 200여 개의 건물로 이루어져 있으며, 모두 석축물로 건설되었다[1].

1) 『인류역사와 함께 한 건설상품 100선중 67』 김윤주(한국건설산업연구원)씀. 도시와 환경.

와이나픽추 정상은 마추픽추를 가장 잘 감상할 수 있는 곳으로서 여기서 바라보는 마추픽추의 전경을 최고로 친다. 그 최고를 보기 위해서는 마추픽추에서 약 2시간가량 더 올라가야 한다. 올라가는 길이 워낙 좁고 경사가 가팔라 한꺼번에 너무 많은 인원이 몰리면 자칫 대형사고로 이어질 수 있기 때문에 하루 등반객의 수를 제한한다고 한다. 하루에 400명(오전 200명, 오후 200명). 반드시 사전에 예약해야 하며 여권과 티켓을 준비해 오전반은 아침 7시 이전에 매표소를 통과해야 한다. 와이나픽추를 등반 후 마추픽추를 관람하려면 다시 처음 출입구로 되돌아가 재입장하여야 한다. 마추픽추 입장권은 12시를 기준으로 오전 티켓과 오후 티켓을 구분하여 판매하는 데 와이나픽추를 다녀오면 늦어도 12시 이전에는 재입장을 해야 된다는 이야기다. 그래서 와이나픽추 등반 왕복 소요 시간을 여유 있게 3시간 정도로 예상하고 10시 이전에 재입장해서 마추픽추를 3시간 정도 관람하면 얼추 오후 1시 이전에 일정을 마무리하고 숙소로 돌아와 늦은 점심을 먹으면 되도록 하루 스케줄을 짜 두었다.

새벽 1시. 당최 잠이 오질 않는다. 마추픽추보다 더 높은 와이나픽추를 오르려면 새벽 3시 30분에 일어나야 하는데 잠들기를 재촉하지만 잠들지 못한다. 후드득 하는 소리에 창을 열어 보니 비가 내리고 있다. 불과 몇 시간 남지도 않았는데…. 짙은 안개와 비 때문에 이곳까지 와서도 아무것도 보지 못하고 발길을 돌린 사람들이 꽤 있다고 하던데 혹 내가 그렇게 되지 않을까? 과연 마추픽추를 볼 수 있을까? 걱정까지 더해지니 더 잠이 오질 않는다. 이리 뒤척 저리 뒤척하다가 깜박 잠이 들었는데 갑자기 배가 아프다. 급하게 화장실로…. 아뿔싸. 배탈이다. 어제 저녁 먹었던 햄버거가? 아니면 무엇이 문제였을까? 상비약으로 챙겨간 지사제를 거듭 먹어 보았지만 별 차도가 없다. 10분이 멀다 하고 화장실을 들락거린다. 마추픽추는 몰라도 와이나픽추는 포기해야 하지 않을까? 마추픽추 안에는 화장실이 없으니 반드시 입장 전에 다녀와야 한다고 매표소 화장실 위치까지 가이드북에 나와 있었는데 대략 난감이다. 근데 우리네 나이는 이럴 때 쿨하게 포기가 안 된다. 마치 자신과의 싸움에서 패배하는 느낌이 들어 몸이 곧 죽어나지 않는 한 강행군을 선택한다. 죽기 아니면 까무러치기지 뭐. 와이나픽추를 오르기 위해 아예 아침을 포기하고 속을 완전히 비웠다.

새벽 5시. 마추픽추로 가는 셔틀버스를 타기 위해 줄을 선다. 버스 타는 곳엔 세계의 젊은이들이 마추픽추를 보기 위해 몰려나와 있다. 나처럼 중년 이후 사람들은 손에 꼽을 정도다. 유럽에 가면 곧잘 들리던 한국말도 잘 들리지 않는다. 남미는 워낙 장기 여행이라 나처럼 퇴직하거나, 직장을 그만둔 사람이 아니면 여행하기가 쉽지 않다. 저마다 얼굴색이 다른 지구촌 젊은이들이 와글와글 몰려 있는 이곳에 더 많은 한국의 젊은이들을 보았으면 좋겠다.

산악 절벽의 어두컴컴한 새벽길로 운전기사는 셔틀버스를 거침없이 몰아댄다. 길이 워낙 험하고 좁아 2대가 교차할 수 없어 길 폭이 조금 넓은 곳에선 어김없이 반대편 차를 기다린다. 좁은 곳을 2대의

새벽 5시 출발하는 셔틀버스를 타기 위해 줄을 서서 기다리는 관광객들. 내가 제일 나이가 많게 느껴진다.

버스가 아슬아슬하게 지나칠 때면 서로 부딪힐까 조마조마하다. 그나마 아직 새벽이라 날이 어두워 바깥 절벽 상황을 볼 수 없어 다행이다. 얼마를 올라갔을까? 아직 해가 뜨지 않아 어둑한 새벽인데 산모퉁이를 감아 돌던 버스 앞의 시야가 툭 터진다. 와우~ 순간적으로 여기저기에서 탄성이 튀어나온다. 벼랑길 아래로 내려다보이는 경관이 눈을 황홀하게 한다. 마치 영화 '아바타'에 나오는 장면을 현실에서 보는 느낌이다,

셔틀버스가 마추픽추 입구에 도착했다. 제일 빨리 왔다고 생각했는데 입구에 벌써 대기하는 줄이 엄청나다. 어디서 이렇게 많은 사

람이 왔을까? 입장을 기다리고 있는데 버스 길을 걸어 올라온 젊은
이들이 웃통을 벗고 자기들끼리의 세리머니를 펼친다. 돈을 아끼려
는 마음도 있겠지만 그 거리를 걸어오려 하는 그들의 젊음이 부럽다
(버스로는 30분, 걸어서는 2시간 걸린다). 남미를 다니다 마주치는 외국인
들은 대부분 젊은이들이다. 대학 입시와 취업 준비에 찌든 우리네
젊은이들과는 미래관이 확연하게 다르다. 무엇이 그들을 이런 남미
여행을 비롯한 자유여행에 도전하게 하는 걸까? 입장하는 줄에 서서
기다리면서 은퇴 후에야 이곳을 찾은 나와 그들을 평형 저울 위에
올려놓아 본다. 2~30대의 도전과 경험 VS. 50대의 노련미와 경제

산모퉁이를 돌자마자 버스 창밖으로 펼쳐진 전경. '아바타 '를 보는 듯하다.

력? 2~30대에 여행을 통해 도전과 경험을 갖고 인생을 살아가는 것과 은퇴 후 어느 정도의 경제력과 노련미를 가지고 여행하는 것, 어느 것이 나은지 저울의 기울기가 아직도 왔다 갔다 한다.

버스 길을 걸어 올라오고 있는 젊은이들. 도착하면 남녀 가리지 않고 다들 웃통을 벗고 둘러서서 큰 소리를 내며 세리머니를 한다. 젊음이 부럽다.

마추픽추 입구에서 입장을 기다리는 사람들 어디서 이렇게 많이들 왔는지...

07

Oh !! God Mercy me!

드디어 마추픽추로 입장. 지하철 개찰구처럼 생긴 곳을 등 떠밀리며 통과한다. 입장권을 확인하는 사람들이 여권을 보자마자 '꼬레아! 꼬레아! 쎄울, 반가스니다.' 어눌한 한국 발음으로 먼저 인사를 한다. 이럴 때 대한민국의 고마움을 느낀다. 먼 외지에서 누군가가 우리나라를 알아준다는 것이 얼마나 고마운 것인가를. 이곳은 해발 2,800m다. 3,300m의 쿠스코를 걷다 여기를 걸으니 걷기가 한결 수월하다. 입구를 지나니 탁 트인 공간에 마추픽추의 측면 모습과 내가 올라야 하는 와이나픽추가 정면으로 보인다. 좀 더 지나니 갈림길이 나오고 거기에서부터 마추픽추와 와이나픽추로 가는 길이 나뉜다. 길 사이에 칸막이가 있어 서로 넘어갈 수 없게 되어있다. 이래서 다시 출구로 나가서 재입장해야 하나보다. 왼쪽으로 보이는 마추픽추를 바라보며 와이나픽추 쪽으로 걷는다. 옆으로 보이는 마추픽추가

정면에 보이는 산이 와이나픽추.
그냥 보기에도 가파르다.
사진에서 오른쪽 아래에 와이나픽추로
오르는 길이 있다.
걸으면서 왼쪽으로 올려다보이는
마추픽추를 보는 즐거움도 있다.

페루의 마스코트 라마Llama.

정겹게 다가온다. 매스컴을 통해 많이 보아 온 탓인지 익숙하기까지

하다. 날씨도 도와주는 듯 새벽에 오던 비는 어느새 그치고 주변에

안개만 자욱하다. 와이나픽추에 오르면 안개는 걷혀 있겠지….

갈림길에서부터 와이나픽추 입구까지 평이한 길이 쭉 이어진다. 이 정도쯤이야…. 한참을 더 가니 와이나픽추로 가는 입구가 또 하나 있다. 아직 시간이 일러 개방하는 7시가 될 때까지 기다려야 한다. 한참을 아래로 내려온 까닭에 마추픽추가 올려다보인다. 와이나픽추에서는 어떻게 보일까? 가슴이 두근거려진다.

드디어 7시. 정확하게 시간을 지켜 개방한다. 이곳에서는 여권과 티켓 검사는 물론 자신의 여권번호랑 들어가는 시간까지 기록하게 한다. 나올 때도 마찬가지다. 여기서도 여권을 보자마자 '올라! 코레아!'를 외친다. '안녕하세요? 반갑습니다!' 나름 완벽한 한국어다. 모든 등반객에게 이렇게 반갑게 인사를 하나 지켜보니 몇 안 되는 한

와이나픽추 입구 _ 문 열기만 기다리고 있다.

국 사람들에게만 유독 친절하다? 왜지? 친절한 페루인들을 뒤로 하고 천천히 와이나픽추를 오른다. 그런데, 입구를 지나 올려다보이는 산이 아찔하다. 가파른 경사의 계단들이 정상까지 쭉 이어져 있고 한 사람이 겨우 걸을 수 있을 만큼 좁고 가파르다. 꼭대기는 안개로 덮여있어 마치 천국을 오르는 계단처럼 환상적으로 보이긴 하는데 올라갈 생각을 하니 지옥의 계단을 오르는 기분이다.

입구를 지나자마자 보이는 계단들. 이런 계단이 정상까지 쭉 이어진다.

올라가는 중간쯤에서 올려다 본 길 _ 여유라고는 빨간 옷 입은 사람이 서 있는 약간의 공간
이 전부이고 이 좁은 계단으로 서로 오르고 내려가야 한다. 왜 인원 제한을 하고 있는지 이유
를 알 것 같다.

2/3 지점에서 셀카. 얼마나 힘든지는 굳이 글로 표현하지 않아도 될 듯. 올라가니 날씨도 추워지고 비까지 오고 있다.

오르고 올라도 끝없이 이어진 무심한 돌계단들! 중간중간 쉬어 가는 곳에서 마주치는 얼굴마다 힘든 기색들이 역력하다. 같이 올라가던 중년의 독일 부인이 또다시 이어지는 가파른 계단을 보자 큰소리로 외친다. 'Oh !!! God, Mercy me!' 휴, 고산병에 배탈에, 빈속에…. 힘들어 죽을 맛인데 초콜릿 하나 먹을 수가 없다. 아, 나의 괴로움을 누가 알까?

드디어 정상에 올랐다. 정싱에 서서 올라온 길을 내려다본다. 산 아래로 우르밤바강이 힘차게 흐른다. 너무 기대한 탓일까? 생각만큼 멋있어 보이지 않는다. 게다가 짙은 안개에 가랑비까지 내리니 제대

드디어 정상.
역시 포기하지 않고
오르고 오르면
끝이 보이는 법.

정상에 오르면 왜 올라온 길을 내려다보고 싶을까? 거대한 우르밤바 강이 한눈에 들어온다.

로 보이지도 않는다. 허탈감마저 든다. 다리 힘이 풀려 한동안 앉아
있었다. 같이 올라온 사람들과 짧은 대화를 나누며 잠시 쉰다. 쉬는
사이에 안개가 서서히 걷히기 시작한다. 해가 나고 안개가 걷히니
그제야 제대로 마추픽추가 보이기 시작한다. 마치 드론으로 내려다
보는 것처럼 마추픽추가 한눈에 들어온다. 이 맛에 사람들이 와이나
픽추를 찾는구나.

조그맣게 마추픽추가 전면으로 다 보인다. 안개가 잠시 걷히는 사이 줌으로 당겨 찍었다.

  땀을 많이 흘려서인지 배 아픈 것이 가셨다. 그나마 다행이다. 어슬어슬 추위가 느껴지는 것을 보니 내려갈 때가 된 듯하다. 같이 올라온 한국인 무리에 끼어 내려간다. 그때가 대략 9시 이전쯤이었다. 시간이 왜 중요하냐고? 앞사람이 내려가니 당연히 따라 내려갔다. 내려가면서 내려가는 길이라는 표지를 분명히 보았다. 그런데. 40분 정도면 충분히 내려가는 길이 끝이 보이질 않는다. 더 힘든 것은 한참을 내려가면 내려간 만큼 다시 올라가야 하는 오르막길이 기다리고 있어 오르고 내려가고를 계속 반복하고 있었다. 2시간가량을 내

이런 길을 거의 기어내려 오다시피 했다.
지금 생각하면 낙엽에 사람들이
다닌 흔적도 없고 유명 관광지임에도
내려가는 길이 형편없어 의심해 볼만 했지만
중간중간 드물게 〈wayout〉이라는
이정표가 있었기 때문에 길을
잘못 들었다는 생각을 하지 못했다.

려왔는데도 끝이 보이질 않는다. 가까워져야 할 마추픽추가 계속 더 멀어지는 느낌이 들었다. 오르막 내리막이 반복되니 이제 내려가는 것이 오히려 더 겁이 난다. 내려가면 오르막이 또 기다리고 있을 테니까. 다리가 후들거리고 체력이 바닥났다. 오르막에선 도저히 걸음이 걸어지지 않는다. 배탈 때문에 아무것도 먹지 못한 후유증이 이제야 나타난다. 기력이 없어 처지기 시작하니 함께 무리 지어 가던 사람들이 앞서가며 다 멀리 떨어져 간다. 애초부터 같이 온 사람들이 아니니 한국인이라는 이유만으로 같이 가주는 챙겨줌을 기대할 수 없는 법. 혼자 온 서러움이 이럴 때 더 크게 와 닿는다. 길을 잘 못 들어섰다는 것은 확실하다. 하지만 이미 2시간 이상을 내려온 터라 다시 돌아간다는 것은 생각만으로도 끔찍하다. 내려올 때의 그 오르내림을 다시 반복해야 하기 때문이다. 주위를 둘러보니 이제 내 주위에 아무도 없다. 같이 내려왔던 사람들은 앞서가 버리고 길을 잘못 든 탓에 따라 내려오는 사람도 없다. 그나마 위안이 되는 것은 드물기는 하지만 이정표가 있다는 것. 적어도 이정표를 따라 계속 가면 결국 어딘가에 도착하겠지라는 희망이 되돌아가는 것보다는 계속 전진하게 했다. 그런데 시간이 너무 촉박하다. 12시 안에 다시 재입장을 해야하는데 이 길이 어디로 가는지, 언제쯤 도착할지 아무것도 알 수가 없다. 이러다 마추픽추를 못 보는 게 아닐까? 사이드 메뉴를 즐기려다 메인 메뉴를 놓치는 이 어리석음을 어찌할꼬? 시간에 쫓겨 다시 급한 걸음을 걷는다. 마라톤을 뛰어본 경험으로 어떤 경우든 페이스 조절에 실패하면 낭패를 본다. 타이밍 상으로 나는 이미 페이스를 잃었다.

PERU
페루

08

Oh !!! Machu Picchu!

이정표! 우리가 익숙하게 보아온 그런 이정표가 아니다. 어디까지
몇 km. 이렇게 표시된 것도 아니다. 아주 단순하게 표시되어 있다.
〈way out〉 아예 없는 길은 아니라는 게 유일한 위안이 되긴 하지만
그것만으론 시간을 가늠할 수가 없다. 얼마나 더 가야 하는지, 어디
로 나가게 되는지조차 알 수가 없다. 이러다 마추픽추를 못 보거나
다시 티켓을 끊어야 하는 난감한 일이 생길지도 모른다. 들고 간 생
수는 벌써 바닥나고 입은 바짝 타들어 가고 결국, 힘들더라도 더 빨
리 걷는 수밖에 없다. 아, 또 오르막이다. 이젠 정말 걸을 힘도 없는
데…. 꾸역꾸역 몇 번을 가다 쉬다 반복하며 올랐는지 모른다. 갑자
기 위에서 두런두런 사람들 소리가 들린다. 얼마나 반가운지. 다리
에 없던 힘이 생기며 한달음에 남은 오르막을 올라간다. 오르막에
올라서니 이제 막 와이나픽추 계단을 오르려는 사람들과 눈이 마주

친다. 올라갈 때 눈에 띄기조차 어려운 옆구리 길이다. 와이나픽추는 올라간 길로 다시 내려와야 한다. 외길이라는 말이다. 내가 올라간 시간이 문을 여는 7시여서 가장 먼저 올랐으니 그 시간대에 내려오는 사람이 아무도 없었다. 오후에 올랐거나 조금 더 늦게 올랐다면 내려오는 사람들을 보게 되어 같은 길로 내려와야 한다는 사실을 금방 알 수 있었을 것이다. 나중에 알고 보니 내가 잘 못 내려온 길은 일반인들은 거의 사용하지 않는 유적지 관리하는 직원들이나 사용하는 길이었다. 와이나픽추 정상에 가면 wayout 이라는 표시가 있는데 길이 외길이다 보니 올라오는 사람들과 충돌하지 않게 하려고 한 바퀴 빙 돌아 다시 그 옆으로 우회하게 되어 있다. 그냥 wayout 으로만 표시되어 있으니 내려가는 길을 당연하게 생각해서 아래쪽 길을 선택한 것이 큰 실수였다. 이런 우연찮은 실수를 한 후 가이드북이나 블로그를 찾아봐도 내려오는 길에 대한 안내는 찾을 수 없었다. 아무도 실수를 하지 않는 길을 우리만 실수한 것인지 더러는 실수를 하는데 아무도 말을 안 하는 것인지…. 지금도 그때 앞장서 내려갔던 그 한국 사람이 생각난다. 그리고 그 사람을 아무 의심 없이 따라 내려갔던 나를 포함한 5명의 한국인도….

정상적인 길을 따라 내려가니 와이나픽추 입구가 금방 나온다. 나오는 시간을 체크하고 시계를 보니 11시 28분. 정상에서 9시 되기 좀 전에 내려왔으니 거의 3시간 동안을 내려온 셈이다. 재입장까지는 불과 30여 분 남았다. 마추픽추 입구를 향해 더 빠른 걸음을 내디

던다. 중간중간 마추픽추로 들어갈 수 있는 길이 열려있긴 하지만 그렇게 되면 마추픽추를 거꾸로 돌아야 한다(마추픽추는 한쪽으로 관람하게 되어있다. 중간에 들어오는 관광객을 저지하기 위해 군데군데 안내원들이 자리를 지키고 서 있다).

　행여 일출을 못 볼까 노심초사하여….
　행여 마추픽추를 못 볼까 노심초사하여….
　옛 국어 교과서 '동명일기'의 문장을 읊조리며 의유당意幽堂과 같은 마음으로 걸음을 재촉한다. 급한 걸음이 효과가 있었는지 12시까진 약간의 여유가 있다. 입구에서 생수 1병을 사고 화장실을 들르는 기쁨까지 맛보고 다시 재입장한 시각이 11시 58분. 아슬아슬했다. 시간 안에 들어서고 나니 안도감에서인지 맥이 풀리고 다리가 후들거려 더 걸을 수 없다. 그냥 그 자리에 앉아 한참을 쉬었다. 생수 1병을 앉은 자리에서 다 비웠다. 갈증을 해소하니 뒤늦게 허기가 몰려온다. 혹시나 하고 작은 배낭에 넣어 온 바나나와 야자 대추를 꺼내문다. 꿀맛이다. 얼마를 쉬었을까? 일어서려 하니 여전히 다리가 후들거린다. 날씨가 흐렸다가 맑았다 반복한다. 때론 빗방울도 뿌리고. 그래도 마추픽추는 제대로 봐야 한다. 입구에서 왼쪽으로 있는 좁은 오르막을 또 오른다. 오르면서 '망지기의 집Recinto del Guardian'을 찾는다. 망지기 집에서 유적 전체를 한눈에 내려다볼 수 있기 때문이다. 망지기 집에 도착하니 앞이 뻥 뚫린다. 인터넷과

방송에서 익숙하게 보아온 모습이다. 내려다보니 천혜의 요새다. 깊은 안데스산맥 한가운데 우르밤바 강이 휘돌아 적들의 접근을 막고 있고 설사 접근한다고 해도 공격하기가 여간 어렵지 않다. ROTC 장교 출신 아니랄까 봐 유적지로만 보이질 않고 전략적 요충지로도 보인다. 공격은커녕 찾아내기도 어려울 정도의 난공불락의 요새다. 스페인 군인들이 이곳을 찾아내지 못하였음이 당연해 보인다. 그 때문에 이곳의 유적지가 그대로 보존될 수 있었겠지만, 보면 볼수록 의문이 든다. 사방이 깎아지른 절벽에 수직으로 솟아있는 산들을 병풍처럼 두르고 있는 이곳. 도대체 누가 이 도시를 만들었을까? 가이드북에도 자세히 나와 있듯 이곳은 마치 철저하게 계획해서 만든 도시처럼 설계되었다. 거주 지역과 농경 지역이 구별되어 있고 거주 지역은 다시 귀족 지역과 평민 지역으로 구분되어 있다. 계단식 농경지도 하나같이 바위를 깨고 다듬어 만들어져 있다. 쌓은 돌 대부분이 아래가 넓고 위로 좁아지는 사다리꼴이다. 이런 형식으로 돌을 쌓아 지진에도 견딜 수 있었다는 어느 책에서 보았던 내용이 문득 생각나 자세히 보니 과연 그렇다. 누가 이렇게 설계하고 완성했을까? 잉카인들의 지혜가 놀랍기만 하다. 직접 눈으로 유적지를 보니 방송이나 사진으로 보는 것과는 느낌이 다르다. 가이드북에 나와 있는 지식 외에 더 많은 공부를 하고 왔더라면 하는 아쉬움이 들었다.

천천히 그리고 한참을 돌았다. 사진도 여러 곳에서 시간을 달리하며 찍었다. 잉카 브릿지Inca Bridge가 상당히 높은 곳에 있어서 갈까

버킷 리스트 NO1. 마추픽추.

3개의 창문 신전.

해시계 인티와타나.

농경지역 _ 꼭대기에 있는 집이 '망지기의 집'이다.

말까 망설여졌지만, 와이나픽추도 다녀왔는데 그까짓 거. 여전히 후
들거리는 다리로 천천히 또 오르막을 오른다. 저 멀리 아래로 잉카
브릿지가 보인다. 마추픽추와 외부를 이어주는 길이었다는 다리. 다
리가 특이하다. 원래 있던 길이 끊겨져 다리를 놓은 것이 아니라 수
직으로 깎아지른 절벽 사이로 돌을 쌓아서 만든 길이다. 그렇게 만
든 길 사이에 의도적으로 사람 키 2배 이상의 깊이로 공간을 만들어
그사이에 통나무로 다리를 놓았다. 세상과 이어지는 유일한 길이었

던 이 다리는 침략자들로부터 보호하기 위함이었을까? 아니면 세상으로부터 자신들의 문명을 지키기 위함이었을까? 이 도시를 떠날 수밖에 없었던 마지막 잉카인도 이 다리를 밟고 사라지지 않았을까?

여유를 가지고 천천히 다니니 이제야 조금 견딜만하다. 오후가 되니 학생들을 포함한 단체 관광객들이 어마어마하게 몰려든다. 각 나라 국기를 앞세운 수학여행단도 보인다. 단체여행 특징인 특정한 장소에선 줄을 서서 사진을 찍기도 한다. 내겐 따로 가이드가 없으니 학생들 뒤를 따라다니며 학생들 영어 가이드의 설명을 듣는 재미도 쏠쏠하다. 아주 긴~~하루였다. 거의 잠 한숨 못 자고 제대로 먹지

잉카 브릿지 _ 통나무 없이는 그냥 건너뛸 수 없도록 사람 키 2배 이상의 공간을 의도적으로 만들었다. 침략자로부터 지키기 위함이었을까?

멀리 날카로운 삼각형 모양의 산이 와이나픽추다.

이곳이 유명한 포토존이라고 한다.
사람들이 줄을 서서
찍고 있기에 나도 엉겁결에
같이 따라 찍었다.

도 못한 상태에서 예상치 못한 오르락내리락 길 헤매기 실수로 체력
소모가 너무 크다. 마추픽추를 돌아보고 다시 셔틀버스를 타고 숙소
로 돌아간다. 버스에서 내리니 숙소까지 또 오르막길이다. 오르막길

이 정말 싫다. 비틀거리며 겨우 도착하니 오후 4시가 훌쩍 넘었다. 너무 피곤해 점심, 저녁도 못 먹고 그대로 쓰러져 잠들었다. 온몸이 만신창이가 되었다.

캐나다에서 온 미녀와 한 컷.
이럴 땐 영어 구사에 전혀 막힘이 없다.

와이나픽추를 바라보며 승리의 포즈!
지나간 고생들은 다 추억이 된다.

01 │ 이 체력적 실수는 여행하는 내내 내가 세워두었던 여행 계획의 발목을 잡는다.

02 │ 와이나픽추는 욕심내지 말고 마추픽추를 여유를 가지고 천천히 돌아보 는 것을 강추한다.

09

가난하지만 치명적인 아름다움,
다시 쿠스코

여행 09일 차

새벽에 눈을 떴다. 이번엔 시차 부적응이 아니다. 배가 고프다. 어제 하루 종일 아무것도 먹지 않고 강행군을 해서인지 새벽부터 허기가 진다. 덕분에 배탈은 자연스럽게 나은 듯하다. 조식 시간까진 한참 더 남았다. 배가 고프니 시간이 더 더디 간다. 쓴 커피 1잔과 조그마한 빵 한 쪽. 배가 고파 마구 먹을 것 같았는데 막상 먹으려니 먹히질 않는다. 역시 나이가 드니 회복이 더디다.

페루 레일을 타고 다시 쿠스코로 간다. 올 때 보지 못했던 쿠스코 주변 관광지를 함께 돌아보는 코스이다. 역으로 나가니 어두울 때 도착해서 보지 못했던 아구아스 칼리엔테스의 진면목이 보인다. 어제 와이나픽추를 오르지 않고 마추픽추를 여유 있게 본 다음 역 주변을 돌아보며 이곳의 경치를 즐겼어야 했는데 하는 아쉬움이 남는다. 대부분의 경우 기차가 들어서는 철로 주변은 위험해서 사람들이 접근하지 못하도록 막아두는 것이 일반적인데 이곳은 철로 바로 옆에 카페나 식당이 즐비하고 민박집도 늘어서 있다. 기차를 기다리고 있는데 마침 역으로 들어오는 기차와 함께 어울려 보이는 바깥 경치가 혼자 보기 아까울 정도로 너무 황홀하다. 남미에 와보니 스케일이 확연히 다르다. 안데스산맥들은 아주 크고 장대하다. 주변에 보이는 산과 강들이 천혜의 자원이고 축복이다. 그에 비하면 우리나라가 가진 것은 정말 아무것도 없다. 자원 하나 제대로 가진 것 없음에도 지금의 대한민국을 일구어낸 선조들에게 절로 감사한 마음이 든다.

스마트폰의 카메라 광각기능을 이용하여 찍은 역 주변 경치.

피곤함을 싹 씻어주는 말로는 다 표현이 안 되는 멋진 경치. 사진으론 이런 느낌까지 전달 되기 어렵겠지만 이곳 산들은 크고 장대해서 경이롭다는 생각까지 든다.

  쿠스코로 돌아가는 기차 안은 세계 각국에서 온 사람들로 북적인다. 와이나픽추를 오르며 Mercy Me! 를 외쳤던 중년의 독일 부부도 보이고 한국 사람도 몇 보인다. 각자 자기네 언어로 떠들기 때문에 여기저기 시끄럽지만, 서로의 대화에 전혀 방해를 받지 않는다. 나는 달리는 기차 밖 경치가 황홀해 연신 카메라를 눌러댄다. 우르밤바 강의 흐르는 모습을 혼자 보기 아까워 동영상 촬영을 했다. 재생

해 보니 우르밤바 강의 힘찬 물결 모습과 함께 기차 안에 타고 있던 독특한 억양의 경상도 아가씨의 크고 억센 사투리가 유난히도 크게 들린다. '그래가꼬 안 있나, 내가 막 그라니까….' 역시 경상도 억양은 어딜 가나 최고!

기차에서 내려 다시 투어버스를 탄다. 쿠스코에서 출발하면서 신청했던 Around Cusco의 남은 투어 일정을 소화해야 한다. 잉카문명의 수준을 보여주는 또 하나의 유적지인 모라이Moray로 간다. 작물시험장으로 사진에서처럼 큰 원형으로 된 계단식 밭을 만들었는데 제일 높은 곳과 낮은 곳의 차이가 30m이다. 높이가 30m밖에 차이가 나지 않는데도 바람과 햇빛의 영향으로 제일 높은 곳과 낮은 곳의 기온 차가 섭씨 15°C가 나도록 설계되었다. 날씨와 고도에 따라 어떤 경작물이 어떻게 자랐는지를 실험했다고 한다. 잉카 제국의 농업 수준을 알 수 있는 것으로 온도 차를 이용해서 여러 품종의 작물들을 교배해 새로운 품종을 만들어 내었는데 먹기에 조악했던 야생의 옥수수, 감자 등을 지금 우리가 먹고 있는 모습으로 개량시킨 것도 잉카인들의 지혜라고 한다.

모라이 경작지를 둘러보는데 하늘이 정말 아름답다. 내가 초등학교 시절 우리나라 가을 하늘이 세계 최고라는 얘길 자주 들었었는데 아마 그때 우리나라의 하늘도 이곳 모라이 하늘 같지 않았을까? 도시화, 산업화로 우리나라에선 이런 하늘을 보기 어렵게 되었다. 삶의 편의는 좋아졌는데 반대급부로 잃어가는 것도 많다. 예전에 세계 3대 미항이라는 이탈리아 나폴리 항을 갔을 때 얼마나 실망스러웠는지…. 낡고 지저분하고…. 이곳도 점차 개발이 진행되면 지금 보고 있는 이 아름다움을 기억으로만 간직하게 될지도 모른다.

　다시 차를 타고 이동한다, 피곤에 지쳐 마구 졸고 있는데 갑자기

모라이|Moray _ 계단식 원형 경작지로 만든 작물시험장. 온도 차를 이용해 제일 위에는 옥수수를 제일 밑에는 감자를 심었다고 한다.

모라이의 하늘. 어떻게 하면 하늘이 저리 높고 맑을까.

와~ 하는 소리가 들린다. 달리는 버스 오른쪽이 벼랑인데 벼랑 끝 밑으로 처음 보는 광경이 펼쳐진다. 살리네라스Salineras. 소금 광산이다. 소금이 이 깊은 산속에 있다니. 하얀 조각보를 이어붙인 듯 계단식으로 층층이 만들어진 작은 염전들이 끝없이 이어져 있다. 이곳은 일반적인 소금 광산처럼 땅속에 있는 소금을 캐내는 것이 아니라 소금을 머금은 물을 햇빛에 건조해 소금을 만들어 낸다. 작은 밭처럼 염전들이 계단식으로 이어져 있는 것도 그 때문이다. 작은 샘에서 흘러나오는 소금물이 수로를 따라 조각조각 연결된 작은 염전들을 채우고 제일 윗부분의 염전이 차면 그다음 염전으로 흘러가게 되어 있단다. 그렇게 염전을 채운 소금물을 뜨거운 안데스산맥의 태양 빛에 증발시켜 소금 알갱이로 재탄생해 낸다. 이곳에서는 지금도 수천 년 전의 잉카 시대와 동일한 방식으로 소금을 생산해 내고 있다고 한다.

살리네라스를 지나 염색으로 유명한 친체로Chinchero마을을 들른다. 이 마을은 이미 관광화 되어 모든 것이 세트화되어 있다. 이곳은 알파카 털로 만든 제품들로 유명하다. 알파카는 예부터 안데스 원주민들에게 가죽을 제공하는 귀중한 동물이다. 얼핏 보면 양과 비슷하게 생겼지만, 자세히 보면 목과 몸통이 양보다 훨씬 길고 귀가 서 있어 확연히 구별된다. 알파카에게 가장 중요한 부분은 역시 털이다. 알파카 털은 페루의 주요 수출 품목이기도 하다. 친체로에서는 알파카 털에 다양한 염료로 염색을 하고 염색한 털로 직조하는

살리네라스 Salineras
해발 3,000m의 염전.
지금도 잉카시대의 전통적인
방식으로 소금을 채취한다.
놀라운 것은 조각조각 작은
염전 하나하나에 주인들이
다 따로 있다고 한다.

과정을 재연해 보여주기도 한다. 귀여운 알파카를 보니 미국에서 알
파카 농장을 하고 싶어 하는 후배 부부의 얼굴이 떠올라 혼자 피식
웃음이 나온다.

살리네라스를 지나 친체로로 가는 길목에 보이던 설산. 남미에서 설산이라니... 이 사진을 찍느라 난리였었는데 알고 보니 남미는 이런 종류의 설산이 발에 걸리도록 많았다. 처음 만난 설산에 흥분했던 그때를 생각하면 살짝 부끄러워진다.

쿠스코에 도착했다. 쿠스코는 여전히 춥다. 낮에는 더워도 그늘이 있는 곳에 들어서면 금방 추워진다. 지금의 남미는 우기가 끝나고 건기에 들어서고 있다. 우리나라로 치면 겨울 초입인 셈이다. 고도가 높아지니 다시 고산증세가 몰려온다. 고산병에 시달리면 본능적으로 뜨겁고 얼큰한 국물이 그리워진다. 나는 현지 주의자를 자처해 왔다. 여행하면 억지로라도 현지 음식을 먹어보려 애쓴다. 그것이

알파카 _ 알파카 털은 페루의 주요 수출 품목이며, 갈색 털을 더 고급으로 친다.

의자에 깔려있는 것이 알파카 가죽. 왼쪽 나뭇가지에 가죽에서 축출한 털을 말리고 있다.

가마솥 같은 곳에 알파카 털을 넣고 여러 가지 염료로 염색을 한다.

염색한 알파카 털로 직조하는 모습. 이 모든 과정을 재연해서 보여준다.

피곤한 지금, 한식이 못 견디게 그립다. 어느새 인터넷으로 한인 식당을 검색하고 있다. 아, 있다. 한국 식당 '사랑채'. 부대찌개를 시켰다. 라면사리도 추가하고 밥도 2공기나 비웠다. 김치랑 한식을 먹고 나니 그제야 세상이 제대로 보인다. 배가 부르니 힘이 나고 힘이 나니 쿠스코 야경을 볼 욕심이 난다.

쿠스코는 아르마스 광장도 예쁘지만, 야경도 아름답다. 특히 아르마스 광장 왼쪽 언덕 위에 있는 산 크리스토발 성당에서 보는 야경

아르마스 광장과 대성당.

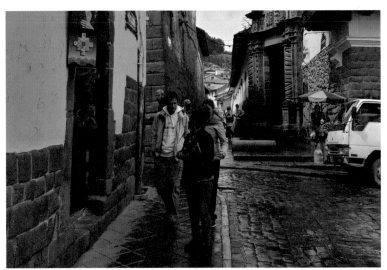

쿠스코 특유의 좁은 골목들. 이보다 더 좁은 골목들이 더 많다.

이 멋있다고 소문나 있다. '사랑채' 식당에서 쿠스코 특유의 좁은 골목길을 따라 오르막을 오른다. 여전히 숨이 가쁘다. 몇 번을 쉬었다 올라간다. 고산지대라 마음이 앞선다고 욕심내어 빨리 걸을 수 없다. 그래서는 안 된다는 것을 벌써 몸으로 경험한 까닭이다. 산 크리스토발 성당에 오르니 도시의 야경이 한눈에 다 들어온다. 멋지다. 황홀하다. 그런데 가난한 아름다움이다. 오래전 책에서 읽었던 얘기가 생각난다. 6.25 전란 당시 한밤중에 부산 영도에 도착한 미군 제독이 판자촌 불빛을 보고 '한국이 가난한 나라라고 하던데 높은 빌딩이 많다'고 했다는…. 가난하지만 그래서 더 아름답다. 치명적이리만큼.

다시 언덕을 내려간다. 여전히 숨이 가쁘고 머리가 아프다. 고산증세는 계속되고 있다. 고산병 예방용으로 타이레놀을 10개 가져왔는

아르마스 광장의 평화로운 밤의 모습. 뒤편의 불빛이 빌딩처럼 보인다.

쿠스코 이후로도 이 가난한 아름다움은 남미 어디서나 쉽게 볼 수 있었다. 볼 때마다 탄성보다는 안타까운 마음이 늘 앞섰다.

데 벌써 다 동이 났다. 푸노, 볼리비아 등 다녀야 할 고산지대가 많이 남아 있는데 걱정이다. 옛날 체력만 생각하고 고산병을 가볍게 생각했고 고산지대를 열흘 이상 다니게 되리라고 예상하지 못했다. 역시 남미에 관한 공부가 부족했다. 부족한 약을 사려고 약국을 들렀다. 손짓 발짓 해보지만, 이곳은 스페인어만 가능하다. 스페인어 못해도 밥 먹고 여행 다니는 건 아무 문제가 없었는데 역시 전문적인 분야엔 한계가 있다. '타이레놀'이라고 큰 소리로 말해보지만 제대로 알아듣지 못한다. 타이레놀 영어 스펠링이 어떻게 되더라? 평소 쉽게 말로만 해왔던 단어를 영어로 쓰려니 스펠링도 꼬인다. 해외여행 하려면 영어공부도 필수다 필수. 다행히 타이레놀과 같은 성분의 '소노체 필'를 사는 데 성공했다. 그 순간에 어떻게 '소노체 필'이라는 단어가 생각났는지 지금도 신기하다. 배도 부르고 약도 먹었으니 오늘 밤은 오래간만에 푹 잘 것 같다.

고산병…. 지금까지 40여 일 여행 중에 보름 넘도록 계속 나를 괴롭힌 것은 역시 고산병이다. 쿠스코 도착 첫날 무리한 것이 첫 번째 원인이고 와이나픽추의 실수로 인한 체력 고갈이 두 번째 요인이다. 한식으로 빵빵하게 저녁을 먹었으니 꿀잠을 자겠다는 꿈은 진즉에 날아갔다. 춥다. 비가 온 후로 날씨가 더 추워졌다. 하지만 추운데도 더 껴입을 옷이 없다. 남미 하면 '더운 곳'일 거라는 생각이 일반적이다. 하지만 놓치는 부분이 있다. 일단 해가 있는 낮은 덥지만, 호텔 등 실내나 해가 없는 그늘만 가도 금방 추워진다. 문제는 배낭을 메고 온 까닭에 옷을 제대로 준비하지 못했다. 배낭은 의외로 짐이 많이 들어가지 않는다. 차라리 캐리어를 들고 오는 게 나을 뻔했다. 괜히 젊은 척, 배낭여행에 들떠 진짜 달랑 배낭만 메고 떠나 낭패를 톡톡히 보고 있다. 더울 것이라는 사전 정보에 겨울옷 2벌 외에 나머지는 죄다 반소매에 반바지인데 그나마 있는 긴 바지 긴 소매 옷도 여름용이다. 지금의 남미는 겨울로 들어서는 초입이다. 우리로 치면 늦은 가을 정도? 그러니 밤에는 무지 춥다. 배낭의 낭패는 또 있다. 배낭은 짐을 예쁘게 쌀 수가 없다. 짐을 최소화해야 하니 무엇이든 팍팍 구겨 넣어야 한다. 쿠스코에는 한국에서 볼 수 없는 신기한 것

알파카 인형 _ 250솔 짜리 캐리어를 사게 만든 30솔 짜리 인형.

들이 많이 있다. 젊은 배낭족들은 쇼핑해서 그걸 들고 다닐 수 없기 때문에 쇼핑을 한 다음 한국으로 택배를 보내기도 한다. 나도 젊은 배낭족과 동일한 고민을 하고 있다. 딸들이 예쁜 알파카 인형을 사달라고 해서 사긴 했는데 이걸 예쁜 모습 그대로 들고 갈 수가 없다. 배낭에 넣어 가자니 알파카 인형들의 다리를 완전히 찌그러뜨려야 한다. 결국 30솔(약 9,750원)짜리 인형 2개를 위해 250솔(약 81,250원)짜리 기내용 캐리어를 새로 사야 했다. 나이가 들어도 아빠들은 여전히 딸 바보인 듯(캐리어 사고 나니 참 잘 샀다 싶다. 의외로 활용도가 높았다).

10

다시 가고 싶은 산 페드로 시장

여행 10일 차 부활절 아침이다. 어떻게 아냐고? 한국에서 밤 사이에 부활절 관련 축하 문자가 수북하게 쌓여 있다. 게다가 아르마스 광장 역시 부활절 축하로 몹시 붐빈다. 남미 는 대부분 가톨릭이다. 성당 앞은 우리네 졸업식 때 교문 앞에 줄지 어 서 있던 꽃다발 파는 상인들처럼 부활절 관련 꽃을 파는 사람들 로 북적인다. 가족들이 다가와서 개인별로 다 하나씩 꽃을 산다. 어 떤 가정은 미리 집에서 준비해 오기도 한단다. 미사에 참석은 할 수 있지만 사진 촬영은 하지 못하게 한다.

오늘 일정은 다소 여유가 있다. 원래 계획은 쿠스코 근교 투어 중 가장 힘들다는 비니쿤카Vinicunca를 가려 했는데 신청을 취소했기 때문이다. 비니쿤카는 '일곱 빛깔의 산'이라는 뜻의 잉카 제국의 원

부활절 아침 성당 풍경. 너도 나도 꽃을 산다. 어디에 쓰는 용도일까?

형이 그대로 남아있는 산으로 해발 4,900m에 있다. 일명 '무지개 산'으로 불리는데 발견된 지 몇 년 되지 않는다. 오랫동안 만년설이 덮여 있는 보통 산일뿐이었는데 지구 온난화로 눈이 녹으면서 층층이 색깔이 다른 '무지개 산'이라는 것을 발견하게 되었다고 한다. 자연 파괴로 얻게 된 선물인 셈인데 좋아해야 할지 안타까워해야 할지

판단이 서질 않는다. 비니쿤카 투어는 오전 5시에 출발해서 밤 9시에 돌아오는 투어인데 3,300m 쿠스코에서도 쩔쩔매는 수준인데 4,900m 올랐다가는 살아 돌아오지 못할 듯해서 일찌감치 포기했다. 와이나픽추의 체력 고갈에 따른 첫 번째 피해 사례다. 덕분에 여유 있게 쇼핑을 한다. 여전히 숨을 헐떡이면서…. 산 페드로 시장을 다시 돌아보고 길거리 음식도 맛나게 먹는다. 쿠스코 도착 첫날 마구 헤집고 다니다가 고산증세로 시장을 제대로 보지 못했는데 천천히 돌아보니 각양각색의 과일과 다양하고 싱싱한 청과물이 통로 빼곡히 쌓여있다. 자세히 하나하나 살펴보는 재미가 있다. 여자들이 이런 맛에 쇼핑을 하나 보다. 푹 곤 사골 국물에 밥을 말아주는 국밥 같은 것도 맛나 보인다. 엄청나게 큰 빵도 먹어보고 싶지만, 혼자라서 저걸 사서 언제 다 먹나 싶어 그냥 보기만 한다. 산 페드로 재래시장. 돌아다니며 구경하는 재미가 있다. 유럽의 벼룩시장도 구경하는 재미가 쏠쏠했는데 이곳 남미도 예외는 아니다. 사람 살아가는 곳은 어디나 같은가 보다. 재래시장을 지나서 기념품 거리로 간다. 12각 돌 근처의 유명한 쇼핑거리는 '꽃보다 청춘'의 위력을 유감없이 발휘한다. 그 중년의 '청춘'들이 들러서 옷을 산 가게는 이미 유명세를 타 한국인들의 필수 방문지가 되고 있다. 넘치는 한국인으로 인해 속성으로 배운 듯 종업원들의 완벽한(?) 한국말이 계속 웃음 짓게 한다. "옵빠 옵빠 만원 만원 싸다 싸다, 이버바 이버바 예쁘다 예쁘다".

〈꽃보다 청춘〉에서 출연자들이 옷을 구입한 곳으로 유명한 도매업체 ASUNTA.

스웨터는 10솔(약 3,250원) 겨울옷 준비가 부실해서 나도 이곳에 들러 스웨터 하나를 샀다. 볼리비아 우유니 사막은 여기보다 더 춥다고 하니 벌써부터 걱정이 된다.

쇼핑을 마치고 점심 먹으러 간다. 고산병 핑계로 또 한식집 '사랑
채'를 간다. 오늘은 일요일. 휴일이라 문을 닫았다. 여행을 길게 하
니 오늘이 무슨 요일인지 요일 감각이 없다. 이럴 때 필요한 것이 플
랜 B. 우리나라 감자탕 맛이랑 비슷하다는 식당을 미리 검색해 두었

다. '사랑채'와는 대각선 방향으로 제법 걸어가야 한다. 가이드북에 소개된 추천 음식을 주문하여 먹어보니 설명과 비슷한 맛이긴 한데 무지 짜다. 페루의 음식들은 무엇을 먹든 무지하게 짜다. 소금을 아예 넣지 말라고 얘기를 했는데도 짜다. 아마 음식 자체에 원래 소금 간이 되어 있는 듯하다. 가격만 비싸고 맛이 별로여서 투덜대고 있는데 길거리에서 파는 꽈배기 같은 게 보인다. 먹어보니 따뜻하니 맛도 괜찮다. 차라리 이걸 두 개 먹을 걸 그랬다.

1솔 짜리 꽈배기.
가격도 저렴하고
속도 꽉 차있고
맛있다.

길거리에서 천진난만하게 놀고 있는 아이들이 참 예쁘다. 자연스러운 표정을 찍으려고 아이들이 쳐다볼 때까지 스마트폰을 들고 한참을 기다렸다. 그런 나를 보고 옆에 있는 가게 어른이 아이에게 뭐라고 하니 그제야 아이들이 고개를 든다. 얼른 사진을 찍었다. 사진

거리에서 천진난만하게
놀고 있는 모습의 아이들이
참 예쁘다.

을 찍고 웃으며 돌아서는데 남자아이가 냉큼 달려온다. 이미 저만치
멀리 가고 있는 나를 보고 마구 쫓아온다. 반가운 마음에 웃으며 뒤
돌아서니 돈을 달라고 한다. 아까 아이들에게 말을 건넸던 어른이
달려와 아이를 혼낸다. 순간 굉장히 당황했다. 무엇이 아이들을 이
렇게 만든 것인지···. 별로 하는 것도 없이 돌아다니다가 시간을 다
보냈다. 점심 식사에 실패하고 나니 저녁만큼은 잘 먹어야겠다는 생
각에 이곳저곳 기웃거리다가 그만 식사 시간을 놓쳤다. 맛난 저녁을
포만감 있게 먹고 내일 새벽까지 버스 안에서 푹 자려 했는데···. 결
국 맛있는 저녁은커녕 컵라면으로 저녁을 때웠다. 혼자 하는 여행은
이래서 힘들다.

　　쿠스코를 뒤로하고 푸노Puno로 가는 야간버스를 탄다. 티티카카
Titicaca 호수가 있는 푸노까지 예상 시간은 8시간 정도. 버스 출발

시간은 저녁 10시 15분. 남미에서 처음 타 보는 버스다. 남미에는 장거리 버스가 꽤 많다. 비행기로 이동하는 경우도 있지만, 공항이 없는 곳이 많아 장거리 버스가 잘 발달되어 있다. 장거리 버스이다 보니 우리가 일반적으로 알고 있는 고속버스와는 조금 다르다. 남미 버스에는 까마 버스와 세미까마 버스 두 종류가 있다. 굳이 우리 식으로 따진다면 일반버스와 우등버스의 차이라고 할까? 장거리 이동이기 때문에 비행기처럼 담요와 도시락도 제공한다. 좌석이 까마는 2인석+1인석으로 세미까마는 2인석+2인석으로 나누어져 있다. 까마는 2층, 세미까마는 1층에 있는 버스도 있고 전체가 까마 이거나 세미까마인 버스도 있다. 가격 차는 별로 나지 않아 까마 좌석은 미리 예매하지 않으면 금방 동이 난다. 밤사이 이동하기 때문에 좌석의 차이가 주는 편안함이 크다. 까마는 좌석도 뒤로 완전히 젖혀지고 좌석들 사이가 천으로 가려져 있다. 그게 좋았다. 젊은 친구들은 한밤중에도 스마트폰이나 태블릿 PC를 켜놓고 밤새도록 영화를 보곤 해서 옆에 그런 친구가 앉으면 몹시 불편했는데 페루에서의 첫 야간버스는 좌석 사이에 칸막이가 있어 좋았다. 남미에서 여러 번 장거리 버스를 타보았지만, 쿠스코의 까마버스가 시설이 제일 좋았다. 버스 안의 화장실도 나중의 다른 버스와 비교해 나름 괜찮았다. 남미에서의 모든 버스 화장실은 이동 중에만 사용할 수 있다. 그 이유를 내 나이 또래분들은 짐작하시겠지만 (문득 어릴 때 이동 중에만 사용 가능했던 우리네 기차가 생각난다). 가장 시설이 좋았던 쿠스코의 까마

버스임에도 불구하고 당황했던 것은 버스 화장실에 휴지가 없다는 것과 좌식 변기임에도 불구하고 변기 뚜껑은 있는데 변기 덮개가 없었다는 사실이다. 저녁을 컵라면으로 부실하게 먹어서인지 잠이 오질 않는다. 게다가 앞 좌석 어디선가 요란하게 코 고는 소리가 들려온다. 야간버스라 더 크게 들린다. 방음까지 되었으면 더 좋으련만…. 차라리 잘 됐다. 잠은 포기하고 그동안 찍었던 스마트폰 사진들을 USB에 정리해서 옮긴다. 사진 정리를 마치니 허리가 다시 아파온다. 버기카 충격과 와이나픽추의 무리한 산행으로 혹사당한 허리가 더 이상 힘들게 하지 말라는 경고를 보내고 있다. 새벽 3시. 푸노로 가는 야간버스에서 엉덩이를 이쪽으로 앉았다 저쪽으로 앉았다 반복하며 홀로 잠들지 못하고 끙끙 앓고 있다.

PERU
페루

11

하늘을 담아버린 호수 티티카카

허리 통증에 시달린 밤사이 버스는 달리고 달려 푸노에 도착했다. 아침 6시 40분. 택시를 타고 숙소로 갔다. 이른 새벽이라 숙소는 아직 손님 맞을 준비가 되어 있지 않았다. 체크인까지 한참을 기다려야 했다. 쿠스코보다 숨쉬기가 더 힘들다. 고산증이 다시 오는 듯하다. 머리가 아프고 속이 계속 메슥거린다. 또 아침 식사를 포기한다. 언제쯤 고산증세에서 벗어날 수 있을까? 푸노는 해발 3,827m의 고원지대에 있는 고산도시로 쿠스코보다 훨씬 더 높다. 쿠스코보다 숨쉬기가 더 어렵다. 숨이 그냥 자연스럽게 쉬어지는 것이 아니라 크게 들이마셨다가 다시 크게 내뱉는 호흡을 계속 해야한다. 숨쉬기가 어려우니 걷는 것은 더 힘들고 괴롭다. 그래도 티티카카 호수는 보아야 한다. 티티카카 호수는 페루와 볼리비아에 걸쳐있는 남미 최대의 호수다. 세계에서 가장 높

보트를 타고 30여 분을 달리는데 도저히 그냥 앉아 있을 수가 없다. 보트 밖에 나와서 모두
사진을 찍고 있다. 이런 경치를 어찌 배 안에서 앉아서 볼 수가 있느냐는 듯이….

은 곳에 있고 세계에서 가장 넓다는 바다 같은 호수 티티카카. 하늘과 가장 가까이 맞닿아 있어서 하늘을 몽땅 담았다는 호수. 티티카카 호수 투어는 두 종류가 있다. 갈대로 만들어진 우로스 섬Islas Uros를 방문해서 현지 인디오들의 생활상을 체험하는 코스와 우로스 섬을 돌아본 뒤 타킬레 섬Islas Taquile을 트레킹 하고 점심까지 먹고 오는 코스가 있다. 숨쉬기도 어렵고 제대로 걷지도 못하는데 어떻게 트레킹까지…. 몸 상태를 감안해 타킬레 섬은 패스하고 우로스 섬만 다녀오는 것으로 결정했다. 선착장에 도착하니 우로스 섬으로 가는 보트가 준비되어 있다. 선착장에서 보이는 호수의 경치가 장난 아니다. '우와 !' 탄성이 절로 나온다. 어쩌면 하늘이 저리 맑을까? 사진을 찍고, 찍고 또 찍어도 또 찍고 싶다. 찍은 사진을 다시 보면 아쉽다. 눈에 보이는 것 그대로를 카메라가 담아내질 못한다. 탄성을 자아내게 하는 남미의 경관들을 보면서 나는 두 번 울었다. 한 번은 경관들이 너무 아름다워서, 또 한 번은 이 좋은 것을 아내와 함께 하지 못해서…. 그래서 결심했다. 다음에 아내와 꼭 다시 오기로….

우로스 섬에 도착했다. 우로스 섬은 갈대로 만든 인공 섬이다. 언제부터 우로스 섬이 존재했는지는 아직도 미스터리란다. 전쟁을 일삼던 이웃 부족인 잉카족을 피하려고 티티카카 호수 위에 정착했다는 설이 가장 유력하다고 한다. 갈대 섬은 호수에서 자란 갈대의 뿌리 부분을 잘라 커다란 블록을 만들고 이 갈대 블록들을 밧줄로 엮

우로스 주민들이 우리가 도착할 때와 떠나갈 때 이렇게 빙 둘러 서서 노래를 불러주었다.

어 물 위에 띄운 후 그 위에 갈대 줄기를 엇갈리게 덮어 만든다. 갈대로 만든 섬이 물 위에 뜰 수 있는 것은 갈대의 뿌리가 머금은 공기 덕분이란다. 티티카카 호수에는 이런 갈대 섬이 50여 개쯤 떠 있다고 한다. 영어 가이드가 설명한 것을 실제로 보여주려고 섬의 바닥 중 일부를 뜯어 구조를 보여주는데 설명은 귀에 들어오지 않고 화려한 색상의 옷을 입은 우로스 주민들과 아이들의 천진난만한 웃음을 카메라에 담기 바쁘다. 우로스 섬의 주민들의 옷 색상이 정말 화려하다. 화려한 총천연색이 맑은 하늘과 호수의 물빛에 정말 잘 어울린다. 갈대 섬 이곳저곳을 돌아다니며 사진을 찍는데 숨쉬기가 정말 어렵다. 사진 한번 찍으려면 숨을 크게 한번 들여 쉬고 사진을 찍고 다시 내뱉는 동작을 되풀이해야 한다.

곤돌라 비슷한 것을 타고 10여 분
주변을 도는데 10솔.
별로 타고 싶지 않았는데
관광객이 별로 없어서
왠지 타야만 할 것 같았다.
햇살은 뜨거운 데 바람은 차다.
덕분에 쿠스코에서 산 10솔 짜리 스웨터가
제 값을 하고 있다.

아쉬운 점…. 관광객들이 도착하면 우로스 섬 주민들이 빙 둘러서서 환영 노래를 불러준다. 나중에 돌아갈 때도 마찬가지. 그런데, 환영 및 환송 노래 부르는데 어쩔 수 없이 마지못해 억지로 부르는 티가 확연하다. 섬을 떠날 때가 되면 민예품 판매에 열을 올리고 호객 행위도 꺼리지 않는다. 관광객을 대상으로 생계를 유지할 수밖에 없는 현실은 충분히 이해되지만 상업화에 순수성을 잃어가는 그들의 모습이 안타깝다. 우로스 섬만 잠깐 돌아보는 일정이었는데도 하루가 힘들다. 하늘이 가장 가까운 곳 이여서인지 햇볕이 아주 뜨겁다.

숙소로 돌아와 한참을 쉬었다. 잠을 좀 자면 나아질까 해서 잠을 청해보지만, 머리가 아프니 잠도 오질 않는다. 저녁은 뭘 먹지? 고민하며 맛집을 검색한다. 근처에 근사한 식당이 있다. 저녁 식사를 하면서 페루 전통 공연까지 무료로 감상할 수 있는 곳이다. 숨을 헉헉거리며 식당을 찾아간다. 여긴 평지인데도 걷기가 어렵다. 좁고 꾸불꾸불한 골목길을 더듬더듬 찾아간다. 도대체 어디쯤이야? 호흡하기 힘들어서 짜증이 나려는 순간 간판이 보인다. 'Oskar'는 정해진 시간에 페루 전통 공연을 하는 극장식 식당이다. 속이 메슥거려 얼큰한 것으로 속을 풀고 싶어 면 종류를 시켰다. 그런데 역시나 이다. 쿠스코에서부터 지금까지 면이 먹고 싶어 여러 번 면 종류를 시켰는데 하나같이 묘한 맛이다. 아니 세상에서 처음 맛보는 형편없는 맛이다. 도무지 이 맛을 어떻게 표현하기가 어렵다. 한 입 베어 물자마자 몹시 불쾌해진다. 도저히 먹을 수 없어 국물만 겨우 마신다. 이번에도 또 실패다. 한기가 느껴져 주머니에 손을 넣었더니 추워서 꺼내 입은 겉옷 주머니에 뭔가가 잡힌다. 기내식 고추장이다. 혹시나하고 챙겼었는데 이걸 이제야 발견하다니. 만세다 만세! 고추장을 풀어 넣으니 그제야 조금 먹을 만하다. 7시 30분에 시작한 식사는 9시가 넘어서 끝났다. 극장식 식당이라 식사 중에 페루의 전통악기와 여러 전통의상을 입고 공연을 펼치는데 전통 의상들의 화려함과 아

매번 의상을 달리 하고 나온다. 달라진 의상에 따라 추는 춤도 다 다르다. 댄서들이 옷 갈아입는 시간 사이 사이, 악기들이 돌아가며 연주를 한다. 식사가 끝나면 각 개인별로 계산을 마친 후 공연자를 위한 팁을 모아 건넨다(1인당 5솔 정도).

메리카 인디언들의 춤을 연상케 하는 춤 동작들이 인상적이다. 마지막에 공연되었던 화려한 군무가 제일 기억에 남았다. 식사비용에 공연까지 볼 수 있으니 가성비는 나름 괜찮았던 것 같다. 솔직히 공연보다는 옆에서 끊임없이 기본 베이스음을 깔아주는 악기 연주자들에게 눈길이 갔다. 그들의 폐활량이 몹시 부러웠다. 누구는 가만히 있으면서도 가쁜 숨을 쉬어가며 공연을 보고 있는데 누구는 그 힘든 악기들을 쉼 없이 불어대고 있으니…. 페루 고유의 전통춤과 음악들을 축약해서 볼 수 있는 좋은 공연이었다.

호텔로 돌아와 짐을 다시 꾸린다. 페루는 오늘로 마지막이다. 내일은 볼리비아로 간다. 잠금장치가 번호로 되어있는 자물쇠를 사용하고 있는데 노안이라 숫자가 잘 보이지 않는다. 남미는 전기 사정이 좋지 않아 실내조명이 어둡다. 짐을 싸고 꾸릴 때마다 스마트폰을

춤 공연 내내 끊임없이 악기를 불어대는 연주자들의 폐활량이 마냥 부럽다.

열어 돋보기 앱을 켜서 보아야 한다. 나이가 들어서 여행하면 이런 어려움에도 봉착한다. 한 살이라도 젊을 때 여행을 다녀야 하는 또 하나의 이유이다.

여행을 다녀온 후 나중에 알게 된 사실. 고산지대에서는 끓는 물에 면을 넣어도 면이 익기 전에 먼저 퍼져 버리는 묘한 현상이 발생한다고 한다. 그래서 고산지 대에서의 면 요리는 세상에 없는 희한한, 묘한, 아주 기분 나쁜 맛이 난다고 한 다. 혹 그 맛이 도대체 어떤 맛인지 궁금하다면 도전해 보는 것도 그리 나쁘진 않 을 듯.

PART 02

BOLIVIA

볼리비아

내 인생 최고의 샷

'남미 최고의 하이라이트' 라는
우유니 사막을 보았다.
그런데 그 다음날 나는, 생각지도 못한,
내 인생 최고의 샷을 찍었다.

BOLIVIA
볼리비아

01

지구에서 가장 높은 수도 라파즈

여행 12일 차　볼리비아는 내륙국이다. 해안을 끼고 있는 곳이 한 곳도 없다는 말이다. 그런데도 볼리비아는 해군을 보유하고 있다. 호수가 바다처럼 커서 해군이 필요하기 때문? 그렇지 않다. 잃어버린 해안을 수복하기 위함이다. 볼리비아는 원래 태평양과 인접해 있는 해안이 있는 국가였으며 태평양에서 해군의 군사훈련을 해왔으나 거듭되는 인접 국가들과의 전쟁에서 패해 결국 모든 해안을 상실하였다. 볼리비아는 내륙국으로 전락하였음에도 불구하고 태평양 진출에 대한 뜻을 유지하고 있고 잃어버린 해안을 되찾을 때까지 티티카카 호수에서 해군의 군사훈련을 계속하고 있다. 남미에서 천연자원이 가장 풍부하나 모순적으로 가장 가난한 나라인 볼리비아. 정치가 국가를 어떻게 가난하게 만드는지를 보여주는 바로미터. 볼리비아의 해군을 응원한다.

오늘은 하루 종일 버스를 타고 이동을 해야 한다. 버스에서 버스로. 볼리비아의 행정 수도 라파즈La Paz가 목적지이다. 페루에 속한 티티카카 호수를 빙 돌아 볼리비아에 속한 티티카카 호수까지 간 다음 페루의 국경도시 용구요를 지나 국경 통과 후 볼리비아의 국경 마을 코파카바나Copacabana를 거쳐 라파즈까지 버스로 이동한다. 푸노에서 용구요까지 3~4시간, 코파카바나에서 라파즈까지 3~4시간 걸리는 일정이다. 중간중간 버스를 갈아타긴 하지만 하루 종일 버스로 이동하는 것이라 허리 아플 것을 먼저 걱정한다. 얼마를 달렸을까? 나도 모르게 깜박 잠들었는데 앞 사람들이 우르르 내리고 있다. 엉겁결에 주위를 돌아보니 오. 바다다. 아니 온통 바다 같은 호수다. 배를 타야 한다고? 마주 보이는 곳까지 배로 이동을 해야 하는데 사람은 사람대로 차는 차대로 타는 배가 다르다. 알고 보니 호수가 너무 크고 길어서 호수 길을 따라 육로로 이동하면 맞은편까지 가는데 3시간이 더 걸린단다. 3시간 길을 호수 이쪽 끝과 저쪽 끝을 잇는 배를 타고 이동하면 20분밖에 걸리지 않는다. 사람을 실을 배는 금방 왔는데 버스를 싣는 배는 아직이다. 호수를 건너서 버스를 기다리는데 저 멀리 우리가 탔던 대형버스를 실은 배가 호수를 천천히 건너온다. 한 폭의 수채화를 보는 것 같다.

버스에 올라 다시 달린다. 조금 더 달리니 페루의 국경 마을이 나온다. 국경을 통과한 다음엔 볼리비아 버스로 갈아타야 한다. 국경? 국경이 어디 있지? 페루의 출국 심사대에서 여권 확인을 받은 후 볼

티티카카 호수는 어디서 보아도 황홀할 정도로 아름답다.

호수를 건너기 위한 선착장.

대형버스를 여기에 싣고 호수를 건넌다.

버스를 싣고 있는 모습. 천천히 조심조심...

그냥 아무 곳이나 막 찍었는데도 멋진 그림엽서다.

리비아로 건너가려고 보니 국경이라는 느낌의 어느 것도 없다. 차량 통제를 위해 얼기설기 낡은 체인만 덩그러니 걸쳐져 있고 그 뒤로 페루 쪽으로 입국하려는 차와 반대편 차선으로 볼리비아로 입국하려는 차들이 줄지어 서 있을 뿐. 볼리비아 국경으로 가서 입국 수속을 밟는다. 볼리비아는 다른 남미 국가와는 달리 반드시 비자가 필요하다(그 외 나라들은 무비자 입국이다). 비자를 받으려면 황열병 예방접종 증명서와 여행 일정 및 숙소 등을 명기한 자료들도 제출해야 한다. 한국에서 출발 전 증빙서류를 갖추어 미리 받을 수도 있고 쿠스코 또는 볼리비아 국경과 인접한 나라의 출입국관리소에서 받을 수도 있다. 볼리비아 국경에서 입국 수속을 마치니 바로 옆에 환전소가 있다. 여기서 페루에서 쓰고 남은 돈을 다 바꿔야 한다. 이곳이 아니면 볼리비아 다른 곳에서 페루 돈을 환전하기 어렵기 때문이다. 남은 돈을 환전하는데 준 돈보다 돌려받는 돈이 더 많다. 딱 2배다. 페루보다 화폐가치가 2배가 더 낮다는 얘기. 볼리비아가 얼마나 가난한지를 단박에 알 수 있다. 볼리비아에서 페루로 입국하는 사람들은 정반대의 경우다. 아주 싼 물가에 익숙해 있다가 페루 화폐로 환전하면 그 흔한 잉카 콜라 사 먹는 것도 어마어마하게 비싸게 느껴져 망설이게 된다. 좌우지간 준 돈보다 돌려받는 돈이 많아지니 부자가 된 듯 기분이 좋다. 돈이란 원래 이런 것인가 보다. 그냥 많이 가지고 있다는 것만으로도 행복해지니 말이다. 볼리비아의 국경도시는 코파카바나Copacabana 이다. 이곳에서 라파즈로 가는 버스를 갈아타야 한다. 버스 시간까지 1시간여를 더 기다려야 한다. 대부분의 여행자는 이 시간에 주변을 돌며 점심을 먹는다. 호숫가 쪽으로 내려가니 볼리비아 쪽 티티카카 호수가 보인다. 또다시 탄성이 터진다. 누가 이걸 호수라 할 수 있을까? 끝없이 펼쳐진 수평선이 까마득하다. 하늘은 여전히 맑고 푸르다. 눈이 시리도록 푸르다는 말이 실감이 난다. 호숫가 벤치에 앉아 바나나와 토마토 등으로 간단한 점심을 먹는데 어디선가 날카로운 경상도 사투리가 들린다(역시 갱성도 사투리는 어딜 가나 표띠-표시의 경상도 사투리-가 난다). 조금 떨어진 옆 벤치에 앉아 있던 여인 둘이 내게로 다가온다. 오해 마시라 작업 걸려고 다가오는 게 아니니까. 배낭여행을 하다 보면 한국 사람만 만나면 반갑다. 어디서 오고 어디로 가는지를 통해 서로 정보를 교환하기 위함이다. 36세 부산 아가씨와 30세 김해 아가씨. 두 사람도 남미 여행 중에 인스타그램으로 동행 요청해서 볼리비아로 가는 중이라 한다. 6백만 원 예산으로 현재 90일째 남미 여행 중이라고. 젊은 이들이 부럽다. 경제적으로 고생(?)하는 것이 안쓰러워 과일 남은 것을 죄다 넘겨준다. 이것도 인연인데…. 부산 아가씨와 잡은 손을 오래도록 놓지 못한다. 같이 사진을 찍었다. 서로 짙은 선글라스를 쓴 채로. 그래서 이름도 얼굴도 모른다. 다른 외국 아가씨들과는 이름도 알고 메일 주소도 교환하는데 정작 말이 통하는 한국 사람은 그냥 그저 그렇게 헤어진다.

다시 버스를 탄다. 또 3시간 이상을 달려야 한다. 계속되는 고지대라 이젠 목소리까지 달라진다. 껐다 켜지도 않았는데 스마트폰 시간이 저절로 바뀌어 있다. 지금부터는 볼리비아다. 여기서 중요한 팁 하나. 볼리비아에서 라파즈행 버스로 갈아타게 되면 반드시 창가 쪽으로 앉아라. 그리고 절대로 졸지 마라. 그렇지 않으면 무지 후회하게 된다. 높은 산들에 둘러싸인 세계에서 제일 높은 곳에 위치한 티

볼리비아 쪽 티티카카 호수
(코파카바나).

티카카 호수의 위용을 보지 못하기 때문이다. 버스가 이동하면 얼마
지나지 않아 차창 밖으로 티티카카 호수의 전경이 보인다. 워낙 크

볼리비아 국경 마을 코파카바나Copacabana.

고 넓이 한눈에 들어오실 않는다. 당연히 카메라에 담아낼 수가 없다. 그러나 커다란 산들로 둘러싸인 티티카카 호수의 전체적인 아름다움을 내려다 볼 수 있는 최고의 전망을 맛볼 수 있다. 다시 한번 강조한다. 볼리비아로 가는 버스를 타게 된다면 창가에 앉으시라. 그리고 절대 졸지 마시길….

오른쪽 왼쪽 상관없다. 버스가 꼬불꼬불 돌아가기 때문에 왼쪽이 오른쪽이 되고 오른쪽이 왼쪽이 된다.

볼리비아 산들은 페루의 산들에 비해 둥글고 부드럽다. 페루가 깎아지른 절벽이나 수직처럼 서 있는 산들로 웅장함과 장엄함을 느끼게 한다면, 볼리비아는 호수를 끌어안은 넉넉한 마음을 가진 따뜻한 엄마 같은 산이다. 멀리 설산도 보이고, 여전히 눈에 보이는 것만큼 카메라가 담아내질 못한다. 버스를 세우고 싶다. 정말 버스를 세우고 싶다. 이 멋진 광경을 사진에 담을 수 있도록. 눈에만 담아 가기엔 너무 아쉬운 풍경이 많다. 페루에 이어 볼리비아도 이렇게 아름답다니. 또다시 눈물이 난다. 아름다워서 그리고 아내와 함께하지 못해서…. 한참을 더 달렸다. 길이 꼬불꼬불 멀미 날 정도로 휘어 돌아가다 어느 길목을 넘어서니 시야가 탁 트인다. 라파즈다. 직감적으로 느낌이 온다. 라파즈는 특이하게도 높은 산에 둘러싸여 있다. 더 특이한 것은 그 높은 산꼭대기에서부터 제일 아래 바닥까지 집들이 다닥다닥 붙어 있다. 빨간색 벽돌로 지어진 집들이 촘촘하게 다닥다닥 붙어있는 모습이 장관이다. 평지는 거의 볼 수 없고 거의 경사면이다. 이런 곳에 어떻게 집을 지을 수 있었을까? 버스 정류장까지 내려가는 길도 다시 꼬불꼬불 위태위태하게 내려간다. 아주 좁은 쿠스코 골목들이 생각난다. 높은 곳에서 보았을 땐 아래쪽이 금방일 것 같았는데 1시간이나 더 걸려서 겨우 바닥으로 내려왔다. 호텔까지 가는 택시비도 아주 싸다. 호텔도 아주 저렴하다. 페루보다 가격이 저렴한 호텔임에도 시설은 훨씬 더 낫다. 물가가 싸다는 것이 피부로 와 닿는다. 대부분의 건물이 좁고 경사진 곳에 세워져 있다. 라

세계에서 가장 아름다운 야경이라는 라파즈의 밤의 모습

라파즈의 낮의 모습. 다닥다닥 힘겹게 어깨동무하고 있는 집들. 꼭대기로 갈수록 더 열악하다. 세계 어디나 높은 곳에 있는 달동네는 서글프다.

파즈는 세계에서 가장 높은 곳에 있는 '수도'로 유명하다. 정확하게는 수크레Sucre가 정식 수도이고 라파즈는 행정수도이다. 해발 3,653m. 여전히 고도가 높다. 모든 길이 경사져 있어 걷기가 더 힘들다. 저녁을 먹고 세계에서 가장 아름답다는 라파즈 야경 투어에 나섰다. 낄리낄리 전망대Mirador Killililli에서 바라본 야경. 화려한 불빛으로 수 놓인 야경을 보면서 '아…, 멋있다'라는 탄성이 나오지 않는다. 쿠스코에서 보았던 가난함의 야경이기 때문이다. 다닥다닥 힘겹게 어깨동무한 붉은 벽돌집들이 빚어내는 야경이 가슴을 아프게 한다.

02

무리요 광장에서 달의 계곡 까지

여행 13일 차　7시에 눈을 떴다. 지금까지 여행 중 가장 늦잠을 잤다. 푹 쉬었던 것 같은데 머리가 아프고 콧물이 난다. 감기 초기 증세다. 어제 오래간만에 뜨거운 물로 샤워해서 몸이 더워진 탓에 옷을 좀 얇게 입고 잤더니 감기에 걸린 듯하다. 안 돼, 안 돼, 내일은 남미 최고의 하이라이트 우유니 사막을 보아야 한다. 아프면 안 돼. 아프면 안 돼.

오늘은 일정이 좀 여유롭다. 저녁에 우유니행 야간버스를 타는 것 외에 일정이 없어 시내투어를 했다. 도시의 인상을 알려면 메인 광장에 가보라는 말이 있다. 무리요 광장을 비롯한 하엔 거리. 주술 용품과 기념품을 파는 마녀 시장과 근교에 위치한 달의 계곡 투어에 나선다.

국회의사당과 거꾸로 시계
사진의 시계를 확대해보면 숫자가
거꾸로 되어있다.
시침과 분침도 거꾸로 돈다.
유럽과 미국 등 북반구 중심 질서에
종속되지 않겠다는 뜻이라고 한다.

무리요 광장의 무리요 동상
볼리비아 독립의 영웅이다.

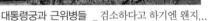

대통령궁과 근위병들 _ 검소하다고 하기엔 왠지...

마녀 시장 _ 가게에서 파는 물건들이 대부분 음산하고 기괴하다. 미래의 길흉을 점치는 주술이나 병을 치료하는 부적 등을 판다. 새 집을 지을 때 새끼 라마 미이라를 묻으면 행운이 온다는 믿음 때문에 가게마다 말린 새끼 라마를 주렁주렁 매달아 놓고 있다. 자세히 보면 말린 토끼도 보인다.

투어를 나서기 전에 주의할 사항. 라파즈는 남미에서도 치안이 좋지 않기로 유명하다. 소매치기는 아주 흔하고 택시를 타도 강도로 돌변할 수 있다는 얘기가 들린다. 택시를 탈 때는 지붕에 전화번호가 붙어 있는 '라디오 택시'만을 타야 하고 경찰 복장을 한 사람이

달의 계곡(Valle de la Luna) _ 지형의 모습이 달의 표면과 흡사하다고 하여 붙여진 이름. 칠레의 산 페드로 아타카마에도 같은 이름의 계곡이 있다.

동행을 요구해도 절대로 따라가서는 안 된다. 산소가 부족한 곳이라 조금만 목을 졸라도 금방 기절하고 만다는 우스갯소리도 들린다. 라파즈는 특이하게도 도시 전체가 심각한 오르막이다. 모든 길이 오르막 내리막이다. 평지를 구경하기가 쉽지 않다. 가장 바닥인 곳에서 꼭대기까지 어떻게 오르내릴까 궁금했는데 궁금증이 단박에 풀렸다. 시내를 돌아다니면 머리 위로 쉴 새 없이 무언가 날아다닌다. 라파즈를 여행하면 꼭 타보아야 하는 '텔레펠리코Telefelico. 흔히 말하는 케이블카다. 다른 곳에서는 관광수단인 케이블카가 이곳에선 대중교통수단이다. 정말 지하철처럼 총 7개의 노선이 있고 다른 노선으로 갈아타는 환승역도 있다. 여러 개의 역을 거쳐 산동네에서 시내로, 이쪽 동네에서 저쪽 동네로 서로를 이어주고 있다. 라파즈의 지역적 특성에 걸맞은 기막힌 아이디어다. 케이블카를 타고 꼭대기에 닿으니 어제 보았던 라파즈 야경이 오버랩 된다. 가난한 달동네 야경일 거라는 내 짐작이 맞았다. 산꼭대기 구석구석까지 집을 지을 수 있는 공간은 모조리 집을 지어놓은 형국이다. 꼭대기에 가까울수록 양옥에서 양철지붕으로 바뀐다. 어느 나라나 못사는 사람들이 사는 곳은 맨 꼭대기 달동네인가 보다. 특이하게도 그 높은 달동네에도 작은 규모의 축구장이 군데군데 보인다. 문득 볼리비아 축구 이야기가 생각났다. 자국에서 경기할 땐 무적 최강이라고. 고산증세로 숨쉬기조차 힘든 곳을 그들은 뛰어다닐 수 있으니….

아무런 사고 없이 무사히 시내 투어를 끝냈다. 서둘러 버스정류장

대중교통수단인
텔레펠리코(케이블카).
다른 노선으로
갈아타는 환승역도 있다.

낄리낄리 전망대에서 바라 본
낮의 라파즈 전경
일본 애니메이션
'천공의 성 라퓨타'가 바로
라파즈를 모델로
만들었다고 한다.

근처에서 저녁을 먹는다. Trip Adviser 앱을 통해 아주 좋은 평가를
받은 레스토랑을 찾았다. 버스 시간까지 1시간 30분 정도 여유가 있
다. 출발 준비를 완벽히 끝낸 터라 오랜만에 식사다운 식사를 즐기
고 싶었다. 그런데 음식이 느려도 너무 느리다. 나보다 뒤에 온 손님
의 음식이 먼저 나왔다. 이럴 때 우리나라 사람들은 속된 말로 꼭지

가 돈다. 종업원을 불러 항의를 하니 주문이 엉겼다고 한다. 홀의 주문이 주방에 전달되지 않은 것이다. 항의를 받고 그제야 요리를 준비하는데 음식 나오기까지 물리적인 시간이 걸린다. 상황이 급변한다. 여유 있던 버스 시간이 초읽기에 몰리고 중간에 자리를 박차고 나오자니 새로운 식당을 찾는 것도 시간이 걸리고 다른 곳에 가서 빨리 주문을 한다 해도 여기보다 더 빠를 것 같지 않다. 울며 겨자 먹는 심정으로 그냥 기다린다. 자칫 저녁을 부실하게 먹으면 밤새도록 달리는 야간버스의 긴긴밤이 힘들어질 것이라는 판단도 한몫했다. 드디어 요리가 나왔다. 시간이 촉박하니 요리를 즐길 수 있는 상황이 아니다. 우걱우걱 마구 구겨 넣는다. 급하게 먹으니 목이 멘다. 콜라를 추가로 주문했다. 가져다주질 않는다. 홀에 손님들이 몇 있긴 하지만 바빠서 힘든 상황은 아니다. 목멘 상태로 'Coke, Coke' 소리를 치니 그제야 가져다준다. 이번엔 컵을 안 준다. 아니 줄 생각이 없다. 아~ 이런~ 어떻게 콜라를 병으로 주면서 컵을 같이 주지 않을 수 있을까? 피스코 햄버거 가게에서의 악몽 같은 해프닝이 떠오른다. 이번엔 컵을 달라고 또 소리를 친다. 시계는 자꾸 돌아가는데…. 식사를 하는 것이 아니라 입안으로 밀어 넣고 있다. 마음이 급하니 식사를 끝내기 전에 계산서를 달라고 했다. "라 꾸엔따La cuenta, La cuenta" 마음이 급한데 종업원이 계산을 제대로 못 한다. 속이 터진다. 결국 주방에 있던 사장이 나와 계산을 한다. 연필로 적어가며 덧셈을 한다. 시간 초읽기에 몰리니 계산이 맞는지 확인할

겨를이 없다. 힐끗 보니 그 바쁜 와중에도 이 친구들 서비스료 (charge)를 포함해 놓았다. 이건 못 줘! 험상궂게 인상을 쓰면서 No 를 외친다. 음식이 늦어서 내가 버스를 놓치게 생겼어. 이거 다 너네 책임이야! 이런 말을 어떻게 했는지 잘 기억나질 않는다. 미인을 만 날 때와 마찬가지로 이럴 때 스페인어, 영어 막 섞이고 보디랭귀지 까지…. 사장이 "Lo siento(미안합니다)"라고 말하며 OK를 한다. 가 방, 모자, 스마트폰, 배낭 등등 급하게 챙겨 나오기 바쁘다. 이럴 때 뭐라도 빠뜨리면 돌이킬 수 없다. 바쁠수록 침착하게. 서두르지 마 라. 혼자 최면을 건다.

식당에서 정류장까지 제법 먼 길을 큰 배낭을 메고 캐리어까지 끌 고 헐레벌떡 뛰었다. 내리막이라 얼마나 고마웠는지 모른다. 버스를 놓칠까 봐 가슴이 콩닥콩닥 뛰었다. 다행히 10분 전에 도착했다. 우 유니행 까마버스에 올랐다. 지난번 페루에서처럼 럭셔리한 버스를 기대했는데 까마버스가 까마가 아니다. 페루의 까마버스는 우리나 라 우등고속의 품격이라면 볼리비아 까마버스는 '영~아니올시다' 다. 화물칸에 짐을 싣는데 아무것도 확인하지 않고 그냥 싣는다. 페 루처럼 짐표를 주고받지도 않는다. (페루 까마버스에서도 짐표를 주긴 했 지만, 막상 도착해서 짐을 부릴 때는 제대로 확인을 하지 않아 누군가 내 배낭이 나 가방을 가져갈 수도 있어 짐 내릴 땐 항상 자신의 짐을 잘 살펴야 한다). 화장 실 물도 나오지 않고 물이 없으니 누군가 볼 일 본 것이 제대로 처리 되지 않아 출입하기가 곤혹스럽다. 옆자리와의 커튼도 없고 좌석의 시트도 모두 낡았다. 나누어 주는 담요는 불결하고 난방이 잘 안 되어 춥기까지 하다. 조그만 샌드위치 같은 것을 간식이라고 주는데 열어보지도 않았다. 이런 상태로 우유니까지 9시간을 달려야 한다. 화장실 가는 게 곤욕이라 물 마시는 것도 조절하고 있다. 잠이라도 푹 들면 좋겠다.

남미의 버스들은 장시간 운행이 기본이다. 적게는 5시간부터 최고 36시간 걸리는 것도 있다. 장거리 이동이다 보니 2명이 교대로 운전을 한다. 대부분 2층 버스고 1층 맨 앞쪽은 운전자와 조수가 함께 타게 되어 있어 꽤 넓다. 어떤 경우엔 운전자와 조수, 그리고 부인으로 보이는 여자들도 함께 동승하는데 아마 수다로 인한 졸음 방지용인 듯하다. 우유니 사막으로 가는 야간 버스의 내 자리가 2층 앞에서 3번째. 1층과 2층이 통하는 계단 바로 옆이라 1층 운전석의 요란스러운 수다가 고스란히 귀에 들린다. 아~ 괴롭다. 밤새도록 추위와도 싸워야 했지만, 볼륨 높은 스페인 억양과 깔깔거리는 아주머니의 웃음소리와도 전쟁을 치러야 했다.

BOLIVIA
볼리비아

03

우유니, 아 우유니!!!

여행 14일 차

얼마나 놀았을까?
허리 아픈 것도, 고산지대라 숨이 가쁜 것도
전혀 느낄 수 없다.
오직 즐거움, 오직 기쁨,
환상적인 탄성만 있다.
그래 이 맛이야!
가는 길이 아무리 힘들고 어려워도
이 맛에 여행하는 거야.
말로 다 할 수 없는 황홀함. 아 우유니!!!

우유니
아~ 우유니!

죽기 전에 꼭 가봐야 하는 우유니 사막!!!

왜 다들 그렇게 말하는지는 가봐야 알 수 있다.

새벽 4시 30분. 우유니Uyuni에 도착했다. 해가 뜨기 전이라 날씨가 아주 차다. 버스 창문은 하얗게 서리로 덮여있다. 버스에서 내리니 하얀 입김이 나오고 날씨가 오싹하다. 남미의 3월은 건기로 겨울의 초입이다. 이곳 역시 해발 3,600m가 넘는다. 쿠스코부터 시작된 고산지대가 2주일이 넘도록 계속되고 있다. 쿠스코보다 훨씬 더 춥다. 우유니에 도착하면 투어 프로그램을 판매하는 호객꾼들이 달려든다. 여행사도 많고 일몰 투어, 일출 투어, 1박 2일 투어, 2박 3일 투어 등 다양한 투어 상품이 있다. 나는 우유니 사막 투어를 하면서 볼리비아를 거쳐 칠레 국경까지 가는 2박 3일 투어를 신청해 두었다. 가격이 비슷비슷한데 가격이 비슷할 땐 가급적 비싼 것을 선택하는 것이 좋다. 볼리비아는 시설이 열악해서 싼 게 정말 비지떡이다. 모든 여행상품의 가격차이 발생 요인 중에 음식과 숙박이 차지하는 비중이 크겠지만 볼리비아에서 그 차이는 엄청나다. 찬물에 샤워하느냐 더운물에 샤워하느냐, 1인 개인 룸에 자느냐 도미토리에 자느냐, 숙소에 남녀 구별 없는 공동화장실이 1개냐, 2개냐 등등의 세밀한 차이가 바로 가격 차이다. 또 하나 여행사를 선택할 때 고려해야 할 사항이 있는데 투어가이드에 대한 관광객들의 평가다. 성의를 다해 멋지고 재미있는 사진을 찍어 주는 가이드를 만나는 것이 우유니 사막 투어의 최고의 행복이다.

투어 픽업 차량을 기다리는 동안 근처에 있는 시장으로 아침 요기를 하러 나섰다. 아침 7시. 이제 막 장이 열리고 있다. 시장의 파는 물건이나 바닥에 늘어놓은 구조가 우리 시골장터랑 똑같아 정겹고 익숙하다. 우리랑 비슷하다면 분명히 시장 어디쯤 국밥 같은 것을 파는 곳이 있을 텐데…. 두리번두리번하니 아니나 다를까? 시장 구석 어느 모퉁이에서 김이 모락모락 난다. 그러면 그렇지. 현지인들 사이에 얼른 자리를 잡고 앉는다. 엄마 손을 잡고 있는 앞니 빠진 아이가 동양인을 처음 보는 듯 계속 쳐다본다. 아니 식사를 하던 사람들뿐 아니라 시장 사람들이 다 쳐다본다. 다들 무얼 먹고 있나 파는 음식을 살펴보니 김이 무럭무럭 나는 국물을 기본으로 뭔가를 넣어준다. 자세히 본들 알 수가 없다. 재래시장이라 메뉴판도 사진도 없으니 그냥 도전하는 마음으로 펼쳐진 음식 중 시장 사람들이 가장

차가 많이
찌그러져 있어서
사진을 찍으러
올라서는데
망설임이 없었다.

많이 먹고 있는 것을 시켰다. 대박~. 탁월한 선택이다. 무엇인지는 몰라도 속이 시원하고 뜨뜻해진다. 고산병에 시달리느라 제대로 먹지 못했는데 따뜻하고 알찬 아침을 먹었다. 가격은 10볼, 우리 돈으로 약 1,500원이다. 혹시나 하고 먹지 않고 들고 있었던 까마버스의 간식을 앞니 빠진 아이에게 주니 아이의 얼굴에 함빡 웃음꽃이 핀다. 아침을 든든히 먹고 나니 쭈그러졌던 몸이 쭉 펴지고 세상을 다 가진 것 같다. 잘 먹은 한 끼에 사람의 마음이 이토록 간사해지다니…. 투어 차량이 도착했다. 4×4차량 사륜구동 렉스턴이다. 첫눈에 보아도 아주 많이 낡고 오래되었다. 앞 유리는 깨어져 테이프를 붙였고 사이드미러도 왼쪽은 아예 깨져서 없다. 보닛은 찌그러져 위쪽으로 불쑥 솟아나 있다. 산전수전 다 겪은 역전의 용사다운 위용이다. 투어 신청한 사람들을 그렇게 멋진 차에 4명씩 조를 짜서 태

기차 무덤 _ 1900년대 볼리비아 광산이 활황이던 시절 달리던 기차들. 우유니 사막 투어 전 방문 코스. 녹슨 기차 위로 서로 올라가 사진을 찍는다. 사막을 보기 전에 벌써 동심童心으로 돌아가 있다.

우유니 사막 초입에 있는 콜차니 마을 _ 사막에서 채취한 소금을 정제하는 마을. 기념품도 팔지만 별로 살 것은 없다. 그러나, 굉장히 중요한 마을이다. 사막에 들어가기 전, 반드시 볼일을 봐야 한다. 물론 화장실 사용은 유료다. 여기서 볼일을 보지 않으면 반드시 후회하게 된다.

운다. 운전기사가 투어가이드를 겸하고 있어 투어가이드를 잘 만나야 좋은 사진들을 찍을 수 있다는 것을 나중에야 알았다.

출발하려는데 신발을 갈아 신으라고 한다. 모내기할 때 신는 것과 같은 긴 장화다. 웬 장화? 사막에 장화라니? 화려한 데칼코마니 같은 사진들에 장화는 없었는데? 우유니 투어에 대한 사전 지식이 없었던 터라 왜 장화를 신으라고 하는지 알 수가 없었다. 드디어 출발, 우유니 소금사막으로 간다. 사진으로만 보았던 환상적인 무대가 내 눈앞에도 펼쳐지기를 기대하며 차량 앞자리 조수석을 꿰차고 앉았다. 비포장도로를 얼마나 달렸을까? 멀리 평원에 무언가 잔뜩 늘어서 있고 투어 차량이 줄지어 서 있다. 기차 무덤이다. 우유니는 오래전 기차가 오가던 마을이었는데 1900년대 볼리비아 광산이 활황이던 시절에 달리던 증기 기관차, 궤도차 등 더 이상 사용하지 않는 기차들을 이곳에 모아놓았다. 일종의 기차 폐차장인 셈이다. 녹슨 채 버려져 황폐한 모습이지만 관광객들에겐 새로운 놀 거리, 볼거리가

소금 호텔 _ 호텔 내부의 모든 것이 소금으로 만들어져 있다. 심지어 침대까지. 화장실? 당연히 있다. 그런데 콜차니 마을 보다 2배 비싸다. 묘하게도 한국 돈으로 환산해도 다소 비싼 느낌인데 볼리비아 물가 대비 생각하면, 그래서 타이밍 놓친 사람들은 다들 그냥 참는다.

소금 호텔 옆에 설치 된 각국 국기 게양대 _ 태극기 앞에서 멋지게 독사진도 찍었지만, 보여줄 수 없어 아쉽다.

되고 있다. 녹슨 기차 위로 다투듯 올라가 사진을 찍는 사람들! 멈춰 버린 녹슨 기차들의 흔적이 추억의 포토존이 되었다.

 짧은 유희를 끝내고 다시 출발, 콜차니Colchani 마을에 들른다. 콜차니는 우유니 사막에서 채취한 소금을 정제하는 마을이다. 우유니 사막에 있는 소금은 오직 이곳에서만 생산한다고 한다. 하지만 그렇게 중요한 곳이어서 들른 것이 아니다. 투어 가이드가 짧은 영어로 화장실을 꼭 다녀오라고 한다. 지금 볼일을 보지 않으면 나중에 심각하게 후회하게 된다고. 왜지? 사막 한가운데 길게 서 있는 건물이 보인다. 소금 호텔이다. 소금 바닥에 소금 벽돌, 테이블, 의자, 침대 등 모든 것이 소금으로 만들어져 있다. 호텔 한쪽 옆에는 각 나라의 국기가 펄럭이는 국기 게양대가 있다. 모두 자기 나라 국기를 찾아 사진을 찍느라 바쁘다.

이게 우유니야? 투어 차량에서 우르르 내렸는데 바닥이 하얗다. 온 땅바닥이 소금 천지다. 바닥을 긁어 보니 굵은 소금이 한 움큼 쥐어진다. 눈앞에 끝없이 펼쳐져 있는 이 모든 땅이 다 소금이라니! 장관이다. 장관! 우유니 사막은 볼리비아 남서쪽 해발 3,656m에 위

끝없이 펼쳐 진 소금, 소금, 소금. 소금 매장량 약 100억 톤 이상. 그 속에 있는 리튬 매장량이 약 1억 4천만 톤. 세계 매장량 절반이라고 한다.

치한 소금으로만 되어 있는 넓은 평원이다. 면적이 자그마치 1만 582㎢. 우리나라 경상남도 크기로 세계에서 가장 큰 소금 사막이다.

우유니 사막의 위기

어쩌면 더 이상 우유니 사막의 장관을 볼 수 없을지 모른다. 우유니 사막의 소금에는 리튬이 많이 함유되어 있다. 세계 매장량의 절반 이상이 이곳에 있다. 리튬은 전 세계적으로 공급이 한정된 희소 광물로 전기 자동차 배터리 소재에 핵심적인 원료이다. 석유가 검은 황금으로 불린다면 리튬은 하얀 석유로 불릴 만큼 그 가치를 인정받고 있다. 전기 자동차의 수요가 폭발적으로 늘고 있는 지금 전 세계 국가들이 리튬 채굴권 확보 경쟁을 벌이며 우유니 사막의 리튬에 눈독을 들이고 있다. 볼리비아 정부는 최근 우유니 사막의 리튬 개발을 위해 해외 각국의 투자를 받아들이고 있어 세계적으로 뛰어난 경관을 가진 우유니 사막이 사라지는 것은 시간문제이다. 가난한 나라의 자원 활용에는 이견이 없으나 환경과 생태계를 보전하면서 개발하는 지혜는 없을까? 안타까운 마음이다.

3월 말경이라 남미는 이제 막 우기가 끝나고 건기가 시작되었다. 우유니 사막은 우기가 여행의 적기이다. 그래야 하늘이 호수에 그대로 투영되는 멋진 모습을 볼 수 있는데 지금은 건기가 시작되는 초입이지만 얼마 전 비가 내려 바닥에 어느 정도 물이 고여 그나마 행운이란다. 건기에 오는 사람들은 물 없는 건조한 소금사막만 보고 간단다. 물론 건조한 소금사막도 나름 멋지긴 하겠지만 우유니 하면 뭐니 뭐니 해도 우기의 소금사막이다. 하늘의 구름이, 하늘의 별이 호수에 그대로 담겨있는 환상적인 아름다움을 직접 눈으로 볼 수 있기 때문이다.

여전히 고산지대라 조금만 걸어도 숨이 가쁘다. 우유니 사막에 관한 글과 사진들을 워낙 많이 보아온 탓에 기대치가 보통 아니다. 그 멋진 환상적인 데칼코마니가 짜잔~ 하고 어디서 펼쳐질까 못내 궁금하다. 차를 타고 계속 들어가는데도 인터넷 사진 등으로 보았던 그 멋진 장면을 찾을 수 없다. 이 황량한 소금 사막에서 어떻게 그런 환상적인 사진을 찍었을까? 어디냐고 계속 채근하는 내게 투어 가이드가 완벽한 한국말로 얘기한다. "천천히, 천천히"

볼리비아는 남미에서 가장 가난한 나라 중 하나이다. 거리를 다녀 보면 하루 벌어 하루 먹고 사는 현지인들의 고달픈 삶의 모습이 그대로 눈에 보인다. 도로 대부분이 비포장이고 모든 시설이 열악하다. 그런데도 전 세계 관광객들이 볼리비아로 몰려든다. 우유니 소금사막 때문이다. 우유니 소금사막은 지각변동으로 솟아올랐던 바다가 빙하기를 거치면서 호수로 변했는데 비가 적고 건조한 기후로 인해 물은 모두 증발하고 소금 결정만 남았다. 비가 오면 소금사막 표면에 20~30cm의 물이 고여 얕은 호수가 만들어지는데 바닥이 소금으로 하얗다 보니 하늘이 그대로 호수에 비치고 밤에는 하늘의 별들이 몽땅 호수에 들어가 있는 장관을 연출한다. 그렇게 소문난 우유니 사막에 도착했는데 환상적인 모습이 보이질 않는다. 우기가 지나 건기로 접어들어 물이 없으니 그냥 건조한 소금뿐이다. 이럴 줄 알았으면 2월에 올 걸…. 후회막급이다. 투어 가이드(운전기사)가 그런 나를 보고 씽긋 웃는다. 나더러 Lucky guy란다. 운이 좋다고? 사륜구동 Jeep을 타고 한참을 더 들어간다. 멀리 뭔가가 보인다. 물이 다 물! 차에서 내리니 바닥에 물이 질펀하다. 장화를 신게 한 이유를 이제야 알았다. 3월 말이라 건기 초입인데 다행스럽게도 얼마 전 비가 내려 물이 제법 고여 있다. 우기에는 사막 초입부터 물이 흥건하

건기라 물이 고여 있는 곳까지 차를 타고 한참을 달려야 했다.

여 들어서자마자 탄성을 자아내는데 지금은 건기라 물이 별로 없어 물이 고여 있는 내부 깊숙이 들어온 것이다. 바닥이 소금으로 하얗다 보니 하늘이 정말 그대로 다 비친다. 다들 내리자마자 탄성을 지르며 사진 찍기에 바쁘다. 혼자 온 서러움이 또 폭발한다. 나도 멋지게 찍히고 싶은데…. 다른 사람들 찍어주기 바쁘다. 모두 온갖 폼들을 잡으며 사진 찍기에 여념이 없다, 절벅절벅, 옷이 소금으로 절어가는 것도 아랑곳 하지 않고 펄쩍펄쩍 뛰어다닌다.

얼마나 신나게 뛰어놀았을까? 각 차량 가이드가 차량 뒤 짐칸에 점심을 차려놓는다. 페루에서 익숙하게 먹었던 고기류와 감자튀김,

바닥에 반사거울을 깔아놓은 듯… 물이 많으니 확실히 환상적이다.

허리 아픈 줄도 모르고 펄쩍펄쩍 뛰었다.

그리고 와인. 어린애처럼 뛰어놀았더니 배가 고프다. 환상적인 경치를 보면서 소풍 나온 듯 야외에서 먹는 점심도 나름 운치가 있다. 점심을 먹고 나니 가이드들이 약속이나 한 듯 차량에서 뭔가를 꺼낸다. 그렇다. 우유니에 오면 수많은 사람이 만들어 내는 작품 사진에 등장하는 빨강 파랑 초록 행사용 플라스틱 의자들이다. 공룡 인형도 꺼내고 로봇도 꺼낸다. 저마다 차량 가이드의 지휘 아래 작품 사진을 찍는다. 가이드가 손짓 발짓으로 자세를 알려주면 우리는 재주껏 알아서 포즈를 취한다. 가이드에 따라 사진 찍는 수준이 다르다. 베테랑 가이드는 사진 찍는 자세도 남다르다. 우리가 인터넷에서 보는 원근감 없는 착시 사진은 찍는 사람이 바닥에 완전히 엎드려야 제대

가이드가 손짓 발짓으로
자세를 알려주면
우리는 재주껏 알아서
포즈를 취한다.

로 된 착시 사진이 나온다. 어설픈 우리들도 수없이 시도해보았지만
제대로 된 사진이 나오질 않는다. 아무도 물이 절벅거리는 바닥에
완전히 엎드리지 못하기 때문이다.

누워서 사진 찍는 가이드의 그림자가 잡혔다. 바닥에 완전히 누워야 멋진 착시 사진이 나온다.

이걸 멋지게 찍어보려고 투어 동행자 중 원색 옷 입은 사람들이 선발되었다. 빨간 옷을 입고 있었던 나도 당첨!

이게 뭐 하는 거냐고? 바닥에 비친 글씨를 자세히 보면 UYUNI. 가이드들이 시키는 대로 하면 요런 작품이 나온다.

다시 차를 타고 물이 더 많은 곳으로 이동한다. 이번엔 일몰이다. 지는 태양이 물 위에 비쳐 또 다른 장관을 연출한다. 여기서도 사진들을 찍는다. 주변이 어둑해지는데도 다들 떠날 줄을 모른다. 아쉽

석양이 진다.
시간이 지날수록 온통 주변이
붉은빛으로 타오른다.
어두워 질때까지 석양을 바라보며
떠날 줄을 모른다.

지만 돌아갈 시간이다. 원래 투어 일정은 선인장 섬Isla Incahuasi 을
돌아보고 소금사막을 질주한 후 한밤중에 별빛 투어까지 하는 일정
인데 최근 내린 비로 물이 많아 선인장 섬으로 가는 길이 막혔단다.
게다가 오늘이 보름달이라 별빛 투어도 취소되었단다. 아…. 호수에
비치는 쏟아지는 별들을 볼 수 없다니…. 정말 아쉽다.

어느새 주변이 어둠에 물든다, 대장 가이드 차가 앞장서고 그 뒤를 다른 차들이 꼬리에 꼬리를 물고 이동한다. 사막에 흩어져 있던 수많은 투어 차량들이 헤드라이트를 환하게 비추며 되돌아오는 모습도 볼만하다. 사방이 물인데도 아슬아슬 길을 잘 찾아간다. 바퀴 위까지 물이 차오른다. 어떤 곳은 창문턱까지 오를 정도로 깊다. 위험하다. 가이드도 우리도 잔뜩 긴장하고 있어 달빛 휘황찬란한 사막 풍경에 카메라를 들이대지 못한다. 이런 위험들 때문에 우유니 사막 투어는 볼리비아 현지 여행사를 반드시 통해야 한다고 한다. 주변이 온통 하얀 사막이라 현지인들 아니면 길을 제대로 찾지도 못하고 지금처럼 한밤중에 아무런 불빛도 없는 상황에서 물을 가로질러 가려면 이곳 지형을 손바닥처럼 알고 있지 않으면 안 되는 까닭이다. 모두들 숨죽이며 긴장하고 있다. 무사히 사막을 빠져나왔다. 와~ 하는 또 다른 탄성이 터져 나온다. 수많은 사람들의 감탄과 탄성…. 왜 죽기 전에 꼭 가봐야 하는 곳인지에 대한 뜨거운 찬사…. 아, 나도 더 이상 말을 할 수가 없다. 그냥 꼭 가보아야 한다는 말 밖에….

04

내 인생 최고의 샷

여행 15일 차 보통의 여행은 클라이맥스를 지나면 대개 시들
해지기 마련이다. 드라마도 영화도. 남미는 다르
다. 클라이맥스가 지난 후 시들해질 시간도 없이 새로운 클라이맥스
가 연이어 나온다. 별로 기대하지 않았는데도. '남미 최고의 하이라
이트'라는 우유니 사막을 보았다. 그런데 그다음 날 나는, 생각지도
못한, 내 인생 최고의 샷을 찍었다.

우유니 2박 3일 투어는 우유니 사막을 시작으로 볼리비아 여러 호
수를 관통해 칠레 국경까지 가는 일정이다. 남미 투어를 통틀어 숙
박 및 편의시설이 최악인 곳이다. 와이파이가 전혀 연결되지 않으며
전기 충전조차 원활하지 않아 라파즈La paz를 출발할 때 모든 전기
관련 기기는 충전을 충분히 해 두어야 한다. 투어 기간 숙박과 매 끼

니의 식사가 모두 포함되어 있어 가격에 따라 먹는 음식, 숙박시설 등에 차별이 있다. 그래서 현지 여행사와 가격을 흥정할 때 잘 확인해야 한다.

여기서 잠깐, 어젯밤에 있었던 에피소드 하나. 남미는 대부분 전기 '순간온수기'를 사용한다. 때문에 호텔 등에서 투숙객이 같은 시간에 몰릴 경우 찬물 샤워를 각오해야 한다. 고산지역은 추워서 더운물이 나오지 않으면 낭패를 당한다. 어제 묵은 숙소는 사막 내부에 있는 마을의 숙소여서 남미 다른 나라들과 비교해 전기 사정이 더 좋지 않아 '순간온수기'를 이용한 더운물 사용에 제한이 있었다. 1인당 5분 사용을 초과하면 더운물은 커녕 찬물 사용도 어렵다며 씻는데 5분을 넘기지 말라고 가이드가 신신당부한다. 5분 만의 샤워? 옛 군대 생활의 아찔한 추억이 스쳐 지나간다. 투어에 참여한 사람들끼리 순서를 정한다. 나는 먹는 것 보다 씻는 게 먼저라 판단해서 1번으로 씻는다. 진짜 5분이 지나니 더운물이 나오질 않는다. 찬물로 얼른 마무리했다. 이 추위에 찬물 샤워라니⋯. 2번 3번⋯. 씻다가 중간에 다들 곡소리가 난다. 결국 4번이 씻다 말고 괴성을 지른다. 찬물도 더 이상 나오지 않는다고⋯.

오늘부터는 하루 종일 사륜구동차로 이동을 한다. 1대의 차량에 4~5명씩 탄다. 제일 앞차는 다른 차에 비해 가격이 좀 더 비싸다. 먼지를 덜 먹기 때문이다. 무슨 말이냐고? 볼리비아는 대부분 비포

이도로는 비포장이지만
아주 양호한 편.
이런 길마저 비가 오면
길이 달라진다.
달리면서 여러 번 길이
유실되어 후진으로 되돌아
나오기도 했다.
그럴 땐 앞서 가던 1번이
꼴찌가 된다.
내가 탄 차는 2번째 이다.

장도로여서 차가 달리면 지독한 먼지가 발생한다. 그래서 뒤를 따르
는 차들은 앞차의 먼지를 고스란히 받을 수밖에 없다. 맨 앞에 달린
다고 먼지에서 완전히 해방되는 것은 아니다. 앞차가 조금 덜 하긴
하지만 비포장도로의 먼지 샤워를 피할 순 없다. 먼지 때문에 앞차

가 보이지 않는다. 매캐한 먼지 냄새에 숨쉬기가 어렵다. 이럴 줄 알았으면 방독면을 준비할걸. 어제 얼마나 신나게 놀았던지 타자마자 졸음이 물밀듯 온다. 〈졸음은 천하무적, 이기려고 하지 마라〉 우리나라 고속도로에 있는 졸음 방지 문구처럼 과연 졸음은 천하무적이다. 극심한 먼지조차도 이기고 있다. 물론 방독면 없이도 숨은 잘 쉬

실로리 사막의 돌나물
Arbol de Piedra.
바위가 바람에 깎여
나무처럼 보인다.

바람에 깎인 기암괴석들과 하늘. 이게 묘하게 아름답다.

고 있다. 한참 꿀잠을 자고 있는데 차가 멈춘다. 깨어 바깥을 보니 와~ 붉은 모래와 산밖에 보이지 않더니 여기는 좀 특별하다. 주변의 돌 모양들이 예술작품이다. 화산 때문에 생긴 바위들이 바람에 깎여 마치 모래사막에서 자라는 신비한 나무들 같다.

한참을 더 달린다. 잠을 깬 탓에 먼지가 또 불편해진다. 길가에 차를 세운다. 붉은색의 멋진 호수가 내려다보인다. 콜로라다 호수 Laguna Colorada다. 어떻게 호수의 물이 붉은색이지? 이 호수는 철분이 많이 섞인 미네랄과 물속에 사는 특정 조류藻類가 서로 반응해서 그렇게 보이는 것이라고 한다. 또 와우~ 플라밍고다. 야생의 플라밍고를 이렇게 가까이에서 볼 수 있다니…. 붉은색의 커다란 호수가 빨간 플라밍고들로 뒤덮여 있다. 주변의 기괴한 바위들과 어울려 붉은 행성의 다른 별에 온 듯하다. 숨이 멎을 만큼 치명적으로 아름답다. 그 아름다움에 빨려들 것 같다.

사막에 사는 토끼 종류의 작은 동물. 생긴 것과는 달리 냄새가 아주 고약하다.

에디온다 호수Laguna Hedionda에서 점심을 먹는다. 이곳이 모든 투어 차량들이 점심을 먹는 집결지인 모양이다. 각 차량의 투어가이

내 **인생 최고의 사진** _ 은퇴 후 편안하게 남은 인생을 즐기는 여유 있는 모습이 보인다.
100세까지 이런 모습으로 살아가길 희망해 본다.

드(운전기사)들이 점심을 준비한다. 점심 준비가 다 되었다고 오라고 부른다. 사진을 찍다 말고 돌아서는데 문득 멋진 경치가 보여 옆 사람에게 급히 스마트폰을 주면서 사진을 찍어 달라 부탁을 했다. 이렇게 급하게 찍힌 사진에서 내 인생 최고의 샷이 나왔다.

점심을 먹고 또 달린다. 붉은빛 황량한 벌판을. 그 이후에도 계속 달리면서 여러 개의 호수를 만난다. 그때마다 사진을 찍기 위해 내렸다 타기를 반복한다. 그만큼 멋진 호수들이 많다. 멋진 하늘과 어우러지는 호수의 아름다움에 넋을 잃고 있다. 해발 4,000m의 고산 지역이 계속 이어지고 있다. 숨 쉬는 게 힘들고 날씨는 여전히 춥다.

멋진 하늘과 어우러지는 호수의 아름다움. 칠레 국경까지 달리면서 이런 아름다운 호수를 셀 수 없이 만난다.

호숫가의 수많은 플라밍고들.

뉘엿뉘엿 해가 넘어가고 있다. 국립공원 입구에 도착하니 투어 차들이 꼬리에 꼬리를 물고 줄을 서 있다. 이 늦은 시간에 뭘 보려고 이렇게 많은 차들이 몰려있을까?

남미 최악의 민박 체험하기

국립공원 안에 유일한 민박이 있다. 그 때문에 우유니 투어를 하는 모든 여행객은 이곳에 모인다. 세계 사람들이 모이는 곳이니 외국 친구도 사귀고 좋을까? 과연 그럴까?

해가 어둑하고 날씨는 계속 추워지는데 국립공원 입구에서 입장 순서를 기다리고 있다. 입장하려는 투어 차들로 줄이 꼬리에 꼬리를 물고 끝없이 이어져 있다. 마치 국경을 탈출하려는 난민 행렬 같은 느낌이다. 국립공원에 들어가려면 투어 비용과는 별도로 입장료를

따로 내어야 한다. 뭘 볼 게 있냐고? 볼 것은 없다. 다만 유일한 민박
이 그 안에 있으니 우유니 투어를 하는 모든 여행객이 이곳에 모일
수밖에 없다. 이곳에서 남미 최악의 숙소를 경험하게 될 줄이야. 국
립공원 정문을 통과하고도 한참을 더 달렸다. 이미 주변은 깜깜해졌
다. 숙소라고 도착했는데 도미토리다. 대략 100명 단위로 민박 숙소
가 배정된 것 같은데 이런 민박 동이 서너 개쯤 보인다. 그나마 다행
이라면 남녀 구별을 해주었다는 것. 방안은 취침용 빨간 전구가 희
미하게 켜져 있고 전기 콘센트는 아예 보이질 않는다. 침대만 10개
덩그러니 놓여있고 아무것도 없다. 100여 명이 투숙하는 공간에 공
동 세면대 2개, 남녀 구별 없는 공동화장실 2개. 그나마 1곳은 문이
잠기지 않아 볼일을 볼 때 문고리를 잡고 필사의 힘겨루기(?)를 해야
한다. 더운물은커녕 씻는 것은 생각조차 못 한다. 각 투어 팀별로 식
사 시간이 정해져 있어 서둘러 식당으로 가야 하는데 방안에 잠금장
치가 없어 짐을 두고 가기가 걱정된다. 세계에서 모든 여행객이 한
꺼번에 모이는 곳이라 도난 사건이 잦다는데 걱정이다(여행하다 보면
의외로 우리가 선진국이라고 생각하는 나라 사람들의 수준 이하의 행동을 종종
목격한다. 이탈리아와 스페인이 그렇고. 프랑스 좀도둑도 그 방면엔 꽤 유명하
다). 결국 배낭끼리 길게 묶어놓고 중요한 것들은 죄다 몸에 지니고
나왔다. 공동숙소이다 보니 식당이 별도로 있다. 식탁이 예쁘게 세
팅되어 있다. 기본 빵이랑 샐러드가 놓여있고 따뜻하다. 와~하고 달
려드니 그곳이 아니란다. 각 투어 팀별로 테이블이 지정되어 있다.

앞서 얘기한 것처럼 투어별 가격에 따라 나오는 음식이 다르다. 우리 테이블엔 고기와 와인까지 나오는데 건너편 외국인들 테이블엔 야채뿐이다. 추운 곳에 있다가 뜨거운 수프에 고기와 와인까지 배불리 먹고 나니 온몸이 확 풀린다. 양치질은 생수로, 선크림 묻은 얼굴과 손만 클렌징 티슈로 닦아 세수하는 시늉으로 마무리한다. 하루 종일 먼지를 마시고 피곤했지만 우유니 소금사막에서 쏟아지는 별을 보지 못한 아쉬움에 혹시나 하고 별빛 투어를 나선다. Full Moon이라 역시 별이 잘 보이지 않는다. 전기라는 문명의 힘이 미치지 못하니 달빛이 어마어마하게 밝다. 휘황찬란하다는 표현이 무색할 정도다. 그 달빛에 가리어 별이 맥을 못 춘다. 산에 가린 곳 그나마 달빛 없는 곳을 찾는다. 별빛 투어 나온 사람 중에 내가 제일 나이가 많다. 젊은이들 틈에 끼여 스마트폰으로 별 사진 찍는 법을 배운다. 별 사진을 찍으려니 한 가지 애로사항이 있다. 셔터 속도를 조절하다 보니 찍히는 피사체가 10초 정도 움직이지 말고 그대로 꼼짝없이 버텨야 한다. 이렇게 찍고 찍히는 재미가 쏠쏠했다.

스마트폰으로
찍은 사진.
10초간 꼼짝 않고
서 있기가 쉽지 않다.
달이 밝아 별이
잘 보이지 않는다.

전문 카메라로 찍은 사진. 환상적이다.

밤 11시가 넘어서 숙소로 돌아왔다. 내일은 새벽 4시 30분 출발이다. 잠자리가 불편해 잠도 오지 않는다. 침낭에 들어가 누워도 눈만 말똥말똥. 그냥 그렇게 날밤을 새웠다.

05

노천온천에서 만나는 여인들

여행 16일 차

침낭 속에 누웠다. 잠시 눈을 붙였다가 뜨기를 반복. 드디어 4시가 되었다. 다들 잠이 오질 않으니 짐을 꾸려 바깥에 나와 있다. 안이나 밖이나 춥기는 매한가지. 투어 가이드들도 밤새 못 잔 듯하다. 차량 1대가 고장이 나 별빛 투어 다녀오는 동안에도 여러 명이 달려들어 수리하느라 끙끙대고 있었다. 그 때문에 30분 늦은 5시에 출발을 했다. 오늘은 칠레 국경까지 가는 우유니 마지막 일정, 모든 여행객이 칠레 국경으로 몰리기 때문에 조금만 늦어도 국경 심사 때문에 일정이 확~ 밀려 버린다. 30분 늦었다고 맹렬한 속도로 달린다. 비포장도로를. 그래도 지금까지의 도로보다는 훨씬 낫다.

불면증 환자들도 차를 타면 잠을 잘 잔다. 차의 흔들림이 엄마 뱃속의 흔들림과 유사해서 그렇다나? 맹렬한 속도로 달리거나 말거나 엄마 뱃속에 있는 것처럼 편안하게 꿀잠을 잔다. 아직 깜깜해서 바깥이 제대로 보이지도 않는데 주변이 시끌벅적하다. 가이드가 얼른 내리라고 하는데 창문만 열어도 찬바람이 훅~ 하고 들어온다. 뭐지? 왜? 아. 내리기 싫어. 자다가 깨니 추위가 더하다. 다들 웅크리고 내리기 싫어한다. 어둠 사이로 하얀 수증기가 올라온다. 그냥 모락모락 올라오는 것이 아니라 쐐액~ 쐐액~하고 거친 소리를 내며 뿜어내고 있다. 솔 데 마냐나 Sol De Manana. 간헐천이다. 간헐천은 화산지대에서 화산활동으로 인해 땅속의 수증기가 유황 가스와 함

지하 130m 에서
끓어오르는 수증기는
지상 50m까지
치솟는다.

께 치솟아 오르는 현상이다. 나도 남미 투어를 하며 처음 보았다. '솔 데 마냐나'는 스페인어로 '아침의 태양'이란 뜻인데 이런 간헐천이 지천으로 널려있다. 가까이 가서 수증기 나오는 분출구에 너도 나도 손을 대고 사진을 찍는다. 수증기 사이로 유황 냄새가 진하게 올라온다.

차를 타고 20분을 더 달린다. 날이 점점 밝아온다. 해가 뜨니 어렴풋하던 주변들이 조금씩 보인다. 야외 유황온천에 도착했다. 그 시간에 벌써 수십 명이 온천욕을 하고 있다. 외국인들은 남녀 할 것 없이 온천을 보자마자 훌러덩 옷을 벗고 바로 뛰어든다. 수영복? 애초부터 그런 건 없다. 그냥 다들 속옷 차림이다. 어떤 여성 몇몇은 아예 노브라에 팬티만 입고 물에 들어간다. 어둡기도 했지만, 감히 카메라를 들이대지 못한다. 예전처럼 작업 멘트를 날리며 접근하고 싶지만 그러려면 나도 벗어야 해서 과감하게 포기한다. 그녀들을 부럽

가이드북에는 입장료(약 1,000원 정도)가 있다고 되어 있는데 다들 그냥 들어간다. 탈의실을 사용하는 사람만 돈을 내는 듯 하다.

보다시피 옷 갈아입을 곳도 마땅찮다. 있기는 있는데 멀리 떨어져 있어 외국 젊은이들은 그냥 스스럼없이 아담과 하와가 된다.

게 지켜보고 있는데 물속에 있던 젊은 친구(남자)가 내게 자기 카메라를 주면서 사진을 찍어 달란다. 흔쾌히 OK하고 카메라를 받으니 아까 홀터넥 상의를 탈의했던 두 여인도 카메라를 향해 포즈를 취한다. 아마 네 사람이 각각 커플로 일행인 모양이다. 해를 등진 역광이라 화면이 제대로 보이질 않아 이리저리 초점을 맞추는데 내 시선은 자연스럽게 특정 부위를 향한다. Open된 공간에서 이렇게 노골

30분이라는 쉬는 시간에 해가 쑥 올라왔다.

적으로 여인의 가슴을 보다니….

　나를 비롯한 한국 사람들은 그냥 그저 그렇게 온천욕을 하는 사람들을 우두커니 바라만 보고 있다. 춥기도 하지만 30분이라는 짧은 시간에 옷 갈아입을 곳도 변변찮으니 온천욕을 하기가 쉽지는 않다. 물에 손을 넣어보니 제법 따뜻하다. 이곳은 해발 4,870m. 아, 고산지대는 언제쯤 끝날까?

　유황 온천의 여인들을 뒤로하고 다시 차는 달린다. 고개를 하나 넘어서니 또 감탄사가 절로 나온다. 밤사이 이곳은 하얀 눈이 왔다. 온 산이 하얗다. 눈 덕분에 먼지가 사라지니 너무 좋다. 칠레 국경이 다가올수록 비포장이긴 하지만 울퉁불퉁하던 도로들이 일자로 쭉쭉

뻗어있다.

차는 맹렬한 속도로 국경을 향해 달린다. 얼마나 달렸을까? 저 멀리 국경이 보인다. 아니 국경 입구에 쭉 늘어선 수십 대의 차량이 보인다. 칠레는 남미의 다른 나라들에 비해 입국심사가 매우 까다롭다. 특히 농산물에 대해선 그 기준이 더 엄격하다. 볼리비아와 맞닿은 이곳의 칠레 국경은 그중에서도 까다로운 입국 심사로 소문나 있다. 안타깝게도 다른 국경에 있는 엑스레이 검사 장비가 이곳엔 없기 때문이다. 그러다 보니 모든 짐을 일일이 하나하나 열어서 검사한다. 30분 늦었다고 맹렬한 속도로 달려왔던 이유를 이제야 알겠다. 볼리비아에서 우리를 태워 왔던 사륜구동차들과는 이곳에서 작별한다. 2박 3일 동안 정이 많이 들었다. 무엇보다 어떻게 해서든 우리를 편하게 해주려고 애쓰던 가이드들의 순박함이 마음에 와닿았다. 그동안 각 투어 팀별로 이동을 했던 모든 여행객이 국경에 대기 중인 칠레 버스에 오른다. 순식간에 버스 안은 국제도시가 된다. 서로들 큰소리로 어디서 왔는지를 묻고 조금이라도 연결고리가 있으면 아는 체를 한다. 에콰도르에서 왔다는 23살 청년은 South Korea라는 말에 바로 '강남스타일' 하며 말 춤을 춘다. 버스 안이 웃음소리로 뒤집어진다. 이곳도 해발 4,200m가 넘는 고산지대이다. 버스 안에서 기다리고 있는데도 숨을 쉬기가 어렵고 어지럽기까지 하다. 나처럼 고산병으로 고생을 하는 사람들은 아예 버스 밖으로 나왔다. 여전히 춥지만, 차라리 밖이 더 낫다. 길게 늘어선 줄이 줄어들 생각

달리는 차창 너머로 찍은 사진들. 구름 없는 하늘이 무지무지 맑고 깨끗하다.

을 않는다. 국경 도착한 지 2시간이 훌쩍 지나고 있다.

드디어 우리 버스 차례다. 다들 내려서 개인 짐들을 일일이 다 검사한다. 사과, 빵, 바나나 등등 시시콜콜한 농산물, 과일 등 나오는 족족 모두 압수한다. 이렇게 철저하게 검사를 하니 2시간 이상 시간이 걸린다. 볼리비아는 국경 끝까지 비포장도로였는데 칠레는 국경을 넘어서기가 무섭게 모든 도로가 포장되어 있다. 울퉁불퉁하며 달리다 포장된 도로를 달리니 그렇게 편안할 수가 없다. 역시 국력의 차이다. 오래전 미국을 자동차로 직접 운전해서 횡단했던 경험이 있다. 미국을 거쳐 캐나다를 방문했을 때 미국 국경을 지나자마자 확연하게 달라졌던 캐나다 국경 모습이 오버랩 되었다. 이런 빈부의 차이는 미국 내에서도 마찬가지. 캐나다에서 다시 텍사스 휴스턴까지 차로 달려보니 가난한 주와 부유한 주는 주 경계선을 굳이 의식하지 않아도 도로만 보고도 금방 알 수 있었다.

CHILE
칠레

네루다를 만나다

칠레는 나라 전체가 미술관 같다.
어느 도시를 가든 독특한 그림들이 벽에 그려져 있다.
그중에서도 발파라이소의 벽화들은 나름 유명하다.

01

고산지역이 아니어서 너무 고마운
산 페드로 아타카마

　국경에서 약 1시간 정도 떨어진 곳에 있는 칠레 최고 휴양도시, 산 페트로 아타카마San Pedro de Atacama에 도착했다. 해발 2,400m. 고도가 낮으니 이제야 살 것 같다. 숨쉬기가 한결 편하다. 남미 41일 간의 일정 중 처음 15일간이 가장 빡세고 힘들다. 일정도 일정이지만 보름 넘도록 계속 고산지역이라 고산병을 제대로 관리하지 못해 힘든 여행을 했었다. 고산지역은 숨쉬기도 힘들었지만, 날씨도 너무 추웠다. 낮은 지대로 내려오니 남미 특유의 작열하는 태양과 뜨거운 더위가 훅하고 다가온다. 선글라스 없이는 눈뜨기가 어렵다. 숙소에 짐을 풀고 가까운 식당을 찾아 나선다. 하나를 얻으면 하나를 잃는다고 했던가? 식당 메뉴판을 보니 볼리비아와 비교해 헉~ 할 정도의 오른 물가 때문에 눈이 휘둥그레진다. 게다가 10% 봉사료는 별도다. 가장 저렴한 가격으로 빠른 식사를 한 후 제대로 씻지도 못한 채 달의 계곡 투어에 나선다. 지구상에서 가장 건조하고 메마른 땅, 단 한 방울의 비도 내리지 않는 곳도 있고 그래서 몇천 년 전에 죽은 동물과 식물들이 부패하지 않고 햇빛에 구워진 채로 남아 있는 곳. 달이나 화성의 표면과 흡사하여 NASA에서 우주선 착륙 장치의 테스트 장소로도 활용한다는 이곳. '달의 계곡'이 있는 아타카마 사막은 원래 볼리비아의 땅이었다. 초석과 구리 등 막대한 광물 자원들이 매장되어 있었던 아타카마 사막은 칠레 기업들이 광산 개발을 맡고 있었는데 부족한 재정난을 메우기 위해 볼리비아 정부가 칠레 기업들의 조세를 인상한 것이 분쟁을 초래하여 태평양전쟁이 발발하였고 전쟁에 패해 어마어마한 땅을 칠레에 빼앗기고 말았다. 페루의 군사적 지원을 믿고 벌인 무모한 전쟁 때문에 볼리비아는 태평양 연안은 물론 아타카마 사막까지 잃어버리고 내륙국으로 전락, 남미 최빈국이 되고 말았고 칠레는 영토의 3분의 1을 확보하여 19세기 말부터 엄청난 번영을 누리게 되었다. 남미를 여행하면서 지도자의 잘못된 판단과 선택으로 국가의 운명이 한순간에 바뀌어버린 역사를 많이 만나게 된다. 지금의 볼리비아도 아르헨티나도…. 물론 남미에 국한된 얘기는 아니지만, 한 국가의 지도자가 얼마나 소중한 존재인지를 새삼 느낄 수 있었다. 달의 계곡 입구에서 영어 가이드가 침을 튀겨가며 열심히 설명하는 데 지치고 힘든 상황이라 영어가 잘 들리지 않는다. 졸음도 쏟아지고…. 일단 입구에 들어서니 지난번 볼리비아에서 잠시 보았던 달의 계곡과 이름은 똑같지만, 규모나 크기

워낙 크고 넓어 전체를 찍기 어렵다. 이 넓은 땅이 원래 볼리비아의 것. 하지만 전쟁으로 뺏겼다. 이곳에 지하자원도 어마어마하게 많다는데...

등은 비교가 안 될 정도로 크다. 정말 달의 표면에 올라와 있는 느낌이다.

'달의 계곡' 전체를 조망할 수 있는 전망대에 가니 탱크톱과 핫팬츠를 입은 아가씨 둘이 사진을 찍고 있다. 같은 봉고차를 타고 온 투어 동행들이다. 졸음이 확 달아난다. 하이델베르크와 쾰른에서 왔단다. 오. 하이델베르크? 오. 쾰른? 어설프게 아는 체를 하고 유럽 다녀온 얘기로 친한 척을 한다. 하이델베르크의 세계적인 와인 통이 어떻고, 쾰른 성당이 어떻고 아는 체를 하며 뮤지컬 영화 황태자의 첫사랑 중 'Drinking Song'을 즉석에서 부른다. 반응이 꽤 좋다. 노래로 친해지니 당연히 같이 사진을 찍는다. 몇 장을 찍은 다음 색다른 제안을 한다. 그냥 찍지 말고 달의 계곡을 배경으로 영화 포스터처럼 찍자. 나를 가운데 두고 양옆에 서서 키스하는 모습을 연출하자. 나는 007처럼 총 쏘는 포즈를 취할 테니. 하하. 호호 웃으며 포즈를 취한다. 키스하는 장면을 모자로 살짝 가리는 포즈도 취하고. 내 스마트폰으로도 찍고 쾰른 아가씨의 니콘 카메라로도 찍었다. 나를 보며 주변 남자들이 우~우~ 거린다. 사진이 멋지게 나왔냐고? 비밀이다. 어떻게 두 여인을 그 짧은 시간에 사로잡을 수 있었느냐고? 황태자의 첫사랑에 나오는 'Drinking Song' 말고 또 하나의 비장의 무기가 있었다. '깊은 산속 옹달샘 누가 와서 먹나요?' 우리에게 '옹달샘'으로 잘 알려진 이 동요는 오래된 독일 민요 〈Drunten im Unterland〉에 우리 가사를 붙인 곡이다. 빈 소년 합창단이 내한 공연을 하면 즐겨 연주하곤 하는데 이 노래를 부르니 두 독일 아가씨들이 활짝 웃었다. 해외에서 처음 만난 외국인이 나를 보며 '나의 살던 고향은 꽃 피는 산골' 하며 〈고향의 봄〉을 부른다면 그 외국인에게 친근감이 생기는 것은 당연하지 않을까?

달의 계곡 전체를 조망하는 전망대를 돌아본 후 죽음의 계곡이라 불리는 좁은 계곡 투어를 한다. 이게 은근히 힘들다. 독일 아가씨 둘

죽음의 계곡 _ 우주선에서 내려 달 탐사하는 느낌인데 좁은 계곡 사이를 오르락내리락 하느라 은근히 힘들다.

3개의 마리아 상. 아무리 봐도 기도하는 여인의 모습이 보이질 않는데…?

은 아예 신발을 벗어 맨발로 다닌다. 투어 봉고를 타고 다시 이동해서 우유니 돌 나무처럼 풍화작용에 의해 기도하는 여인의 모습을 닮았다는 3개의 마리아상을 감상한 뒤 달의 계곡 꼭대기를 오른다. 계곡 꼭대기까지 가려면 아직 한참을 더 걸어야 한다. 사막의 황톳길을 걸어가는데 자전거를 타고 지나가는 여행객들도 있다. 큰소리로 주고받는 말이 익숙하다. 한국 젊은이들이다. 이곳을 자전거로 올 생각을 하다니…. 역시 젊음이 부럽다.

　한참을 더 오른다. 많은 사람이 줄을 지어 오른다. 갓난아기는 등에 업고 큰아이의 손을 잡고 오르는 여인도 보인다. 이렇게 먼 거리를 사람들이 오르는 이유는 달의 계곡 전체가 보이는 곳에서 붉게 지는 해를 보기 위함이다. 아직 오르막길까진 한참 더 가야 한다.

정상에 오르니 조금씩 해가 서쪽으로 기울어지고 있다. 붉은색으로 물드는 사막이 장엄하기도 하다. 온통 붉은빛이다. 내 옆에 있던 이스라엘 모녀는 연이어 "wonderful"을 외친다. 정말 아름답지 않냐고 내게 되묻는데 나는 그냥 웃고만 있다. 우유니와 티티카카 호수를 보고 난 뒤라 웬만한 경치에는 카메라도 들이대지 않는다. 사막 일몰이 그렇게 아름답다고 가이드북에는 나와 있지만, 우유니의 일몰을 보고 난 다음이라 그 감동이 덜하다. '서구 유럽을 보기 전에 파리를 보지 말며 파리를 보기 전에 로마를 보지 말라'는 얘기가 있

언덕에 오르면 사막 전체가 한눈에 들어온다.

아타카마의 일몰.

다. 남미 최고라는 우유니 사막을 보아버렸는데 나머지 여행은 어쩌지? 아타카마 사막의 일몰을 보곤 난 뒤 은근히 걱정이 앞선다. 해가 완전히 지고 난 다음 언덕을 내려왔다. 벌써 사방이 어둡다. 자전거를 타고 왔던 한국 젊은이들은 이 어둠 속에 희미한 랜턴 불빛에 의지해서 돌아가고 있다. 사막 길이라 비포장이고 가로등도 없는 칠흑 어둠이 곧 닥칠 텐데…. 무사히 돌아갔을까? 괜한 걱정이 앞선다. 별자리를 보기에 최고의 곳이라고 알려진 아타카마 사막의 별 투어가 취소되었다. 우유니 사막에 이어 보름달 시기여서 여전히 별이 잘 보이질 않기 때문이다. 투어를 마치고 오래간만에 뜨거운 물에 샤워한 후 느긋한 늦은 저녁을 먹었다. 내일은 하루 종일 아무것도 안 하고 푹 쉴 생각이다.

여행 17일 차

오늘은 아무런 일정이 없다. 원래는 오후 1시에 까마버스를 타고 산티아고로 가야 하는 일정이다. 자그마치 25시간 동안. 남미 여행을 통틀어 가장 긴 버스 이동이다. 여행 처음부터 허리가 불편했던 터라 25시간의 버스 이동이 끔찍하게 다가왔다. 무슨 방법이 없을까? 여행하면서 이쪽저쪽 다양한 여행 블로그를 읽어보니 25시간 버스를 타고 가는 것보다 저가항공을 이용하는 것이 훨씬 낫다는 것을 알게 되었다. 물론 까마버스를 타고 칠레의 산야를 두루두루 둘러보는 즐거움도 있겠지만 그런 경험에 도전하기엔 다리 떨림(체력적 한계)의 어려움이 더 강하게 다가왔다. 더구나 비행기는 불과 1시간 40분 정도 소요되고 요금도 까마버스가 우리 돈으로 약 9만 원 정도인데 비행기는 불과 5만 2천 원으로 더 저렴하다. 저가 항공이 참 묘하다. 같은 항공편을 두 달 전 예매하려 했을 땐 16만 원대 가격이었는데 내가 스카이스캐너로 인터넷 예매했을 땐 불과 5만 2천 원. 배낭여행을 하다 보면 이런 일들이 종종 생긴다. 그 때문에 이동할 경우 다양한 이동 수단들을 검색해 볼 필요가 있다. 버스를 25시간 타고 산티아고로 가야 하는데 비행기로 이동을 하게 되었으니 24시간의 여유가 생긴 셈이다. 덕분에 하루 종일 편안한 하루를 보냈다. 밀린 빨래를 하고 싶었다. 남미 특유의 작열하는 태양 볕이 너무 좋아 빨래하며 금방 마를 것 같다. 고산시내를 다니는 내내 주워서 벗지 못했던 겨울옷을 빨려고 했는데 이곳 아타카마는 사막지대여서 물 사정이 좋지 않아 빨래는 금지란다. 햇볕이 너무 좋은데…. 정말 아무것도 안 하고 아침도 안 먹고 점심은 근처 슈퍼마켓에서 산 현지 라면에 한국 수프를 넣어 대충 먹고 저녁도 누룽지 등으로 대충 때우고 그야말로 아무것도 안 하고 푹 쉬었다. 인터넷 사정이 좋지 않아 방안에서는 와이파이가 잘 터지지 않는다. 덕분에 스마트폰으로부터도 자유를 얻어 오랜만에 휴식다운 휴식을 취했다. 여행 출발 17일 만에.

02

깔라마 공항에 울려 퍼진 내 이름

여행 18일 차 칠레의 수도 산티아고로 가려면 깔라마Calama 공항으로 가는 버스를 타야 한다. 버스는 7시에 출발한다. 어제 느긋하게 쉬면서 샤워를 하고 잘까 하다가 내일 새벽에 일찍 일어나 샤워하는 게 낫겠다고 생각했는데 아뿔싸! 새벽 5시에 일어나 짐을 다 꾸렸는데 물이 나오지 않는다. 사막 지역이라 물이 귀하다고 듣긴 했지만 이럴 수가. 30분을 기다려도 물이 나오지 않아 프런트에 항의했지만 돌아오는 답변은 자기도 잘 모르겠단다. 아타카마는 물 사정이 좋지 않아 가끔 이렇게 예고 없이 물이 끊긴다고 한다. 숙소 전체가 물이 나오지 않아 결국 세수도 못 하고 버스에 올랐다. 볼리비아보다 낮긴 하지만 여전히 2,400m의 고도에다 사막 지역이라 새벽에는 몹시 추웠다. 버스 기사에게 여러 번 춥다고 난방을 틀어달라고 외쳤지만, 기사는 "Si" 알았다고만 답하고 아무런 조치가 없다. 칠레 버스는 특이하게 운전석과 승객 좌석 사이에 칸막이가 있고 그사이가 제법 떨어져 있다. 달리는 소음으로 큰 소리로 얘기해도 잘 전달되지 않은 듯해서 운전석까지 가서 춥다고 몇 번이나 얘기를 했지만 Si. Si. 대답만 한다. 춥다고 온갖 body language로 설명을 해도 고개만 끄덕이는 것으로 끝이다. cold라는 영어를 알아듣지 못했던 것인지 아니면 난방이 되지 않아 그냥 알았다고 말한 것인지 알 수가 없었다. 결국, 공항까지 가는 1시간 내내 오들오들 떨어야 했다. 페루나 볼리비아는 물론 칠레에서도 대부분의 사람이 영어를 거의 하지 못한다. 심지어 공항에서 일하는 직원조차 영어로 소통이 잘되지 않았다. 아르헨티나와 브라질이 그나마 나은 편이었고 나머지는 오직 스페인어만 가능했다. 스페인어를 전혀 하지 못했음에도 남미를 여행하면서 아무런 불편이 없었는데 깔라마 공항에서 제대로 걸렸다.

깔라마 공항에서 있었던 해프닝.

배낭을 수화물로 부치고 공항 VIP 라운지에서 느긋하게 아침을 즐기고 있었다. 방송에서 내 이름이 나오는 느낌이다. 아무리 시끄러운 곳에서도 자기 이름은 또렷하게 들리는 법. 대부분의 경우 VIP 라운지에서도 방송이 잘 들리는데 이곳은 그렇지 못했다. 설마 내 이름일까, 잘 못 들었겠지. 커피랑 빵에 따뜻한 수프를 먹으며 숙소에서 세수도 못 하고 나오느라 허둥대었던 것을 VIP 라운지에서 여유 있게 즐기고 있다. 세수랑 양치질도 하고 대충 마무리하고 포만감 가득한 채 와이파이를 연결하니 항공사에서 긴급 메일이 와 있다. 아까 얼핏 들렸던 방송이 나를 찾는 것이라는 생각이 직감적으로 들었다. 메일을 자세히 보니 온통 스페인어다. 아. 이런~ 스페인어를 어떻게 해석하지? 급한 마음에 번역기를 돌릴 생각도 못 한다. VIP 라운지의 직원에게 메일을 보여주며 어떤 내용이냐고 물었지만, 스페인어로만 말한다. 영어로 말해 달라고 했지만 "No English! No English!" 다들 고개를 흔들어댄다. 이곳저곳 공항의 직원들에게 받은 메일을 보여주며 무슨 말이냐? 내가 어떻게 하면 되느냐? 설명해 달라고 해도 아무도 영어로 얘기해주지 못한다. 스페인어로만 얘기할 뿐. 이곳저곳을 다니며 내용을 확인하는 동안 다시 다급한 목소리로 나를 찾는 방송이 나온다. 그제야 수화물 짐에 문제가 있으니 수속 카운터로 와달라는 내용이란 걸 알 수 있었다. 방송은 스페인어와 영어로 반복해서 나왔으니까. 급하게 달려가니 무언가가 검색대에 걸렸는데 배낭을 열어 확인해야 한단다. 딱 봐도 스프레이인데. 아직 검색대 투시 기기의 수준이 그런 것까지 걸러내지 못하나 보다. 영어로 소통만 되었더라면 금방 해결되었을 문제가 언어 소통이 안 되어 맛나고 여유 있었던 아침이 순식간에 뒤죽박죽으로 엉망이 되고 말았다.

이제 겨우 18일 남짓 남미를 다녔는데 나라별 인종 구별이 된다. 칠레 사람들은 페루나 볼리비아 사람들과는 확연하게 차이가 난다.

페루나 볼리비아 사람들의 생김새가 인디오 쪽에 가깝다면 칠레 사람들은 키도 크고 기골이 다르다. 여기엔 지배계급이었던 스페인의 정책 영향이 크다. 잠시 인종 공부를 해보면 스페인은 중남미를 통치하면서 페루와 볼리비아 쪽과 멕시코, 에콰도르, 콜롬비아, 베네수엘라 등 지역에서는 스페인 사람과 인디오 간 통혼을 하여 '메스티소'라는 혼혈 인종을 만들었고 칠레는 드물게 백인들로만 구성되었고 그 후손들 역시 혼혈이 섞이지 않아 남미에선 백인 비중이 높은 편이다. 브라질 쪽은 포르투갈이 아프리카 흑인 노예를 대거 수입, 백인과 흑인 간의 '물라토'라는 혼혈 인종을, 자연스럽게 흑인과 인디오 간 '삼보'라는 혼혈 인종들이 생겼다. 브라질에서 흑인들이 많은 이유도 그런 역사적 배경이 있다. 아르헨티나는 백인 비중이 높지만, 남미 국가 중 가장 다양한 인종 분포도를 갖고 있다. 특히 이탈리아계가 제일 많다. 아르헨티나에서 탱고가 발달한 이유에도 이런 역사적 배경이 있다. 여행을 많이 다니면 이래저래 잡다한 지식이 많아진다. 인종 공부에 다 남미 역사까지. 여러 나라를 다니다 보면 우리와 다른 다양한 문화와 풍습을 만나게 된다. 그렇지만 '틀리다' 보다는 '다르다'에 방점이 찍혀서 다른 나라의 문화를 이해하는 열린 마음을 갖게 된다. 이것이 여행하면서 얻게 되는 또 하나의 유익이 아닐까?

공항 해프닝을 뒤로하고 잠시 눈을 붙였다 싶었는데 벌써 도착이다. 칠레의 수도 산티아고Santiago. 칠레 산티아고는 안타깝게도 소매치기의 도시로 소문나 있다. 가방 조심, 스마트폰 조심. 가이드북에도 가방을 뒤로 메지 말고 앞으로 메라는 당부가 줄기차게 기록되어 있다. Immigration을 통과하니 입국과 출국 출입구가 같다. 입국하는 사람, 출국하는 사람이 같이 모이는 구조다. Baggage Claim 또한 입국과 출국이 혼재하는 가운데 설치되어 있어 출국하는 사람 중 누군가가 악의적으로 짐을 가져가도 모르게 되어있는 구조다. 소매치기가 많은 곳이라고 해서 행여 짐을 잃어버릴까 전전긍긍하며 화장실도 마음 놓고 갈 수가 없다. 공항에서 호텔까지는 택시로 이동했다. 호텔 주소를 보여주니 만사 OK. 혹시나 빙빙 돌아가지 않을까? 잘 알지도 못하는 지리를 아는 척 폼 잡았는데 미터기에 나온 요금이 가이드북에 나와 있는 요금과 별 차이가 없다. 일단 첫인상은 합격! 지금까지 숙소 중 가장 쾌적하다. 지금부터 여행 끝날 때까지 겨울옷은 안녕이다. 더 이상의 고산지역도 추위도 없다. 칠레의 맨 끝자락 '우수아이아' 만 빼고(이게 심각한 착각이었다. 남미를 너무 우습게만 보았다. 뭘 모르고). 밀린 빨래들을 한 보따리 세탁소에 맡긴다. 지금까지 쿠스코에서 1번, 라파즈에서 1번 빨래를 맡겼는데 남미는 빨래를 무게를 달아 계산을 한다. 1kg에 우리 돈 5,000원 정도. 런닝, 팬티, 양말까지 다림질해 준다. 조금 아쉬운 것은 자주 맡기면 옷이 좀 줄어든다. 그래서 다들 남미를 여행할 땐 막 입는 옷들, 입다가 버릴 수 있는 것들을 챙겨오는 편이다. 내일은 산티아고 주변

항구도시인 발라파이소와 비냐 델 마르를 가야 하는데 어디 가서 무엇을 볼지 사전에 미리 공부를 한다. 미리 준비해 두어야 할 것도 많다. 시외버스 노선도 알아두어야 하고 볼 것의 우선순위와 동선도 짜야 하고, 와이파이가 빵빵하게 터질 때 구글 맵에 오프라인 지도도 다운받아야 한다. 새로운 곳에 도착하면 이런 게 불편하다. 그래도 이렇게 다니는 걸 좋아하는 걸 보면 나는 아직 젊은가 보다.

03

네루다를 만나다

여행 19일 차 오늘은 발파라이소Valparaiso와 비냐 델 마르
Vina del Mar를 간다. 이곳들은 산티아고에서 2
시간 정도 떨어진 곳에 있는 작은 항구 도시들로 발파라이소에는 네
루다 박물관이 있다.

오래간만에 푹 잤다. 샤워도 마음껏 하고. 아침 호텔 조식도 만족
스럽다. 시외버스 터미널은 택시로 불과 5분 정도의 가까운 거리에
있다. 터미널에 도착해서 발파라이소행 티켓을 끊으니 가격이 너무
싸다. 가이드북에 나와 있는 것에 비해 너무 싸다. 갑자기 멘붕이 온
다. 티켓을 제대로 잘 산 것인지? 혹 직행과 완행이 있는데 완행이라
빙빙 둘러 가는 것은 아닌지? 이럴 때 능숙한 스페인어가 필요한데.
알고 보니 칠레는 평일 요금과 주말 요금이 다르다. 평일은 2,400페소 주말은 7,000페소. 덕분에 아주 저렴한 교통비로 발파라이소에 도착했다. 버스가 터미널로 들어서는데 도시가 작고 아기자기하고 예쁘다. 이곳저곳 볼거리도 많다. 터미널 입구에 길거리 음식이 눈에 띈다. 남미식 만두라고 불리는 '엠파나다Empanada'다. 버스에서 우르르 내리는 관광객을 보고 아기를 등에 업은 여인이 이제 막 만들어 맛있다고 먹고 가라고 유혹한다. 망설임 없이 하나 사서 한 입 크게 베어 물었다. 앗, 뜨거워!!! 입안을 다 데었다. 입안을 데고 나니 맛이고 뭐고 없다. 기름이 흘러 손도 엉망이다. 휴지가 없으니 닦을 수도 없다. 애들처럼 옷에 닦을 수도 없어 그냥 바람에 말리고 있다. 항상 휴지를 준비해 다니라고 하던 아내의 말이 생각난다. 역시 아내의 말을 들으면 자다가도 떡이 생기는 법. 어제 미리 공부해 보니, 버스터미널에서 네루다 박물관이 가장 가까이 있고 그다음이 창공 미술관이다. 아. 아니다 어차피 네루다 박물관도 오르막길이니 아예 '아센소르 콘셉시온'으로 가야겠다. 발파라이소는 거주지의 대부분이 언덕 위에 있다. 그래서 일찍부터 언덕을 오르내리는 교통수단으로 나무로 만든 케이블카 '아센소르'를 만들어 사용하였다. '아센소르' 중 가장 오래되고 유명한 것은 콘셉시온 언덕으로 올라가는 '아센소르 콘셉시온Ascensor Concepcion'이다. 1833년에 만들어졌으니 185년이 되었다. 택시를 타고 가이드북을 보여주며 '아센소르 콘셉시온'으로 가자고 했더니 양손으로 X 표시를 한다. 너무 오래되어 이제는 운행하지 않는단다. 하는 수 없이 다음 목적지 네루다 박물관으로 향한다. 택시를 타고 한참을 올라간다. 마치 부산의 영도 오르막길을 오르는 느낌이다. 어휴, 이 높이를 걸어가려 했으니 큰일 날 뻔 했다. 아센소르 콘셉시온이 작동하지 않은 것이 다행이다 싶다.

파블로 네루다Pablo Neruda. 노벨 문학상 수상자로 칠레의 민주주의를 위해 파시즘에 대항한 칠레의 영웅이자 민족 시인으로 유명한 네루다를 나는 영화 〈일 포스티노IL POSTINO〉를 통해 알게 되었다. 살아가면서 누구를 만나느냐에 따라 인생이 바뀔 수도 있겠지만 시를 통해서도 사람이 바뀔 수 있다는 것을 알게 한 영화. 네루다 박물관

네루다 박물관 입구.
설계자인 '라 세바스티아나'의
이름으로 불리기도 하였고
영화 〈일 포스티노〉의
촬영 무대가 되기도 하였다.

네루다와 열띤 토론 중인 필자.

은 네루다가 생전에 살던 집을 개조하여 박물관으로 꾸민 것으로 네루다가 사용하던 물품들과 서재, 침실 등이 보존되어 있다. 택시를 타고도 한참을 올라왔을 만큼 높은 곳에 있어 이곳에서 내려다보는 발파라이소항의 전경이 멋있다.

　네루다 박물관에 들어서니 체육복 차림의 - 내게는 그렇게 보였다? 여학생들이 단체 관람을 왔다. 아마 수업과 연계된 현장 체험학습 중인가 보다. 다들 표정이 떨떠름하다. 마지못해 끌려온 표정이 역력하다. 네루다 박물관을 배경으로 사진을 찍고 싶어 가까이 있던 여학생에게 사진을 찍어달라고 부탁을 했다. "I'm from Korea,

박물관 내부에 전시된 소품들.

박물관 정면과 측면

Can you take a picture me?" Oh! Korean! 갑자기 주변의 아이들
이 반색한다. 그러더니 한두 명씩 짝을 지어 내 옆에 서더니 자기네
폰으로 사진을 찍자고 한다. 그 아이들이 찍고 나니 또 다른 아이들
이 기다렸다가 또 찍고. 한류 바람이 이렇게 위대할 줄이야(아르헨티
나 우수아이아 공항에서도 똑같은 현상을 경험했다). 내가 주변 아이들에게

박물관에서 내려다 보이는 발파라이소 시내 전경

소리쳤다. 다 와라. 다 같이 찍자. 주변에 서성이며 망설이고 있던 아이들이 모두 와~하고 달려든다. 모두가 달려드니 정작 사진을 찍어줄 사람이 없다. 이런 모습을 바라보고 있던 남자 선생님이 웃으며 사진을 찍어준다. Not say cheese, say kimchi OK? 'Say kimchi~' 연습을 두어 번 더 한 다음 멋지게 사진을 찍었다. 찍은 사진을 보니, 진짜 멋지게 찍혔다. 사진에 찍힌 아이들 모두가 잇몸이 드러나도록 환하게 웃고 있다. 여고생 무리와 함께 사진을 찍은 내 표정도 아주 환하게 웃고 있다. 야. 이 사진 대박이다. 멋진 추억의 사진이 되겠다. 사진을 보니 계속 웃음이 나온다. 나도 웃지만 사진 속의 모두가 웃고 있어 계속 사진을 보게 된다. 그렇지. 여행은 이런 맛이야~~.

창공 미술관을 떠나기 어렵다. 사진을 찍어도 찍어도 끝이 없다. 이제는 그만 찍어야지 하고
한 골목 돌아서면 또 다른 독특한 디자인들이 보인다. 멈추기가 어렵다.

네루다 박물관에서 페라리 거리를 따라 내려오면 창공 미술관 Museo a Cielo Abierto이 있다고 되어 있다. 그런데 거리 표지판에 페라리라고 되어 있는 곳을 보고 따라 내려왔지만 창공 미술관은 보이질 않는다. 주변 주민들에게 물어봐도 다들 고개를 흔든다. 가이드북에는 사진이 나와 있지 않고 그냥 Museo a Cielo Abierto라고 되어 있다. 대학생으로 보이는 젊은이들에게 물어봐도 고개를 절레절레. 도대체 어디 있는 거야? 가이드북이 뭐 이래? 하고 자세히 보니 창공 미술관은 건물로 지어진 것이 아니다. 통영의 동피랑 벽화마을처럼 온 거리의 벽과 지붕, 골목과 계단 등에 그림을 그려 넣어 거리 전체가 미술관이다. 그래서 창공 미술관이라 불린다고. 가이드북을 자세히 보았으면 진작 알았을 텐데. 칠레는 나라 전체가 미술관 같다. 어느 도시를 가든 독특한 그림들이 벽에 그려져 있다. 그중에서도 발파라이소의 벽화들은 굉장히 유명하다. 칠레의 유명한 화가인 로베르토 마타 등을 비롯한 칠레의 대표적 화가들의 작품이 구석구석 그려져 있기 때문이다.

벽화를 따라 내려오다 보니 어느새 메인 번화가 거리다. 콘셉시온 언덕만큼이나 전망이 볼만하다는 곳이 있어 또 다른 '아센소로'를 타고 올라가 본다. 발파라이소의 자랑인 프랏부두와 소토마요르 광장이 한눈에 다 들어온다. 조개탕이 맛있다고 구글 맵에 소개된 근처 레스토랑을 찾아간다. Trip Advisor 평가도 상당히 좋다. 조개탕을 시켜보니 우리랑 아주 다르다. 우리는 조개탕 등 해물 종류를 시키면 홍합 등 조개류들이 껍질째로 나오는데 여기는 모든 껍질을 제거하고 알맹이만 나온다. 그릇은 그리 크지 않은데 내용물로 꽉~ 차 있어 한 그릇 나 먹기가 버서울 정도나. 비야 넬 마르는 이곳에서 자로 약 15분 정도 떨어진 곳에 있다. 버스를 타려고 레스토랑 종업원에게 길을 물으니 냅킨에 그림까지 그려가며 버스 정류장을 알려준다. 그곳까지 가는 버스 노선번호까지 써 준다. 조개탕도 맛나고 종업원도 친절하고. 발파라이소는 행복한 기억만 갖게 한다.

버스 기사에게 비냐 델 마르에 내려달라고 몇 번을 얘기했다. 15분이면 된다고 흔쾌히 OK를 한다. 기사에게 얘기했으니 원하는 곳에 내려 줄 것이라 철석같이 믿고 편안하게 버스를 타고 있다. 오전 내내 돌아다니다가 뜨거운 조개탕도 먹었으니 슬슬 졸음이 밀려온다. 그 짧은 15분에도 꾸벅 고개가 떨어진다. 문득 지나가는 창밖으로 가이드북에서 보았던 꽃시계가 보인다. 비야 델 마르의 상징이라고 하는…. 엥? "여기 내려야 해. 내려 주세요". 하는 사이 횡~ 하고 버스는 정류소를 출발한다. 다급하게 내려달라 소리쳤지만 한 정거장을 더 가서야 내려준다. 이런 젠장. 버스 기사를 뭐라고 할 수도 없고. 날씨도 더운데 한 정거장을 다시 걸어서 되돌아가려니 조개탕으로 부른 배가 저절로 꺼지는 느낌이다.

비야 델 마르는 한마디로 말하면 칠레 부자들의 휴양지이다. 언덕 가득 빼곡하게 들어선 발라파이소와는 대조적으로 해안가를 따라 현대식 건물들이 늘어서 있고 개인 소유의 집들도 마치 유럽풍의 화려한 별장처럼 보인다. 산티아고 부자들의 최고 휴양지라고 불리 울 만하다. 비야 델 마르에는 꽃시계를 비롯해 카스티요 언덕Cerro Castillo, 카레타 아바르카Caleta Abarca해변과 볼프 성Castillo Wulff 등 주요 볼거리들이 많지만 내가 꼭 가보고 싶었던 곳은 프란시스코 퐁크 역사 고고학 박물관Museo de Arqueologia Historia Francisco Fonck 이다. 그곳엔 이스터섬에서 가져온 모아이 석상이 있다. 칠레의 모아이 석상을 보고 싶었지만 이스터섬이 별똥별처럼 뚝 떨어져 있어 여행 동선에 포함하지 못해 아쉬웠는데 이스터섬에서 가져온 모아이 석상의 실물을 보는 것으로 아쉬움을 달랠 생각이다. 지나

프랏부두 Muelle Prat _ 가이드북에는 군함 사진을 찍으면 절대 안 된다고 되어 있는데 군함을 찍고 싶어도 보이질 않는다.

소토마요르 광장 Palza Sotomayor 주변 모습

쳐온 정류장까지 다시 돌아간다. 비야 델 마르의 입구에 위치한 상 징적인 꽃시계에서 다시 걸어왔던 방향으로 이번엔 해안 도로를 따 라 걷는다. 아바르카 해변, 볼프성 등 주요 볼거리들이 해안 도로를 따라 쭉 늘어서 있다. 해안을 따라 고급 주택들도 즐비하다. 모아이 석상이 있는 퐁크 고고학 박물관을 물어물어 찾아간다. 한참을 걸 었다. 물어볼 때마다 친절하게 가는 방향은 알려주었지만 걸어서 가기엔 멀다는 얘기는 아무도 해주지 않았다. 아니 스페인어로 이 야기를 해줬는데 내가 못 알아들었을 수도 있다. 해안도로가 끝나 고 새로운 도심으로 걸어갔지만 박물관까지는 아직도 멀다. 이렇게 멀리 있는 줄 알았으면 진작 택시를 탈 걸. 이미 절반 이상을 걸어

왔는데 이제 와서 택시를 타기도 그렇고. 힘을 내어 쭉쭉 Go!!! 한참을 더 걸어 다리에 쥐가 날 무렵 드디어 이스터 섬(?)에 도착했다.

　모아이 석상을 멋지게 만났으니 이젠 다시 산티아고로 돌아가는 일만 남았다. 고고학 박물관이 생각보다 멀리 있어 예상 시간을 초과했다. 지도로 현재 위치를 파악하니 발파라이소의 버스터미널과 비냐 델 마르의 버스터미널 딱 중간쯤이다. 그 말인즉슨, 양쪽 어디로 가든지 애매한 거리라는 말이다. 한참을 걸어와서 방향 감각을 잃었다. 발파라이소 쪽으로 가서 버스를 타는 것으로 결정했다. 걸

비야 델 마르의 상징 꽃 시계. 뒤로 보이는 곳이 부유한 사람들이 몰려 산다는 카스티유 언덕이다

카레타 아바르카 해변

퐁크 고고학 박물관 입구의 모아이 석상

어가기엔 너무 먼 거리여서 버스를 타야 하는데 또다시 스페인어와의 전쟁이다. 현지인들에게 길을 물어야 하는데 벌써 머리가 아파온다. No English를 몇 번 더 듣고 난 뒤 기적처럼 영어를 잘하는 할머니를 만났다. 게다가 이곳에서 산티아고로 바로 가는 중간 시외버스터미널이 있다고 알려준다. 이렇게 감사할 수가. 덕분에 늦지 않게 산티아고에 도착했다. 그래도 이미 거리엔 어둠이 짙게 깔려있다.

CHILE
칠레

04

산티아고 경찰서에? 왜?

 남미에서는 절대로 남을 도와줘서는 안 된다?
남미 여행 중 절대 잊을 수 없는 오늘.
남을 돕지 말아야 내가 산다? 아……. 산티아고!

오늘은 산티아고 마지막 날. 오후 8시에 푸에르토 몬트Puerto
Montt로 까마버스를 타고 13시간을 달려야 한다. 버스에서 푹 자려
면 최대한 몸을 피곤하게 해야 할 것 같아 일정을 조금 빡빡하게 짰
다. 산티아고 첫날은 늦은 저녁에 근처 아르마스 광장 주변만 살짝
다녀온 터라 오늘은 아르마스 광장 주변의 박물관과 대성당 등을 돌
아보고 푸니쿨라로 유명한 산 크리스토발 언덕Cerro San Cristobal과
산타루시아 언덕Cerro Santa Lucia을 다녀온 다음 해산물로 유명한
중앙시장에서 저녁을 먹고 올 계획이다. 박물관 투어가 길어지면 자

메트로 폴리타나 대성당Catedral Metropolitana

첫 저녁을 부실하게 먹을 수도 있어 오전 일찍 시내 투어를 나선다.
메트로폴리타나 대성당Catedral Metropolitana과 현대미술관을 보고
국립 역사박물관에 들어섰다. 벌써 11시다. 여기서 점심을 먹고 산

모네다 궁전과 궁전 주변 거리 모습

넥타이 풀Go 배낭 메Go 남미로 Go!

크리스토발 언덕으로 가서 푸니쿨라를 타려면 서둘러야 한다.

　박물관에 들어서니 사람들이 제법 많다. 다들 가지고 있는 짐을 라커룸에 넣기 위해 길게 줄을 서 있다. 칠레는 모든 박물관에 입장할 때 가진 짐을 라커룸에 넣어야 한다. 나는 스마트폰만 들고 있어 맡길 게 없었는데 같이 입장하던 한국인 여자 두 분이 짐을 넣지 못해 쩔쩔매고 있다. 가까운 라커룸은 이미 다 차버려 키보다 높은 곳에 짐을 넣으려니 까치발로 동동거리고 있다. 내가 누구냐? 친절로 무장된 한국인 아니더냐? 노약자나 임신부를 보면 친절 모드가 자동으로 작동한다. 더구나 한국인인데. "제가 도와드릴게요" 두 사람 짐을 한 군데에 넣으려니 쉽지가 않다. 낑낑대며 겨우 다 넣고 돌아서는데 바로 옆에 서 있던 남자가 후다닥 밖으로 뛰어나간다. 순간, 아차 내 폰! 한 손으로 집어넣다 잘 들어가지 않아 잠시 옆에 두었는데 그 사이 날치기를 당한 것이다. 아, 멘붕…. 멘붕이라는 단어를 이럴 때 사용하는 게 맞을 거다. 당황해서 어쩔 줄을 몰랐다. 그냥 멍하게 서 있기만 했다. 무엇을 어떻게 해야 하는지 황망하기만 하다. 많은 곳을 여행해 보았지만 이런 경험은 처음이다. 여행 중 도난을 당하면 경찰서에 가서 확인서를 받아와야 보험처리가 된다고 들은 기억이 있어 아르마스 광장을 순찰하는 경찰에게 물어보니 경찰서를 찾아가라고 길을 가르쳐 준다. 몇 번의 우왕좌왕 끝에 경찰서에 들어서니 도난 신고하러 온 관광객들로 버글버글하다. 지갑, 카메라, 휴대

2시간 넘게 걸려 받은 확인서.
여행자 보험 청구하면
최대 20만 원 보상받는다.
이것 말고도 구입 증명서 등
까다로운 서류가 많다.

폰…. 참 다양하기도 하다. 번호표를 뽑고 앉아 기다리는데 마주 보
는 외국인들과 눈이 마주친다. 나처럼 도난, 날치기 등을 당한 사람
들이다. 다들 어이없고 황망해 한다. 태어나서 외국 경찰서까지 다
와 보고…. 영어 한 단어도 없는 확인서 내용을 스페인어로만 소통
해서 채우려니 왕짜증이다. 꼬치꼬치 묻는 것도 많다. Police
Certification을 받는데 2시간 넘게 걸렸다.

확인서를 받아 나오니 벌써 오후 3시가 넘었다. 점심이 훌쩍 지났
는데도 배고픈 줄 모른다.

터벅터벅 호텔로 돌아오는데 그제야 도난의 아픔이 현실로 다가온다. 스마트폰에 저장된 사진들, 여행 기록들. 그리고 보니 스마트폰 지갑에 어제 환전한 페소화도 넣어두었는데(40만 원 상당). 여행기를 제대로 쓰려고 사진을 아주 디테일하게 찍었는데…. 사진만 보면 일정들이 생각날 수 있을 정도로…. 돈을 잃어버린 것은 아쉽지 않은데 사진과 여행 기록의 분실이 가슴 아프게 다가온다. 그중에서도 특히 사진들. 무려 2,000장이 넘는 사진들. 쿠스코를 떠나올 때 USB에 저장을 하고 그 뒤론 저장을 해두지 못했는데. 어젯밤에 backup 해 놓을까 하다가 오늘 밤 13시간이나 버스를 타고 가는데 그 시간에 천천히 사진을 선별해서 작업하려고 미루었던 것이 아. 이런 결과를 가져올 줄이야. 그 많은 우유니 사진들, 기가 막힌 절경의 사진들을 죄다 잃어버렸다. 여행을 다녀온 다음 짜잔~ 자랑하려고 아껴두었던 사진들이 얼마나 많은데. 숙소에서 만난 외국인들과 어울리며 찍은 것에서부터 남자들이 부러워할 만한 섹시한 여인들과의 사진, 아타카마 사막에서의 독일 아가씨들과의 007 사진, 그리고 네루다 박물관에서의 그 멋진 웃음의 단체 사진까지. 그렇게 조심을 했는데 남을 도와주다 이런 일을 당하다니. 폰을 잃어버리니까 모든 것을 잃은 느낌이다. 급히 도난 신고를 해서 지급정지를 하려 했지만, 전화번호도 모르고 방법도 알 수가 없다. 호텔 PC로 네이버를 검색해 해외에서 신고하는 번호를 알아내어 전화를 했지만 받지 않는다. 24시간 가동한다고 되어있는데. 통신사 홈페이지에 접속해서 분실신고를 하려고 하니 해외 접속 시에는 휴대폰 문자 인증을 받아야 한단다. 지금 한국은 새벽 2시. 이 밤에 전화하면 아내가 얼마나 놀랄까 생각하니 전화하기도 어렵다. 한밤중에 전화해 애로사항을 부탁해도 흔쾌히 처리해 줄 지인들이 많지만, 문제는 아내 번호 외에 외우는 번호가 하나도 없다. 아, 문명의 이기利器에 종속된 나약한 인간의 모습이여~~. 분실신고를 메일로도 신청해 보려 하였지만 해외에서 접속하는 모든 메일 계정은 접속 시 휴대폰 문자 인증을 받게 되어있다. 휴대폰 없이는 아무것도 할 수가 없다. 한국 시간 새벽 5시. 같은 호텔에 묵은 한국사람 전화로 긴급 문자를 아내에게 보내어 분실신고는 했지만 그 뒤로 할 수 있는 것이 아무것도 없다. 휴대폰 하나로 세상과의 연결이 끊어져 버렸다. 세상에. 휴대폰이 이렇게 소중한 것이었던가? 칠레의 수도 산티아고. 잊지 못할 곳이다. 산티아고를 구석구석 다녀보려고 빡빡한 일정을 계획했었는데 아무것도 보지 못하고 경찰서에서만 최대의 시간을 보냈다. 저녁 8시. 까마버스를 타러 가기까지 그냥 호텔 로비에 멍하니 앉아있었다. 당장 내일부터 어떻게 하지? 배낭에 짐이 얼마 들어가지 않아 가이드북도 스캔해서 스마트폰에 저장해 두었는데. 아~ 생각할수록 절망이다. 산티아고에서 푸에트로 몬트까지 그 긴긴 13시간을 어떻게 보내었는지 기억나지 않는다. 점심, 저녁도 제대로 먹지 못해 잠도 오지 않았을 텐데….

01 | 많은 분이 왜 구글 포토를 사용하지 않았느냐? 그랬으면 적어도 사진 들
　　은 건질 수 있었을 것이라고 한다. 나도 그 부분이 매우 아쉽다. USB로 backup만 제대로 하면 별문제 없을 거라 생각하고 USB만 용량 큰 걸로 2개나 준비했었다(잃으면 얻는 게 반드시 있다. 여행을 다녀온 후 구글 포토에 대해 열심히 공부했고 여행에 필요한 다양한 모바일 환경에 적극적으로 다가가게 되 었다).

02 | 그날, 나 말고 또 누군가가 시외버스 터미널에서 다른 사람의 가방을 받
　　아주다 자신의 가방을 잃어버렸다는 소식이 들려왔다. 남미는 눈감으면 코 베어 가는 곳이다. 자신의 것만 챙기면 잃어버리지 않는다. 나처럼 누군가를 도와주게 되면 내 것이 소홀해진다. 그러면 어김없이 당한다. 남미를 여행하시게 되면 이 점만은 꼭 기억하시길.

03 | 남미의 대도시들, 특히 산티아고, 부에노스아이레스, 상파울루, 리오 데
　　자네이루 등 대도시들에선 특별히 조심해야 한다. 관광객들 주위를 끊 임없이 돌다가 틈만 생기면 범죄를 저지른다. 그러니 나처럼 혼자 다니면 범죄의 표적이 되기 쉽다. 그날도 아마 내 주변을 뱅뱅 돌며 기회를 노리고 있었을 것이 다. 나만 의식하지 못했을 뿐. 아르헨티나 부에노스아이레스에서는 오물이나 아 이스크림을 일부러 묻힌 뒤 당황하는 사이 가방의 끈을 끊어 달아나는 사례도 많 고 브라질에서는 카메라나 휴대폰을 아예 꺼내놓지도 못한다.

04 | 평소에는 옆으로 메는 작은 가방에 휴대폰 연결고리가 있어 늘 걸고 다
　　녔다. 그날은 날씨가 너무 더워 가벼운 차림으로 시내 투어만 다녀오겠

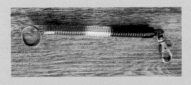

다는 생각에 그 가방을 메지 않았다. 돈도 분리해서 들고 다녔는데 하필 그날엔 환전한 칠레 페소화를 폰 지갑에 넣어둘 게 뭐람. 사진과 같은 종류의 고리로 휴대폰을 연결해놓으면 적어도 몸에서 떨어지지는 않는다. 출발 전 이걸 찾아서 온갖 다이소를 다 뒤졌는데 품절이라고 찾지 못했다. 나중에 귀 국해서 보니 고속도로 휴게소에서 팔고 있었다.

CHILE
칠레

05

우울한 마음으로 만난 푸에르토 몬트

여행 21일 차 푸에르토 몬트Puerto Montt. 산티아고로부터 약 1,000km 떨어진 곳으로 길쭉한 칠레의 중간에 위치한 도시다. 파타고니아Patagonia를 가려면 반드시 들러야 하는 곳이다.

파타고니아Patagonia.

남미를 여행하기 전엔 파타고니아가 옷 브랜드 이름인 줄만 알고 있었다. 옷을 사고 난 다음에도 검색을 통해 남미에 있는 추운 곳이라는 정도로만 알고 있었다. 파타고니아는 남아메리카 최남단에 위치한 지역으로 남극대륙을 제외하고 가장 남쪽에 있는 땅이다. 칠레의 푸에르토 몬트와 아르헨티나 콜로라도 강을 잇는 선의 이남 지역을 말하며 전체 면적이 100만㎢로 한반도 면적의 5배 정도의 크기이다. 안데스산맥을 중심으로 서부의 칠레 파타고니아와 동부의 아르헨티나 파타고니아로 구분된다. 스페인 침략자들은 이 땅을 거인들의 땅이라고 불렀는데 16세기 마젤란 원정대가 이 땅에 처음 왔을 때 원주민들의 키가 자신들보다 20cm나 더 컸기 때문이다. 마젤란이 당시에 인기 있었던 스페인 소설에 나오는 거인족 '파타곤 Patagon' 이라는 이름으로 원주민들을 불렀고 파타고니아라는 이름은 그렇게 탄생하였다 한다.

파타고니아는 파타고니아라는 별도의 이름으로 불리 울 만큼 독특하고 아름답다. 남미는 아! 에서 시작했다가 아! 아! 아! 로 끝없는 탄성과 감동이 계속 된다고 얘길 했었는데 파타고니아에서도 아! 아! 아! 로 터져 나오는 감탄사는 여전히 현재진행형이다. 그건 그거고. 좌우지간 지금은 기분이 꽝이다! 여행? 하나도 즐겁지가 않다. 이 나이에 혼자 여행은 가당치도 않다. 대화할 상대도, 여행에서 느끼는 단상을 나눌 사람도 없다. 매 끼니마다 혼자 밥을 먹어야 하는 것도 곤욕이다. 수많은 관계 속에 인생을 살아 온 까닭에 관계를 벗어나서 홀로서기가 그만큼 낯설다. 혼자 여행하게 되면 나름의 불편도 있겠지만 그에 상응하는 즐거움이나 낭만들도 분명히 존재한다. 하지만 그전까지는 즐거움으로, 새로운 경험으로 다가오던 모든 것이 스마트폰을 잃어버리고 나니 세상만사 다 싫어진다. 갑자기 혼자 하는 배낭여행에 불평이 쏟아진다. 영화 〈her〉에서 주인공이 컴퓨터 OS(운영체제)인 사만다와 사랑에 빠졌다가 OS의 업그레이드로 헤어지게 되자 극도의 허탈함, 상실감을 느끼던데 내가 그 꼴이다. 사랑하지는 않았지만 얼마나 의존적이었는지가 극명하게 드러난다. 사진이나 기록도 기록이지만 나름 편하게 머리 쓴다고 가이드북을 스캔해서 스마트폰에 저장했었는데 가이드북이 없으니 정보가 없어 다니지를 못한다. 가장 치명적인 어려움이다.

푸에르토 몬트에 도착했다. 13시간이 넘는 시간 동안 잠도 한잠 못 자고 스마트폰 날치기에 대해 두고두고 후회를 한다. 조금만 더

앙헬모 시장. 스페인어는 G뒤에 E가 오면 ㅎ발음이 난다.

앙헬모 시장 근처 마을 모습.

조심할걸, 불편하더라도 앞으로 매는 sack을 들고 나갈걸, 사진을 backup 해 둘걸, 의미 없다는 것을 알고 있으면서도 밤새도록 ~걸, ~걸, ~걸 하는 후회를 멈추지 못한다. 파타고니아가 시작되는 초입 위치라서 그런지 날씨가 차다. 칠레 아타카마와 산티아고에서 반짝 더웠던 날씨가 다시 추워진다. 죄다 여름옷이고 겨울옷은 몇 벌 되지 않는데 또 추위와 싸워야 한다. 고도가 낮아 편하게 숨 쉴 수 있어 그나마 다행이다. 호텔에 짐을 풀고는 그냥 주구장창 누워있다. 스마트폰이 없으니 아무 의욕이 없다. 무인도에 와 있는 느낌이다. 밥 먹으러 나가고 싶은 생각도 없고 나가고 싶지도 않다. 그렇지만 너는 움직이는 행동주의자, 낭만 가객 아니더냐? 일단 나가자. 안에만 있으면 계속 우울해진다. 스스로 최면을 걸고 자리를 박차고 나섰다. 자그마한 어촌이라 호텔을 나서니 바로 시장이고 버스터미널이다. 앙헬모 시장Mercado Angelmo. 한국의 시골 어촌과 다를 바 없는 익숙한 풍경이다. 좌판에 늘어놓은 생선들과 해산물들. 파리를 쫓는 손짓들까지….

푸에르토 몬트…. 굳이 이곳을 들러야 할 필요가 있을까? 하는 생각이 드는 작은 어촌이다. 가이드북에는 장황스러운 설명들이 붙어 있고 꼭 가봐야 할 곳으로 소개되어 있지만 잠시 1박으로 들렀다가 바릴로체로 가는 일정이어서 산티아고에서 바릴로체로 비행기로 이동하는 계획이라면 생략되어도 될 듯하다. 허한 마음에 항구 쪽으로 나간다. 하늘이 여전히 맑고 예쁘다. 공원 같은 곳을 한 바퀴 휘돌아

공원 언덕에서 바라본 항구 쪽 전망. 하늘이 시리도록 푸르다.

나오니 벌써 마을을 다 돌아본 것 같다.

밥 생각은 없는데 시간이 되어 기계적으로 식당을 찾아본다. 해변 근처 허름한 식당에 들어갔다. 메뉴판도 사진도 없으니 난감하다. 할머니가 주인이라 말도 통하지 않고. 옆 사람이 먹고 있는 게 맛있게 보여 같은 것으로 주문했다. 한참 시간이 걸려 음식이 나온다. 익숙한 음식이다. 발파라이소에서 먹었던 조개탕처럼 해산물 가득한 수프다. 역시 껍질이 하나도 없다. 발파라이소보다 그릇이 더 크다. 혼자 먹기에 약간 버겁다. 날씨가 쌀쌀한 데 뜨거운 수프를 먹으니 마음이 위로된다. 먹어서 스트레스가 풀린다는 말을 이해할 수 있을 것 같다. 내일은 아르헨티나 바릴로체Bariloche로 가는 국제버스를 타고 국경을 넘어야 한다. 스마트폰도 없이 이 오후 시간부터 내일 아침까지 이 긴긴밤을 어찌 보내야 할 지 생각만 해도 가슴이 답답해진다.

PART 04

PATAGONIA
파타고니아

동화 속 도시 엘 칼라파테

눈 앞에 펼쳐지는 대자연의 장대함. 태어나서 처음 보는 빙하의 모습.
산 위에서 아래까지 길이가 35km, 양쪽 폭이 5km.
카메라에 다 담기질 않는다. 아르헨티나는 정말 축복받은 나라이다.

PATAGONIA
파타고니아

01

내 생애 최고의 스테이크
(아르헨티나Argentina)

여행 22일 차

El Boliche de Alberto. 이곳에서 내 생애 최고의 스테이크를 만났다.

　오전 8시. 아르헨티나 바릴로체Bariloche로 가는 국제버스를 탄다. 어제도 13시간을 달렸는데 오늘도 7시간을 달려야 한다. 파타고니아는 칠레와 아르헨티나의 국경을 번갈아 가며 넘나들어야 한다. 버스 짐칸에 배낭을 실은 다음 탑승하려는데 아뿔싸, PDI가 없다. PDI는 칠레를 입국할 때 함께 발급하는 일종의 입국 증명서 같은 것이다. 출국할 때 반드시 있어야 한다. 산티아고에서 달러를 칠레 페소로 환전할 때 여권을 보여줘야 했는데 그때 여권을 보여주면서 여권 속에 보관하고 있었던 PDI를 잠시 스마트폰 지갑에 잠시 넣어두었다는 사실이 번개처럼 스친다. 스마트폰을 날치기 당했을 때 페소화

247

와 함께 PDI도 분실한 것이다. 그런데 출국에 필요한 서류를 국경도 아닌 버스를 타는데 웬 제동이지? 칠레에서는 국경을 넘는 국제버스 탈 때 버스표 검사와 함께 여권과 PDI를 같이 확인한다. 산티아고에서 스마트폰 분실할 때 같이 날치기 당했다며 경찰 확인서까지 보여 주었지만 깐깐하고 날카롭게 생긴 이 여인, 자기의 임무는 여권과 PDI 확인하는 것이라 자기 권한으로는 PDI 없이 탑승하게 할 수 없단다. 그럼 권한 있는 사람을 불러 달라. 아직 출근 전이다. 9시가 넘어야 된다. 그럼 재발급해 달라. 벌금이든 뭐든 낼 테니. 이곳은 시골이라 PDI를 발급해줄 만한 규모의 관공서가 없다. 산티아고에서 가능하다. 산티아고? 다시 13시간을 돌아가라고? 이런 낭패가 있나…(나중에 알게 된 사실이지만 진작 알았더라면 경찰서에서 Police Certification을 받을 때 PDI를 요청했으면 같이 받을 수 있었다). 모든 사람이 다 탑승했는데 나만 타지 못하고 있다. 버스는 시동을 걸어놓은 채 내가 타기만을 기다린다. 버스 안의 시선들은 내 사정은 아랑곳하지 않고 빨리 출발하기를 재촉하며 출발하지 못하게 하는 나를 째려보는 듯하다. 이 원칙주의자를 어떻게 설득한다? 버스를 타게 해달라, 국경 통과 문제는 국경에서 내가 알아서 하겠다. 안 된다. PDI 없는 탑승자는 태울 수 없다. 나는 이 버스를 꼭 타야 한다. 안 된다. 타겠다. 안 된다. 타야 한다. 안 된다. 팽팽한 줄다리기 같지만 절대적으로 내가 불리한 게임이다. 하지만 나도 쉽게 물러설 수 있는 상황이 아니다. 13시간을 되돌아갈 수는 없다. 어떻게 해서든 국경에 가면 해결책이 있다는 것을 경험으로 안다. 보다 못해 버스 기사가 나선다. 그 직원에게 뭐라고 하니 그제야 마지못해 타라는 사인을 보낸다. 휴~~~ 버스를 타는데 기사가 내 어깨를 툭 치며 빙긋 웃는다. 대충 눈짐작으로 보아 버스 기사가 그 직원에게 뭔가 가능한 방법을 제시한 모양이다. 스마트폰 분실에, PDI 없어 승차도 못 할 뻔하고…. 일이 계속 꼬이는 듯해서 우울하다. 좌석번호를 찾아 앉으니 까마버스 2층 제일 앞자리. 탁 트인 유리창으로 보이는 경치가 멋지다. 확 뚫린 도로를 보는 상쾌함이 우울함을 날려 보낸다. 그런 상쾌함도 잠시, 해가 뜨니 햇살이 무지 뜨겁다. 결코 좋은 좌석이 아니다. 남미의 뜨거움을 온몸으로 받아들이고 있다. 칠레 국경에 도착했다. 짐은 그대로 두고 사람들만 내려 출국 수속을 밟는다. 버스 기사가 나를 따로 불러 다른 창구로 데려간다. 입국 날짜랑 몇 가지를 확인하더니 금방 도장을 찍어준다. 이렇게 쉬운걸…. 불법도 아니고…. 얼마든지 대화로 해결할 수 있는 일인데.

칠레 국경을 지나 아르헨티나로 들어서니 아스팔트 포장도로가 비포장도로로 바뀐다. 칠레와 아르헨티나의 국력에 대해 알아보지는 않았지만 칠레가 좀 나을 것이라는 짐작이다. 버스에서 내려 택시를 타고 호스텔에 도착했다. 짐을 풀어놓고 깜비오(환전소)로 간다. 나라가 바뀔 때마다 환전해야 하는 게 여간 일이 아니다. 남미는 공식적인 은행 환전보다 개인이 하는 환전상의 환율이 더 유리하다.

은행은 공식 환율을 적용하는데 개인 환전상(깜비오)의 환율이 시장 친화적이다. 깜비오가 여러 곳에 있는데 적용환율은 제각각이다. 그러니 환전도 시장조사가 필수적이다. 처음엔 작은 환율에도 민감했는데 자주 환전하다 보니 이젠 줄이 짧은 환전소가 최고다. 대부분의 관광지에 버스들이 한꺼번에 도착하다 보니 환전하려는 관광객들도 몰려서 시간을 잘 못 맞추면 환전에 허송세월할 수 있다. 제법 요령이 늘어서 이젠 국경을 통과하면 남들보다 먼저 깜비오를 찾는 요령도 터득했다. 빠르게 환전을 하고 새로 도착한 도시의 탐색에 나선다. 남미의 스위스라는 바릴로체. 아기자기한 건물들이 유럽풍이다. 초콜릿으로 유명한 곳답게 가게의 절반이 초콜릿 가게이다. 저마다 수제 초콜릿 시식을 권한다. 시식만으로도 배가 부를 정도로 가게들이 많다. 대형 슈퍼마켓 크기의 매장도 있었지만 작은 가게의 가격이 가성비가 높다. 물론 포장의 품격에서 차이가 난다. 거리에 붙은 현수막을 보니 얼마 전 세계 초콜릿 축제가 이곳에서 열렸나 보다. 초콜릿과 함께 아기사슴 그림이 유난히 많다. 아…, 이곳이 디즈니 만화영화 〈아기사슴 밤비〉의 배경이 되었던 곳이란다. 남미의 스위스답게 조금만 걸어 나가도 주변이 호수다. 가을 초입에 들어서고 있어 빨갛게 물들어 가는 거리의 가로수들이 예쁘다.

배가 고프다. 아침 8시에 출발해서 점심도 제대로 못 먹고 쭉 달렸다. 아르헨티나는 인구 1명당 소가 2마리일 정도로 사람보다 소가 더 많다. 그래서 소고기가 무지무지하게 싸다. 바릴로체에서 가장

비슷비슷한 유럽풍의 건물들. 대부분 초콜릿 가게들이다.

남미의 가을도, 단풍도 예쁘다.

도로 끝을 따라 내려오면 넓은 호수가 펼쳐진다.

호수를 따라 쭉 이어진 해안 도로. 밤이 되어 조명이 켜지면 크리스마스 분위기가 난다.

유명하다는 레스토랑을 찾아갔다. El Boliche de Alberto. 미국의 오바마 대통령도 극찬했다는 곳. 저녁 8시 OPEN이다. 10분 전에 도착했는데 대기 줄이 길게 늘어서 있다. 정각 8시에 정확하게 OPEN. 들어서기가 무섭게 벌써 만석이다. 아사도, 양고기, 등심, 안심. 다양한 고기들이 넘쳐난다. 가격도 아주 착하다. 고기와 곁들여 와인도 시킨다. 벌겋게 달아오른 화덕 위에 올린 고기의 두께에 눈이 휘둥그레진다. 저렇게 두꺼운 스테이크는 처음 본다. 화덕의 불 냄새를 동반하고 드디어 스테이크 등장, 와우~ 이렇게 두꺼운 고기가 겉은 바싹하고 안은 곱게 잘 익어있다. 칼로 자르는데 배어 나오는 육즙이 가득하다. 아~~기가 막힌 맛이다. 스테이크에서 이런 맛이 나

지구의 정반대 남미의 아르헨티나
바릴로체에서 내 생의 최고의 스테이크를
만났다. 사진을 찍다 주방장과
눈이 마주쳤는데 재치 있게 웃으며
포즈를 취한다.

다니…. 부드럽다. 아주 맛있다. 맛이 아니라 예술이다. 이 레스토랑
이름은 꼭 기억해 두어야 한다. El Boliche de Alberto. 아니 이곳에
서 꼭 먹어봐야 한다. 지구의 정반대 남미의 아르헨티나 바릴로체에
서 내 생의 최고의 스테이크를 만났다.

02

남미의 스위스, 바릴로체의 호수들

여행 23일 차   바릴로체는 스위스처럼 도시 전체가 호수로 둘러싸여 있다. 가을 단풍도 아름답지만 호수와 함께 산도 아름다워 겨울엔 주변 모두가 스키장으로 변하며 캠핑, 낚시, 래프팅, 트레킹, 스키 등 웬만한 액티비티가 다 가능해서 아르헨티나 최고의 휴양지로 손꼽힌다. 그래서 1년 내내 성수기이다. 이곳에 스위스 이민자들이 대거 정착하면서 주변을 스위스처럼 꾸미게 되었고 자연스럽게 모든 건축양식이나 삶의 방식도 스위스화 되었다. 바릴로체가 초콜릿으로 유명하게 된 이유도 정착한 스위스인들이 자국에서 즐겼던 초콜릿을 자신들의 전통방식으로 만들어 향수를 달래면서부터였다고 한다. 오늘 오전은 바릴로체 근교를 돌아본다. 배를 타고 호수를 돌아보는 것도 있고 트레킹 하는 투어도 있으나 오전 3시간 + 영어 가이드의 다소 짧은 투어를 선택했다. 시간이

캄파나리오 언덕 전망대에서 바라 본 호수들. 360도 사방이 모두 크고 작은 호수들이다.

되니 투어버스가 호스텔 앞에 도착한다. 버스에 오르니 전날 같은
국제버스를 타고 국경을 넘었던 외국인들과 몇몇 한국인들이 눈에
익다. PDI 해프닝으로 사람들이 나를 먼저 알아보고 인사를 한다.
벌써 유명한 사람이 되어있다. 장기간 여행하다 보니 여행 일정이
비슷해서 몇몇은 만났다 헤어졌다 하게 되는데 이렇게 불쑥 만나게
되면 왠지 친근감이 더해진다. 제일 먼저 바릴로체의 호수를 한눈에
볼 수 있다는 캄파나리오 언덕Cerro Campanario으로 간다. 이동하는
곳곳에 보이는 것이 호수다. 정말 스위스의 호수에 온 듯하다. 건물

들도 유럽풍이어서 더 그런 느낌이 든다. 전망대까지 걸어가기가 귀찮아 스키 리프트를 타고 캄파나리오 언덕 전망대를 오른다. 바릴로체 근교의 모든 호수가 한눈에 다 들어온다. 경치는 기가 막힌 데 이미 여러 호수를 보고 난 뒤라 감동이 덜하다. 캄파나리오 언덕을 내려와 이곳에서 가장 유명하고 비싸다는 샤오샤오호텔Hotel Llao Llao을 들른다. 지은 지 100년 된 5성급 호텔로 오바마 대통령의 바릴로체 방문 때 묵었던 호텔이라고 한다. 가이드가 친절하게 성수기 비수기 때의 가격을 얘기하고 있다. 듣자마자 성수기 때 가격이 헉~하는 수준이라는 기억은 나는데 가격이 얼마였는지는 기억나질 않는다. 비싼 가격만큼 이곳의 경치와 조망이 과연 소문대로 아주 멋지다. 그 외에도 몇 군데 전망대를 들른 후 짧은 투어를 마쳤다. 지불한 투어 비용은 생각나질 않지만 다소 비쌌다는 생각이다. 다음에 이곳에 온다면 차라리 차를 하루 렌트해서 다니거나 자전거로 다녀보는 것도 좋을 것이라는 생각이 든다.

호텔 반대편에서 바라 본 호텔의 모습. 호텔 안의 정경 또한 일품인데 아쉽게도 사진이 없다.

공원 뒤 공터에 조리 기구를 설치해 놓고
즉석 햄버거 등을 판다.
소고기의 나라답게 빵 사이의 끼워지는
고기가 아주 크다

투어를 마치고 다시 거리 구경을 나선다. 어제는 건물과 상점 위주
였다면 오늘은 시내 구석구석을 헤집는다. 가이드북에 점심 무렵 거
리에 연기가 피어오르면 사람들이 줄을 서는 길거리 음식이 있다고
소개되어 있다. 가격 대비 가성비가 최고라는 길거리 푸드. 몇 번을
왔다 갔다 하다가 드디어 찾았다. 마침 몇 개 안 되는 테이블에 겨
우 자리가 났다. 주문을 하고 기다리는데 어느 새 사람들이 줄을 서
기 시작한다. 조금만 늦었어도 한참을 기다릴 뻔했다. 커다란 빵 사
이에 고기를 끼워주는 햄버거 종류의 음식이다. 일단 양이 푸짐하
고 맛 또한 나쁘지 않다. 가격 대비 가성비가 갑이다. 50페소로 점
심 한 끼가 거뜬하다. 저녁을 잘 먹을 예정이니 점심은 가난할수록

좋다. 후식으로 점심값과 비슷한 가격의 아이스크림을 먹었다. 딸들에게 줄 초콜릿도 샀다. 아내와 두 딸과 같이 왔으면 얼마나 재미있었을까? 딸들이 맛난 초콜릿에 기뻐 하는 모습을 상상만 해도 흐뭇해진다.

저녁엔 또 내 생애 최고의 스테이크를 먹기 위해 El Boliche de Alberto에 갔다. 이번엔 다른 곳에 있는 분점이다. 워낙 유명한 레스토랑이라 아주 가까운 거리에 본점과 분점이 있는데 같은 곳을 두번 가는 것보다 다른 곳은 또 어떨까 싶었다. 두 군데 역시 줄을 서 있을 만큼 인기 최고다. 이곳의 스테이크도 어제와 다르지 않다. 불과 2만 원도 안 되는 가격에 이렇게 맛난 스테이크를 양껏 먹을 수 있다니... 여행하는 행복이 이런 것이 아닐까?.

소고기가 흔한 아르헨티나에서는 다 비슷비슷한 맛이지 않냐 고?
천만의 말씀.
그 뒤로 질리도록 소고기를 먹어보았지만 바릴로체의 Alberto가 단연 최고였다.

03

동화 속 도시 엘 칼라 파테

여행 24일 차 행복은 키스와 같다고 그랬다. 나눌 수 있는 누 군가가 있어야 한다고….

여행이 중반을 넘어섰다. 힘들다. 몸이 힘든 것이 아니라 마음이 힘들다. 행복은 키스와 같다고 누군가 그랬다. 나눌 수 있는 누군가 가 있어야 한다고. 보는 즐거움, 느끼는 감동을 누군가와 나누고 싶 은데 나누지 못함이 더 크다. 처음엔 혼자 하는 여행에 대한 기대감 도 있었지만 여행의 중반이 지난 지금은 혼자가 외롭다. 어쩌면 스 마트폰 없음으로 인한 상실감이 그 외로움을 2배로 만들고 있는지 도 모른다. 구형의 스마트폰 하나를 구해 카톡만 겨우 연결하긴 했 지만 사진 찍는 것도 카톡도 그리 원활하지 않은 탓에 허전함이 더 하다. 오늘도 역시 새벽부터 기상해서 부지런히 이동 준비를 한다.

오늘의 목적지는 엘 칼라파테El Calafate. 호스텔에서 아침을 먹고 바릴로체 공항까지 택시로 이동하며 새벽부터 부지런을 떨었는데도 계속 대기 상태다. 10시 15분 출발인데 11시가 다 되도록 보딩조차 감감무소식이다. 저가항공의 위력을 유감없이 발휘한다. 그래도 다행이다. 아니 아주 행복한 편이다. 비행기를 탈 수 있으니. 엘 칼라파테는 바릴로체에서 약 1,400km 떨어져 있는데 우기에서 건기로 들어서는 지금은 비수기로 항공편이 한 달에 2번만 운행한다. 직행버스도 일주일에 1번만 운행한다. 걸리는 시간은 무려 32시간! 1,400km 떨어진 거리에 비해 어마어마한 시간이 걸리는데 안데스 산맥 구간을 통과해서 그렇단다. 더 황당한 것은 비행기 가격이랑 별로 차이가 나지 않는다는 것. 자칫 타이밍을 놓쳤으면 32시간을 버스 타고 달리는 힘든 경험을 할 뻔했다. 겨우 탑승하고 잠깐 잠이 들었나 싶었는데 벌써 도착이다. 1시간 30분 정도 걸렸다. 이번엔 숙소까지 버스로 이동한다. 공항에서 숙소까지 제법 긴 이동이다. 달리는 차 창으로 역시나 호수가 쭉 이어져 있다. 마치 호숫가를 자전거로 산책하듯 넓은 벌판과 호수를 번갈아 보여주더니 이윽고 마을로 들어선다. 참 예쁘다, 아기자기하다. 거리 풍경을 한참 보고 있는데 익숙한 식당 간판이 보인다. 뭐지? 생전 처음 와 보는 엘 칼라파테에 저 식당 간판이 왜 이리 익숙하지? 나도 깜짝 놀랐는데 가만히 생각하니 바릴로체의 스테이크 감동을 못 잊어 양고기와 소고기 스테이크로 유명하다는 이곳에서도 그 감동을 이어가고 싶어 맛집

달리는 차창으로 보이는 호수들. 길을 따라 호수가 끊어졌다 이어짐을 반복한다.

검색을 열심히 했었는데 오늘 저녁을 먹으려고 점찍어 놓은 집이다. 우연히 위치 파악을 완료하였다.

　숙소에 도착했다, 오우. 마치 동화 속 마을처럼 예쁜 펜션형 숙소다. 아내와 아이들과 같이 왔으면 얼마나 좋았을까 하는 아쉬운 생각이 또 든다. 이렇게 경치가 좋은데…. 다음에 꼭 같이 와야지. 아니 꼭 같이 올 것이다.
　숙소 바로 옆이 호수다. 이곳 하늘도 역시 파스텔 톤이다. 호수에 걸쳐 있는 하늘이 너무 아름답다. 마을 구경한다고 호수 주변을 걷다 보니 어느새 석양이 진다. 아…. 말로 표현하기 어려울 정도로 눈이 시리도록 아름답다.

저녁을 잘 먹으려고 점심을 간단하게 먹었다. 오다가 버스에서 위치를 확인했던 그 식당까지 걸어서 간다. 버스로 이동할 때는 금방이다 싶었는데 막상 걸어보니 생각보다 더 멀다. 덕분에 마을 이곳저곳을 구경하며 천천히 걷는다. 대형 슈퍼마켓이 보인다. 옳거니 나중에 식사하고 돌아올 때 이곳에서 내일 점심 도시락을 준비해야겠다. 가이드북엔 줄을 서서 기다리기 때문에 예약 필수라 해서 숙소 주인에게 부탁해서 일부러 예약까지 했는데 막상 도착하니 예약이 필수란 정보에 고개가 갸우뚱거려질 정도로 손님이 많지 않다. 가게 안에 쇼윈도 같은 유리 박스가 있고 고기는 그곳에서 구워지고 있다. 화닥닥 급한 불이 아니라 은근한 불에 구워지는 느낌이다.

엘 칼라파테에선 3박 4일을 묵었는데 이곳은 여행자들에게 인기가 높아 2박만 겨우 하고 아쉽게 다른 곳으로 옮겨야 했다.

마을 어귀에 있는 투쟁의 동상. 동상 아래엔 포클랜드 전투에서 사망한 마을 출신의 군인들 사진이 있다. 포클랜드가 여전히 아르헨티나 사람들에게 상처로 남아있는 듯하다.

자연친화적
환경이라 곳곳에
야생동물들을
쉽게 볼 수 있다.

고기의 크기나 형태로 보아 소고기가 아닌 양고기인 듯하다(소고기는 그렇게 은근히 구우면 질겨지지 않을까?). 불 위에 구워지고 있는 고기는 아르헨티나의 스테이크에 대한 또 다른 기대를 갖게 한다. 고르게 먹어보려고 양고기, 소고기, 안심, 등심 등 종류별로 조금씩 다

주문한다. 고기가 나왔다. 일단 비주얼은 만족이다. 그런데 막상 먹어보니 맛있긴 한데 첫인상이 너무 강력했던 탓일까? 바릴로체의 스테이크를 따라갈 수가 없다. 남미 투어의 전반이 고산지대의 괴로움이었다면 후반은 먹는 즐거움이라고 할까? 몸 상태가 회복되니 다시 입맛이 돌아온다. 아니 격렬한 단백질 보충으로 몸 상태가 절로 회복되고 있다.

고기로 잔뜩 부른 배를 앞으로 내밀고 가게 문을 나서는데 커다란 개 한 마리가 성큼 달려든다. 한눈에 보아도 고깃집 개로 보일 만큼 살이 뒤룩뒤룩 쪘다. 덩치가 커서 나도 모르게 움찔 한걸음 뒤로 물러서는데 이 녀석 나를 보곤 바로 배를 드러내어 눕는다. 나는 개를 키우진 않지만 동물들이 배를 드러내는 행동은 완벽한 복종을 의미한다고 얼핏 들은 것 같다. 이 녀석이 내게 왜? 가만히 보니 가게에

불 위에 구워진 고기가 다 익으면
사진처럼 잘라 준다.
바릴로체는 화덕에 굽는 형식이어서
이곳과는 조금 다르다.

온 모든 사람에게 그런 액션을 취한다. 몇몇 외국인들은 그런 녀석의 어디가 그리 귀여운지 그 큰 덩치의 배를 쓰다듬어 주기도 하고 끌어안기도 한다. 이 녀석은 그렇게 하면 맛있는 고기를 더 많이 얻어먹을 수 있다는 것을 벌써 몸으로 익힌 듯하다. 남미엔 개가 정말 많다. 시장이나 가게마다 입구에 마치 문지기라도 된 듯 지키는 개들이 있다. 특이한 점은 덩치 큰 개들이 대부분 순박하게 생겼고 사람을 무서워하지 않는다는 것이다. 다가가는 사람에게 짖거나 으르렁거리지도 않고. 짧은 생각이지만 사람들이 개들을 해치지 않으니 개들이 순박해진 것이 아닐까 하는 생각이 들었다. 돌아오는 길에 아까 지나쳤던 대형 슈퍼마켓을 들른다. 토마토 하나, 바나나 2개, 작은 빵 하나로 간단한 점심 도시락을 준비한다. 곳곳에서 한국말이 들린다. 그동안 거의 보지 못했던 한국 사람들이 죄다 이곳에 모인 것 같다. 엘 칼라파테는 모레노 빙하 투어로 유명한 곳으로 빙하 투어를 하려는 사람들은 모두 이곳으로 모인다. 지금 마주치는 이 사람들을 내일 빙하 투어 때 모조리 볼 것 같은 예감이 든다.

04

빙하 위를 걷다, 모레노 빙하 트레킹

여행 25일 차 오늘은 세계에서 가장 아름다운 페리토 모레노 빙하Glarciar Perito Moreno를 만나러 간다. 파타고니아 투어의 최고 하이라이트라고 하는 빙하 트레킹도 신청해 두었다. 모레노 빙하 트레킹은 두 가지 종류가 있다. 빙하 안쪽으로 들어가 걷는 빅 아이스Big Ice 투어(5시간 소요) 빙하 주변을 걷는 미니 아이스Mini Ice 투어(2시간 소요). 가격도 무지 비싸다. 게다가 공원 입장료는 별도로 내어야 한다. 평소 익스트림 스포츠를 즐기는 나는 빅 아이스 투어를 신청했는데 나이가 많아 신청을 아예 할 수 없었다. 빅 아이스 투어는 참가 제한이 만 50세 미만이다. 순전히 나이만으로 신청조차 거부당하니 기분이 씁쓸하다. 좀 더 일찍 올 걸 하는 아쉬움이다. 한 살이라도 더 젊을 때 여행을 떠나야 하는 또 하나의 이유가 생겼다.

빙하 쪽으로 태워갈 배들이 선착장에서 대기하고 있다.

7시 출발이다. 새벽이 어슴푸레 밝아오고 있지만 날씨가 차다. 우리나라 초겨울의 쌀쌀함이 느껴진다. 챙겨온 겨울옷은 죄다 껴입었다. 고산지대 추위가 다시 생각났다. 빙하라는데 굉장히 춥겠지? 트레킹을 한다고 하는데 옷을 많이 입어 굼뜨면 어쩌지? 고민 고민하다 하의는 기모 바지 하나만 입기로 한다. 그리 많이 춥지는 않을 거야. 강원도 철원에서 군대 생활할 때도 한겨울에 내복을 입지 않던 나였는데 파타고니아 추위쯤이야. 대신 빵 모자에 장갑까지 철저한 겨울 복장으로 무장하고 투어버스에 오른다. 바람만 불지 않으면 된다. 빙하 트레킹 때 바람이 불어 너무 추워서 모든 것을 다 포기하고 돌아가고 싶었다는 어느 블로그의 포스팅이 문득 생각났다. 빙하 위의 바람이 거의 살인적이라는 말이다. 바람아 불지 마라. 40여 분을 달렸을까? 커다란 호수가 보이고 선착장엔 여러 대의 배가 기다리고 있다. 다행히 바람은 그리 불지 않는다. 시간에 맞춰 여러 대의 투어버스가 속속 도착하고 전 세계에서 온 트레킹 참여자를 쏟아낸다. 도착하는 대로 배에 오르면 인원수가 다 탑승한 배부터 먼저 출발한다. 을씨년스러운 날씨에 호수 주변도 우울해 보인다. 이른 아침이라 배 안에 자리를 잡고 앉자마자 졸음이 온다. 얼마 지나지 않아 배 안의 사람들이 와다닥 일어나 밖으로 나간다. 미처 밖으로 나가지 못한 사람들은 창문에 코를 박고 연신 카메라를 눌러댄다. 너도 나도 갑자기 크게 소리를 지르기 시작한다. 뭐지? 고개를 들고 밖을 내다봐도 별 특이한 게 보이질 않는데? 아…, 보인다! 빙하다 빙하! 멀리 병풍처럼 빙하가 서 있다. 호수 색깔과 비슷해서 처음엔 빙하인 줄 몰랐다. 태어나서 처음 보는 빙하다. 거대하다. 진짜 거대하다. 빙하는 북극이나 남극에서만 볼 수 있는 것인 줄 알았는데 아르헨티나 깊은 산속에서 빙하를 만날 줄이야! 이번에 처음 알게 된 사실인데 원래 빙하는 산에서 만들어진단다. 고산지대에 내린 눈이나 비 또는 강들이 얼어 거대한 얼음덩이가 되고 그 얼음덩이들이 날씨가 풀리면서 밀려 내려와 조각으로 떨어져 호수로 바다로 흘러 들어간단다. 빙하 쪽으로 배가 이동해 가는 중간중간 떨어져 나온 빙하 조각들(유빙)이 호수 위를 둥둥 떠다니고 있다. 타이타닉 얘기에서나

점점 다가갈수록 빙하의 멋진 모습이 뚜렷해진다. 마치 파도치는 것 같다. 빙하를 멀리 두고
선착장에 내린다. 이곳에서도 카메라에 다 담기질 않는다.

접했던 빙하를 보고 있는 나 자신을 믿을 수 없다. 내 눈으로 직접 빙하를 보다니…. 사람들이 사진을 찍을 수 있도록 배가 빙하 쪽으로 가까이 다가가다가 잠시 멈추어 선다. 빙하가 커도 무지하게 크다. 가까이 다가갈수록 그 규모가 어마어마하다. 카메라에 다 담을 수가 없다. 아니 담기지 않는다. 이때, 우르르 쾅쾅. 어디선가 보이지는 않지만 빙하가 떨어지는 소리가 들린다. 멀리서 들리는데도 이 정도 큰 소리라면 떨어지는 빙하는 얼마나 클까?

On The Rock

빙하! 과연 파타고니아의 하이라이트라는 말이 무색하지가 않다. 선착장에 도착, 내리자마자 전문 산악 복장의 가이드들이 큰소리로 외친다. "English right, Spanish left." 빙하 위를 직접 걷는 빙하 트레킹을 시작하기 전 영어 가이드를 원하는 사람들은 오른쪽으로 스페인어 가이드를 원하는 사람들은 왼쪽에 서라는 말이다. 다행히 영어와 스페인어 무리가 적절하게 반으로 나누어진다. 당연히 나는 영어를 선택한다. 우리 쪽은 덴마크. 캐나다. 미국. 독일. 스웨덴 등등 다양한 나라에서 왔다. 짙은 선글라스에 피켈까지 든 가이드가 빙하를 등에 지고 투어 설명을 시작한다. 그 와중에 가이드의 바로 뒤에서 또 빙하가 굉음을 내며 무너져 내린다. 우리 보고 Lucky guys 라고 한다. 빙하가 무너져 내리는 걸 직접 보기가 쉽지 않은데

아이젠 신고 걸음마 연습. 뒤로 보이는 곳에서 트레킹이 시작된다. 이런 멋진 천연자원을 가진 복 받은 나라, 아르헨티나 국기가 바람에 펄럭인다.

오늘 보았으니 행운이라고. 그러고 보니 투어 진행하는 내내 빙하가 떨어지는 소리는 여러 번 들었지만 눈앞에서 떨어지는 모습을 본 것은 그게 처음이자 마지막이었다.

엘 칼라파테에서 약 80km 떨어져 있는 페리토 모레노 빙하는 총 길이가 약 35km이고 표면적이 195km 폭이 5km란다. 강설량이 많고 온도가 높은 편이라 빙하의 움직임이 빨라 하루에 2m, 양 끝은 40cm 움직여 여름 시즌인 12월~2월엔 다른 빙하에 비해 빙하가 붕괴되는 붕락을 자주 볼 수 있단다. 눈에 보이는 빙하도 거대하지만 수면 아래 잠겨 있는 빙하의 깊이는 무려 170m라고 하니 물 위와 물 밑을 합친 빙하의 크기가 얼마나 클지 상상하기 어렵다. 간단한 설명이 끝나고 아이젠을 신는다. 평소 겨울 산을 타면서 아이젠을 착용해 본 경험이 있어 혼자 메어보려 했더니 No! No! No! 자기들이 메어준단다. 잘못 신었다가 사고가 나면 큰일이라고. 투어 참가자 모두의 아이젠을 일일이 메어준다. 아이젠의 크기나 메는 방식을 보니 일반적인 수준의 것이 아니다.

몇 번의 걸음마 연습을 끝내고 빙하 위를 걷는 트레킹을 시작한다. 푸르다. 눈이 부시도록 푸르다. 숨이 멎도록 맑고 아름답다. 푸른빛이 감도는 빙하 위를 걸으니 마치 다른 행성에 와 있는 느낌이다. 가이드가 자기가 밟는 곳만 따라오고 절대로 다른 곳으로 가면 안 된다고 주의를 주면서 서 있는 곳에서 조금 떨어진 주변을 피켈로 쿡쿡 찌르니 얇은 얼음이 갈라지며 숨은 크레바스가 보인다. 시퍼런 빙하 틈 사이로 끝이 보이지 않는다. 아찔하다. 교육 효과는 만점. 어느 누구도 허튼 발걸음을 못 하고 가이드 뒤만 쫄쫄 따라다닌다. 빙하에서 볼 수 있는 크레바스와 바닥끝이 보이지 않는 Hole도 보았다. 산악 영화에서 크레바스에 끼어 어쩌지 못하던 주인공들의 아찔함이 어떤 느낌일지 피부로 와 닿는다. 얼음 위를 걷기가 만만찮다.

국립공원 페리토 모레노 빙하 입구.

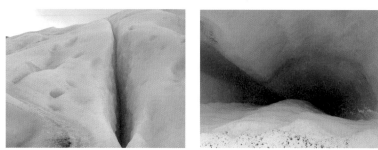

무시무시한 크레바스 바닥끝이 보이질 않는 Hole. 아찔한 높이와 어마어마한 넓이가 사진으로는 표현되지 않는다.

빙하 위를 걸어보는 황홀한 경험을 한다. 넘어질까 봐 발바닥 전체에 힘을 주고 걸으니 조금만 걸어도 이마에 땀이 송골송골 맺힌다.

트레킹을 마치고 출발했던 곳으로 되돌아가니 넓은 공터에 뭔가가 준비되어 있다. 위스키와 여러 개의 잔이다. 웬 위스키? 가이드가 바로 옆의 빙하를 피켈로 찍어 얼음조각을 내어 위스키 잔에 넣는다. 아…, 이게 그 유명한 빙하얼음으로 마신다는 'On the Rock Whisky!' 나는 술을 전혀 마시질 못하지만, 빙하 위를 걷는 트레킹을 마친 후 빙하 위에서 빙하얼음으로 마시는 위스키의 이 특별한 경험을 어찌 마다할 수가 있겠는가! 전 세계 사람들이 이 특별한 경험을 하기 위해 아르헨티나로, 파타고니아로 몰려온다. 아…, 남미는 정말 클래스가 다르다.

God Made!!! God Made!!!

트레킹을 끝내고 가이드와 함께.

On the Rock Wisky을 만드는 과정.
위스키 옆 빨간 것은 왕 초콜릿이다.
이곳에서만 맛볼 수 있는 특별함이
가득한 위스키를 한 잔...
술을 전혀 마시질 못하지만 기꺼이
잔을 들었다... 속이 찌릿찌릿...

트레킹을 끝내고 다시 선착장으로 나오려는데 빙하 밑으로 생긴 거대한 Hole이 보인다. 화산지대 석류 굴처럼 빙하 밑으로 큰 굴이 생겨 그 밑으로 아주 맑은 물이 흐른다. 푸른 빙하 밑이라 그런지 Hole 전체가 푸른빛으로 환상적이다. 빙하 아래의 전혀 새로운 세계를 보는 듯 신기하다. 이대로 쭉 걸어가면 어딘가 다른 세계가 펼쳐질 것만 같다.

트레킹을 마치고 다시 배를 타고 숙소로 돌아간다. 추위에 얼굴이랑 몸이 단단히 얼었다. 버스를 타니 따뜻한 난방에 피로가 풀리면

거대한 Hole. 안으로 들어갈수록 푸른빛이 신비스러워진다.

서 모두가 졸고 있다. 정신없이 맛나게 단잠을 자고 있는데 전망대 도착했다고 내리라고 한다. 자유 시간 1시간. 1시간 뒤에 출발한다고. 빙하 위를 걸어가기까지 했는데 전망대는 무슨 전망대? 게다가 무슨 1시간씩이나. 왈칵 짜증이 난다. 소파에서 잠을 자다가 불현듯 깨움을 당하는 그런 느낌이랄까. 다들 잠이 덜 깬 눈으로 버스에서 내리며 화난 얼굴들이다. 단잠을 깨웠다고. 투덜대며 전망대 팻말을 따라 아래로 내려간다. 동선을 보니 아래쪽으로 한참을 내려가야 한다. 내려가면 또 올라와야 하는데 빙하를 걸어보기까지 했는데 전망대에서 본들 뭐 별 차이가 있을까? 본 걸로 하고 그냥 올라가? 몸이 피곤하니까 꾀만 늘어난다. 내키지 않는 걸음을 꾸역꾸역 내딛는다. 큰 나무들 사이로 아까 보았던 빙하가 얼핏 보인다. 와우~ 갑자기 정신이 번쩍 든다. 여기는 빙하 전체를 조망할 수 있는 전망대이다. 지금까지 내가 보고 트레킹을 했던 곳은 빙하의 왼쪽 측면이었다. 전망대에 내려서니 산 위에서부터 호수까지 쭉 이어져 있는 빙하의 전체 모습이 한눈에 들어온다. 우와~ 이걸 안 보고 갔으면 크게 후회할 뻔 했다. 트레킹 하면서 보았던 그 커다란 빙하가 불과 한쪽 면의 일부분에 지나지 않았다니…. 일부분만 보고도 우와~ 했는데. 총 길이 35km 폭 5km 표면적 195km 높이 60m. 아까 가이드가 얘기했던 숫자들이 눈앞으로 왈칵 다가든다. 우와~~우와~~ 또다시 감탄사가 연속으로 터진다.

짧았던 트레킹이었지만 빙하 위를 걷는 것이 힘들었나 보다. 숙소로 돌아와 한참을 쉬었다. 펜션형 숙소라 주방을 사용할 수 있어 저녁으로 요리를 해볼까 하여 슈퍼마켓을 갔다. 내일도 엘 찰텐El Chalten으로 트레킹을 가야 하니 점심 도시락을 준비해야 한다. 판매대에 표시된 가격표를 보니 초코파이 3개 7,500원 소고기 안심 큰 덩어리 6개 7,500원(3개짜리 1묶음 포장×2개) (페소화로 기억나지는 않고 원화로 환산한 가격만 기억난다). 공산품이 비싸고 소고기가 아주 싸다는 얘길 듣긴 했지만, 초코파이 3개와 소고기 값이 같다. 샐러드를 만들려고 산 야채가 오히려 소고기보다 더 비싸 야채 구입은 과감하게 포기한다. 소고기를 스테이크 해서 먹으려니 마땅히 준비한 양념이

아찔한 높이와 어마어마한 넓이가 사진으로는 표현되지 않는다.

저 멀리 산 위쪽까지 빙하로 덮여있다. 길이 35km를 실감하게 한다. 아르헨티나는 이런 크기의 빙하들이 여러 곳곳에 있다고 한다. 좌우지간 아르헨티나는 축복받은 천연자원의 나라임이 틀림없다.

없다. 한 끼를 먹기 위해 소스 등 양념을 따로 사기도 그렇고. 이럴 때 활용할 수 있는 비법이 하나 있다. 배낭여행의 필수품. 라면 수프다. 요즘엔 라면 수프만 따로 인터넷에서 팔기도 한다. 모든 현지 음식에 우리나라 라면 수프만 넣어도 일품요리가 된다.

1. 소고기를 산 비닐봉지에 라면 수프를 적당량 넣고 마구 흔든다.
2. 약 15분가량 간이 배도록 숙성시킨다.

3. 프라이팬에 1/3 또는 1/2 되도록 기름을 두른다.

4. 겉이 바싹하도록 소고기를 튀긴다.

5. 맛있게 먹는다.

저녁으로 아무것도 먹질 않고 소고기 스테이크만 먹었다. 맛이 어 떠냐고? 환상적이다. 한국 라면 수프 최고다 최고! 배가 터지도록 먹 었는데도 소고기가 아직 많이 남았다. 내일은 숙소를 옮기는데 이 많은 고기를 어쩌지?

05

아내에게 보여 주고픈 엘 찰텐

여행 26일 차 엘 찰텐El Chalten은 인구 1,200명의 아주 작은 시골 마을이다. 이 작은 마을이 전 세계 트레킹 마니아들의 사랑을 받는 곳이라는 사실을 처음 알았다. 아르헨티나 사람들조차 트레킹하기를 소원한다는 이곳. 남미의 수많은 트레킹 코스 중 딱 한 곳에서만 할 수 있다면 주저 없이 선택한다는 이곳. 마추픽추, 우유니 사막, 빙하 등 굵직굵직한 것들에만 쏠려 있었던 내게 자연의 진정한 아름다움이 무엇인지를 알게 해 준 엘 찰텐 마을. 남미의 가을이 얼마나 아름다운지를 깨닫게 한다. 남미는 매일 매일이 감탄의 연속이다.

눈을 비비고 힘든 기상을 한다. 어제에 이어 오늘도 새벽 출발이다. 오늘은 이곳에서 약 220km 떨어져 있는 엘 찰텐으로 이동한다.

피츠로이 코스 입구.

영화 반지의 제왕에 나오는 한 장면처럼 내려다보이는 경치가 장관이다.

그곳에서 1박 2일로 트레킹만 하는 것이라 배낭 등 큰 짐은 펜션형 숙소에 맡겨두고 산행에 필요한 옷 몇 가지와 세면도구 등만 챙겨 가볍게 나선다. 어제보다 이른 6시에 출발. 4월인 지금은 남반구의 건기. 겨울 초입이라 해가 늦게 뜨고 일찍 진다. 아직도 주위가 새카 맣다. 달리는 차 창밖으로 하늘에 별이 총총하다. 아타카마에서 보지 못했던 쏟아지는 별들의 노래를 버스 안에서 듣는다. 대지가 광활하다. 달리는 버스 양옆으로 사방을 둘러봐도 한눈에 다 담기지 않는다. 안데스산맥. 산이 너무 높아 일출을 보기 어렵다. 아침 8시가 지났으니 해가 이미 상당히 떠 있을 텐데도 산 그림자에 가리어 해를 볼 수가 없다. 9시 30분경에 도착하자마자 숙소에 짐을 놓고 바로 트레킹에 나선다. 이곳의 트레킹은 크게 2가지가 있는데 대표적으로 피츠로이Fitz Roy 봉(3,405m)을 정면에서 볼 수 있는 피츠로이 코스와 토레 호수Laguna Torre까지 걷는 토레 코스가 있다. 피츠로이 코스는 7~8시간 걸리는 가장 강도가 센 트레킹으로 세계 5대 미봉으로 알려진 피츠로이봉의 일출을 보는 것이 트레킹 참여자들의 로망이라 대부분 전날 저녁 미리 와서 숙박하고 다음날 새벽 3시 이전에 출발한다. 피츠로이 코스는 10구간으로 나누어져 있는데 1~9구간은 무난하고 마지막 10구간은 소위 죽음의 구간으로 불린다. 마지막 1km가 그 구간인데 어마어마한 죽음의 경사를 기어가듯 올라야 한단다. 총소요 시간 7~8시간 중 마지막 구간 정복에 3시간 이상이 걸린다고 하는데 늦은 10시경 출발에다 준비한 도시락도 변

변찮은 상태인데 왕복 8시간이 걸리고 마지막은 죽음의 코스라는 설명에 행여 와이나픽추의 악몽이 재현될까 고민 고민하다 피츠로이 코스 중간에 있는 카프리 호수Laguna Capri가 있는 8구간까지만 다녀오는 걸로 내 마음과 적절한 선에서 타협을 한다. 트레킹을 나선다. 새벽에 일어나자마자 작은 샌드위치로 아침을 가볍게 먹었더니 속이 너무 가볍다. 혼자 여행하니 이런 게 별로다. 점심이나 간식 등을 준비할 때 뭘 사자니 많고 안 사자니 그렇고. 그냥 뭉기다가 타이밍을 놓쳐 오늘처럼 아침을 대충 먹는 경우도 있다. 누군가가 동행이 있다면 일부러라도 챙기게 될 텐데. 마을 길을 10여 분 정도 걸

아름다운 오솔길따라 오르막 내리막 걷다보면 단풍으로 둘러쌓인 카프리 호수에 도착된다.

으니 금방 피츠로이로 오르는 오르막길이다. 오르막길이 그리 가파르지는 않다. 얼마를 올라갔을까? 탁 트인 공간에 경치가 장관이다. 탄성이 절로 나온다. 이 경치를 뭐라 표현할 수가 없다. 이 아름다움을 옆에 두고 걷는다. 콧노래가 절로 나온다.

카프리 호수까지는 약간의 오르막과 내리막이 반복되는 평이한 길이다. 별 어려움이 없어 걷기에도 무난하다. 다리 짧은 오소리가 배로 쓸고 다녀서 생기는 길이라고 하는 오솔길도 군데군데 보인다. 아…, 이렇게 멋지고 아름다운 길을 혼자 걷고 있다는 것이 못내 아쉽다. 정말 예쁘다. 정말 아름답다. 트레킹 하는 내내 사진을 찍기 위해 걸음을 멈추지 않을 수 없었다. 카프리 호수에 도착했다. 호수를 빙 둘러싸고 있는 단풍이 숨을 멎게 한다. 워낙 많은 호수를 보아온 탓에 호수만 있었으면 단조로울 수도 있었던 트레킹을 초가을 단풍이 화려한 트레킹으로 바꾸어 놓았다. 시간이 더 있었으면 단풍 가득한 호수 전체를 빙 돌아보고 싶다. 호수 오른편 뒤쪽으로 날카롭고 뾰족한 피츠로이 봉이 보인다. 빙하도 보이고. 정말 아름답다. 날씨가 갑자기 흐려지면서 진눈깨비가 내린다. 날씨가 추워지고 피츠로이 봉은 진눈깨비에 가려 더 이상 보이질 않는다. 서둘러 내려가야겠다. 왔던 길을 되돌아갈 수도 있지만 피츠로이 봉 쪽으로 좀 더 전진했다가 돌아가는 길도 있어 아쉬움을 달래려 그 길을 선택한다. 카프리 호수를 오른쪽으로 돌아 내려가는데 호수 옆 아슬아슬한 곳에 텐트가 하나 있다. 이 산에 웬 텐트? 호기심에 다가가니 젊은 남녀 1쌍

단풍으로 둘러쌓인 카프리 호수

이 텐트 안에서 방긋 웃는다. 아르헨티나 젊은이들인데 내일 피츠로
이봉의 일출을 보려고 오늘 미리 와 있단다. 피츠로이 일출이 유명하

긴 유명한가 보다. 흐려지
니 날씨가 더 추워지고 추
워지니 손에 감각이 무뎌
진다. 다시 올라왔던 길을
내려간다. 터벅터벅 내려
가는데 길가에 앉아서 무

언가를 먹고 있는 젊은이 둘이 인사를 한다. 안녕하세요? 오랜만에
만나는 한국 젊은이들이다. 피츠로이 일출을 보려고 오늘 새벽 2시
에 출발했단다. 마지막 죽음의 코스를 이를 악물고 올라가 일출을 기
다렸는데 날씨가 흐려 일출을 보지 못하고 내려가는 길이란다. 입술
가득 허탈함이 묻어 있다. 남녀가 정답게 보여 살짝 물었더니 오늘

남미 여행 중인 한국의 젊은이들.

새벽 등반하며 우연히 만났단다. 학교를 휴학하고 중미와 남미를 96
일째 다니고 있다는 여학생과 호주에서 대학을 다니다 중간에 그만
두고 남미를 여행 중인 남학생. 아니 그럼 이 여학생은 혼자 새벽에
이 산을 올랐단 말이야? 여행 중간중간에 만나는 한국의 젊은이들에
게서 젊음이 가질 수 있는 풋풋함과 열정이 느껴진다. 우리가 대학

내려가는 길의 아름다움.

피츠로이 봉의 아름다운 모습.

넥타이 풀Go 배낭 메Go 남미로 Go!

다닐 때는 해외여행 자체가 거의 불가능했었는데….

　산에서 내려오는 것은 올라가는 것보다 언제나 여유가 있다. 오를 때 보지 못했던 또 다른 모습의 경치들이 보인다. 피츠로이를 보지 못한 아쉬움은 이 경치만으로도 충분히 행복하다고 스스로 위안을 삼는다.

PATAGONIA
파타고니아

06

마라톤 하듯 달린 토레 호수 트레킹

여행 27일 차 　오늘은 토레 호수 트레킹을 한다. 왕복 6~7시간 걸리는 코스. 근데 그동안 워낙 많은 호수를 보아서 6, 7시간 투자해서 또 호수를 보러 가야 할까? 살짝 고민이 된다. 어제 카프리 호수의 단풍이 워낙 멋있어서 그것으로 만족하고 토레 호수는 왕복 2시간 코스의 전망대까지만 다녀오는 게 어떠냐고 마음속으로 계속 타협 중이다. 과연 어떤 걸 선택했을까?

　토레 호수Laguna Torre를 다녀오려면 왕복 6~7시간 걸리고 오늘 오후 3시에 엘 칼라파테로 돌아가는 버스를 타야 하니 늦어도 오전 8시에는 출발해야 여유 있게 다녀올 수 있다. 왕복 18km. 가까운 전망대까지는 왕복 5km. 어젯밤부터 무리하지 않고 전망대까지만 다녀오기로 마음먹었던 터라 감자 1개 고구마 1개를 간식으로 챙겨

큰 바위산들로 둘러싸인 엘 찰텐 마을. 해는 한참 전에 떴지만 높은 산을 넘느라 9시가 지난 지금에야 일출처럼 보인다.

들고 9시 30분쯤 느지막이 느릿느릿 토레 호수 쪽으로 가벼운 산보를 시작했다. 마을에서 토레 호수 가는 길의 초입 부분은 밋밋한 평지 오르막길이다. 어제의 카프리 호수 길과 비교하여 전망대까지 가기로 한 나의 결정이 탁월하였음을 증명이라도 하듯 그냥 그저 그런 평범한 길이다. 그래 잘한 결정이야. 지금까지 본 호수가 몇 개인데….

토레 코스는 초입부터 긴 오르막이어서 전망대까지는 이런 아찔한 계곡길의 연속이다.

　초입 길에 들어서자 전망대까지는 긴 오르막이다. 길옆으로 아찔한 계곡이 이어진다. 이곳저곳 경치들을 천천히 둘러보며 약간 가파른 경사를 올라 전망대에 올라서니 토레 호수는 보이지 않고 호수까지 끝없이 펼쳐진 단풍 길이 정말 아름답다. 이 길을 트레킹 하지 않고 돌아섰다간 스스로를 심하게 비난할 것 같았다. 얼른 시계를 보았다. 10시 25분. 빠르게 왕복 6시간으로 잡아도 적어도 12시에는 돌아서야 하는데 시간이 촉박하다. 머릿속으로 번개같이 셈을 해도 무리라는 생각이다. 하지만 눈으로 대충 짐작을 해도 토레 호수까지는 거의 평지에 가깝다. 빠른 걸음으로 한번 승부를 걸어봐? 나 특유의 묘한 도전 의식이 또 발동을 건다. 그래, 가다가 12시가 되는 곳에서 돌아서기로 하고 가는 데까지 가보자. 비록 체력이 예전만 못하지만 그래도 왕년엔 마라톤 풀코스를 10번이나 완주한 마라토너였잖아. 목표가 정해지면 걸음은 당연히 빨라지는 법. 늦게 출발하고 게으름 부린 걸 탓하며 빠른 걸음으로 내달린다. 앞서가던 외국인들을 모두 앞지른다. 끝없이 펼쳐진 단풍 길을 가슴에 차곡차곡

2.5km 지점의
전망대.

전망대에서 보이는 전경. 저 멀리 설산 아래에 토레 호수가 있다. 평평한 길이란 걸 한눈에
알 수 있다.

토레호수 가는 길. 하늘과 단풍이 너무너무 아름답다.

넥타이 풀Go 배낭 메Go 남미로 Go!

담았다. 울 wife가 이런 산길을 정말 좋아하는데….

생각보다 길이 편하다. 10분당 1km를 주파한다. 옛날 마라톤 뛰면서 몸에 배었던 시간과 거리와의 복잡한 계산식이 저절로 작동한다. 이 정도 속도라면 12시쯤 토레 호수를 볼 수 있겠다는 희망이 보인다. 얼마나 걸었을까? 아까 목적지로부터 6km가 지났다는 팻말을 보았으니 아마 6.7km쯤일까? 키 큰 나무들로 둘러싸인 숲길에 들어섰는데 숨이 멎을 뻔했다. 노란색으로 물든 예쁜 길이 눈 앞에 펼쳐진다. 휴대폰으로 사진을 찍지만 아~ 눈에 보이는 것만큼 사진에 담아지질 않는다.

숨이 멎도록 아름다웠던 노란 단풍길. 이 사진을 보니 지금도 그때 그 감동이 살아나는 듯.

거대한 산들 사이로 빙하가 있고 그앞에 토레호수가 펼쳐져 있다.

　11시 42분 목적지 토레 호수에 도착했다. 역시 마라토너는 건재하
다. 눈으로 덮인 거대한 산들 사이로 빙하가 있고 그 앞에 호수가 펼
쳐져 있다. 빙하에서 떨어져 나온 유빙이 호수 곳곳에 떠다니고. 토
레 호수 그 자체는 별것 아닐 수도 있다. 지금까지 보아온 호수들에
비하면 빈약하기까지 하다. 하지만 그곳에 이르는 길이 너무 예쁘
다. 남자인 내가 봐도 숨넘어갈 만큼…. 남미를 27일째 돌아다니면

서 맑은 하늘에 찬사를 보내면 아름다운 호수가 눈에 보이고,

그 호수에 감격을 하면 이번엔 빙하가…, 단풍이…, 트레킹이…, 계속 이어지는 감탄에 입을 다물 수 없다. 아…. 남미는 꼭 보아야 한다. 이렇게 멋진 경치와 장관을 보며 트레킹 할 수 있다는 것이 내게 큰 행복이고 또 행운이다.

PATAGONIA
파타고니아

07

죽기 전에 꼭 해봐야 한다는
트레킹의 성지 토레스 델 파이네
(칠레Chile)

여행 28일 차

오늘도 새벽을 나선다. 엘 칼라파테에서 버스를 타고 7시간. 오늘은 세미까마버스다.

칠레의 푸에르토 나탈레스Puerto Natales라는 작은 도시로 간다. 차창밖에는 거무스레한 눈빛으로 달아오르는 새벽 일출 직전의 모습이 장관이다. 아, 남미는 정말 God made다. 버스 밖 차창으로 비치는 하늘과 산과 구름이 지칠 줄 모르게 사진을 찍게 한다. 이제는 익숙해질 만도 한데 여전히 감탄을 자아낸다. 왜 그럴까 생각해보니 이곳의 자연 풍광이 우리나라와 확연하게 다르다. 그러니 모든 게 신기하고 낯설고 멋있어 보인다. 흐리면 흐린 대로 맑으면 맑은 대로. 아르헨티나 국경을 넘어 다시 칠레로 넘어간다. 여기서도 국력의 차이가 난다. 아르헨티나 국경에 임박하니 역시나 비포장도로다.

푸에르트 나탈레스 _ 바닷가를 끼고 있는 아늑하고 조용한 시골 마을이다.

저녁에 다시 찾은 바닷가. 푸에르트 나탈레스 선착장.

수속을 마치고 칠레 쪽으로 넘어오니 포장도로. 이게 국력이고 경제력의 차이다. 경제력이 국경까지 이스필트로 포장할 형편이 못 되는 것이다. 국경 넘을 때마다 버스에서 내려 여권에 도장 찍고 짐 검사하기를 반복한다. 국경 통과하고 1시간 남짓 더 달려 푸에르트 나탈레스에 도착했다. 이곳은 토레스 델 파이네 국립공원으로 유명한 곳이다. 거길 가려고 새벽에 버스를 7시간이나 타고 달려왔다.

푸에르토 나탈레스는 인구 18,000명의 아주 작은 해안 도시이다. 도시 전체를 돌아보는 데 불과 반나절이면 족한 이 작은 도시에 해마다 수많은 관광객이 몰려온다. 파타고니아의 상징이자 칠레가 자랑하는 세계적인 국립공원인 토레스 델 파이네Tores del Paine로 가기 위한 출발점이기 때문이다. 저녁을 먹으러 나섰는데 워낙 작고 조용한 마을이라 가이드북에 소개된 먹을 만한 맛집도 몇 개 없다. 고민하다 겨우 선택을 했는데 완전 꽝이다. 혼자 온 배낭여행의 한계이다. 칠레는 물가가 비싸니 맛없어도 다 먹어야 한다.

여행 29일 차 숙소에서 2시간여 차로 달려 도착했다. 입구에 위치한 호수의 위용이 심상찮다. 마치 기대해도 좋다는 메시지를 주는 듯하다. 입장료가 무려 21,000페소. 우리 돈으로 약 4만 원이 넘는다. 토레스 델 파이네에는 세계에서 가장 아름다운 국립공원이라는 닉네임에 맞게 다양한 트레킹 코스가 있다. 토레스 델 파이네 산 전체를 한 바퀴 크게 도는 O자형 서킷 트레킹

눈앞에서 펼쳐지는 대자연의 아름다움. 파타고니아의 심벌로도 사용되는 토레스 삼봉들의 모습이다.

과 산 앞의 호수를 위주로 W 모형을 그리며 걷는 W 트레킹. W 트레킹은 5박 6일이 걸리고 총거리가 76.1km, O자형 서킷 트레킹은 7~9일이 걸리고 총거리는 93.2km이다. 안데스산맥의 곁가지인 파이네 산맥의 주변을 걷는 이 트레킹은 머리에 만년설을 이고 있는 바위산과 그 아래쪽의 아름다운 호수, 빙하와 숲, 개천, 그리고 야생 동물 등 자연이 줄 수 있는 모든 것을 다 가지고 있어 직접 걸어보기 전에는 글과 사진 어떤 것으로도 그 감동을 따라올 수 없다는, 죽기 전에 꼭 해봐야 한다고 소문나 있다. 그 소문과 함께 그보다 더한 소문은 이곳 야영장이 자연을 최대로 보호한다는 대원칙으로 시설이 열악한 최악의 야영장으로도 손꼽힌다는 점이다. 그 흔한 쓰레기통조차 없다. 그럼에도 불구하고 전 세계 사람들이 성지 순례하듯 몰려온다. O자형, W자형, 그런 전문적인 트레킹은 NO! 고개가 절로 돌아간다. 투어버스로 주요 전망대만 다녀오는 1일 투어 프로그램을 선택했다. 그럼에도 전혀 아쉽지 않다. 버스가 모퉁이를 돌아갈 때마다 나타나는 웅장한 설산과 아름다운 호수, 귀여운 과나코 등 자연이 줄 수 있는 모든 것을 누리는 최고의 눈 호강을 할 수 있었기 때문이다. 이곳까지 오면서 호수랑 산을 이젠 지겹도록 보아 웬만해

야생 과나코. 방목하고 있다고 느껴질 만큼 공원 곳곳에서 많이 볼 수 있다.

우연히 촬영한 기막힌 사진. 토레스 3개의 봉우리가 호수에 그대로 보인다.

서는 카메라가 잘 들이 대어지지가 않음에도 View Point마다 또다시 감탄하며 사진을 찍는다. 오, 정말 아름답다! 멋지다!

호수에 이르는 길들이 예쁘다. 길이 예뻐서 콧노래가 절로 나온다. 주요한 View Point가 죄다 호수들이다. 버스에서 내릴 때마다 가이드가 무슨 호수라고 얘기해 주긴 하는데 너무 많아 기억이 나질 않는다. 버스 투어는 토레스 델 파이네의 상징이라고 하는 토레스 삼봉을 정면 후면 측면의 비경을 각 방향으로 빙 돌아가며 보여 준다. 빙하 녹은 호수들. 상쾌한 공기를 마시는 행복. 지구의 반을 돌아도 단풍은 어디나 계절에 순복하고 아름다움도 여전하다. 아까 말했듯이 휴지통이 없다. 쓰레기를 버릴 수도 없다. 돌 하나도 못 가져간다. 불편함이 최악인 곳임에도 불구하고 이 아름다움을 기꺼이 즐기기 위해 전 세계에서 사람들이 몰려온다. 이 아름다운 곳에 서 있으면 나 자신이 특별해지는 느낌이다. 말로 설명할 수 없는 행복. 신의 선물 같은 토레스다. 공원이 워낙 커서 주요 포인트만 돌아보는 투어임에도 5시간이 넘게 걸렸다. 어느새 해가 지고 있다.

곳곳마다 나타나는 웅장한 설산과 아름다운 호수.

투어 마치고 숙소에 도착했는데 버스만 타고 다녔는데도 출출하다. 달리 갈만한 식당이 없어 어제 갔던 그곳을 다시 찾는다. 어제처럼 또 메뉴에 실패하면 안 되는데…. 고민하다 가장 저렴한 연어를 시켰다. 실패에 대비해서 가격이 싸니 양이 적을 것이라 짐작하고

맛이 없으면 다른 것을 하나 더 시키려 했는데 와우 대박! 칠레 화폐 6,000페소면 우리나라 11,000원 정도. 칠레 물가가 비싸고 관광지임을 고려하면 저렴한 가격에 비해 탁월한 선택이다.

해물탕 비슷한 수프와 함께 오래간만에 푸짐한 저녁을 먹었다. 칠레에서의 마지막 밤은 그렇게 포만감 가득하게 저물어간다.

ARGENTNA
아르헨티나

여인의 향기 가득한 탱고

아르헨티나에 가면 이곳은 꼭 가보아야 한다.
탱고의 발생지 라 보카La Boca.
모든 레스토랑엔 탱고 춤을 추는 댄서와 밴드가 있다.
탱고는 그들에게 생활이자 삶이다.

ARGENTING
아르헨티나

01

세상의 끝, 우수아이아로!

버스, 버스 또 버스. 연속으로 계속 버스를 탄다. 그것도 매번 이른 새벽에. 가랑비에 옷 젖는다고 은근히 체력 소모가 크다.

오늘도 12시간 버스를 타야 한다. 세상의 끝 우수아이아Ushuaia 로. 12시간 버스 타기가 싫어 비행기를 검색해 보았는데 비수기라 푸에르트 나탈레스 공항이 폐쇄되었다. 공항만 폐쇄된 것이 아니라 관광객이 없다 보니 까마 또는 세미까마 버스도 운행하지 않는단 다. 그리고 보니 벌써 4월 중순이다. 여행을 시작할 때만 해도 3월 초순이라 남미 비수기 초입이었는데 어느새 완연한 비수기에 접어 들었나 보다. 그러면 우수아이아는 어떻게? 세상의 남쪽 끝이라는 데? 그냥 일반 버스로 12시간을 가야 한단다. 아~~일반 버스로 12

시간을….

  새벽 5시. 서둘러 아침을 먹고 6시 버스에 올랐다. 지금 출발하면 저녁 6시가 넘어야 도착을 한다. 가는 길에 또 국경을 넘고 짐 검사를 하고. 익숙한 일정들이 또 반복되겠지. 어제 저녁 식사 후 마트에 들러 사과 2개 바나나 2개 빵 2개를 샀고 달걀 2개도 사서 재주껏 삶았다. 배낭 생활 30일 만에 노하우도 생기고 생존력도 많이 강해졌다. 여행 초기엔 혼자서 점심이나 간식 먹는 것이 익숙지 않아 준비도 대충하고 먹는 것도 쉽지 않았는데 이젠 옆자리에 누가 앉아 있든 개의치 않고 내가 배고프거나 먹어야 할 땐 망설이지 않고 먹는다. 그래야 힘들지 않다는 것을 몸으로 체험한 까닭이다. 여행 내공이 강해졌다. 지난번 장시간 버스로 이동할 때 점심만 준비했다가 늦은 도착으로 저녁때가 되니 배고파서 힘들었던 경험이 있어 오늘은 오후 간식까지 약간 여유 있게 준비했다. 이른 새벽의 이동이라 여느 때처럼 차에 타고 이내 잠들었는데 얼마나 지났을까? 눈이 어마 무시하게 부시다. 눈을 떠보니 지평선 위로 떠 오르는 태양을 향해 버스가 정면으로 돌진하고 있다. 버스 앞 유리 정면은 강렬한 햇빛에 눈을 뜰 수가 없다. 국경이 동쪽이어서인지 도로가 태양을 향해 일직선으로 뻗어있어 마치 태양을 향해 질주하는 느낌마저 든다. 온몸으로 햇빛을 받고 있는 맨 앞 좌석에 앉은 사람들의 비명이 연신 들려온다. 세상 어느 일출이 황홀하고 장엄하지 않으랴마는 눈으로 볼 수 있는 것은 일출 그때 잠시뿐, 이른 아침이라 태양이 제 모습을 아직 제대로 갖추고 있지 않은 지금도 감히 쳐다보는 것조차 허락지 않는다. 결국 맞서기를 포기하고 버스 좌석 밑으로 고개를 처박는다. 원시 시절 태양을 숭배함이 당연하게 느껴진다.

길이 동쪽으로, 끝없이 동쪽으로 이어져 있어 태양을 향해 질주하는 느낌이다. 맨 앞자리는 선글라스, 모자 그 어떤 것으로도 태양빛을 견뎌내기 어려웠다.

한참을 더 달리니 바다가 나온다. 여기서 차를 배에 싣고 바다를 건넌다. 소요 시간은 약 20분. 좁은 해협이다 보니 건너편 땅이 눈에 바로 보인다. 여기가 바로 마젤란 해협Magellan of strait이다. 학교 다닐 때 교과서로만 배웠던 마젤란 해협. 아, 이런 느낌이구나. 책으로만 배웠던 지식을 현장에서 경험하는 이 감격! 처음 버스에서 내려서 바다를 보았을 땐 그저 그런 바다였는데 마젤란 해협이라는 말에 바다가 달라 보인다. 배 위 조금이라도 높은 곳에서 사진을 찍어보려 안달이다. 나만 그런 게 아니다. 내가 그의 이름을 불러주었을 때 내게 와서 '꽃'이 되었다는 김춘수 시인의 '꽃'처럼 그냥 그저 그런 바다가 '꽃'으로 변한다. 누군가에겐 그저 그런 것에 목숨을 거는 사람들이 있다. 누군가는 하찮게 여기는 것들을 소중히 여기는 사람들도 있다. 어쩌면 그들은 그 일들을 우리가 알고 있는 것과는 다른 이름으로 부르고 소중하게 의미를 부여하고 있을 수도 있을 것이다. 마젤란 해협을 보며 이 해협을 처음 발견한 마젤란의 이름이 다른 의미의 '꽃'으로 클로즈업된다.

태평양과 대서양을 연결하는 해협. 마젤란은 이 좁은 곳을 항해하면서 저 끝이 태평양과 연결되어 있다는 것을 알고 있었을까? (인터넷 발췌 사진)

교과서에서 배웠던 마젤란 해협, 배 뒤로 건너야 할 반대편 땅이 보인다. 이 배로 건너편에
있는 차와 사람들을 실어 나른다.

그저 그런 바다였다가 이름 때문에 내게는 다른 의미로 다가온 마젤란 해협을 건넌다. 배로 건너는 시간은 얼마 걸리지 않는다. 건너는 시간보다 사람과 짐을 싣고 내리는 과정이 더 길다. 마젤란 해협을 뒤로하고 다시 버스는 달린다. 앞으로 2시간을 더 달려야 칠레 국경이다.

버스가 국경을 향해 달려가는데 그야말로 영화 같은 장면이 펼쳐진다. 버스가 더 이상 달릴 수 없다.

양 떼가 도로를 건너는 모습. 말을 타고 있는 목동도, 양치기 개도 보인다. 남미를 여행한다고 다 볼 수 있는 장면이 아니다. 나는 복이 참 많다.

양 떼다 양 떼!!!

영화나 다큐멘터리에서 볼 수 있는 진기한 장면이 바로 내 눈 앞에 펼쳐진다. 양 떼가 도로를 건너기까지 꽤 많은 시간이 걸렸지만, 누구도 불평하지 않는다. 모두의 얼굴에 어린아이의 미소가 가득하다. 자칫 지루할 수 있었던 12시간의 버스 여행에 작은 활력이 된다.

남극으로 가는 전진기지. 세상의 남쪽 끝. 우수아이아에 도착했다. 성수기 때에는 남극을 가려는 사람들로 북적인다는데 지금은 겨울 초입, 비수기라 거리가 한산하다. 그래도 제법 큰 도시로 시골 마을은 아니다. 이곳은 바닷가답게 해산물, 그중에서도 킹크랩이 싸고

킹크랩이 맛있다고
소문난 맛집. 양이 많아
두 사람이 먹기에
적당했다는 생각이 든다.
12시간 버스에 시달린 후
배고픈 상황이어서
맛에 대한 판단은 객관적이지
못하다. 한국에 비해 가격이
착했다는 것만
기억에 남아 있다.

맛있다고 소문나 있다. 가이드북에 나와 있는 싸고 맛나다는 맛집은
예약도 안 받고 늦게 가면 줄 서고도 못 먹는다는 말에 숙소에 짐을
내려놓기가 무섭게 달려 나선다. 과연, 식당 문도 안 열었는데 줄이
엄청 길다. 어디서 그렇게들 알고 모였는지 죄다 한국 사람들이다.

02

세상의 모든 슬픔을 던져라!

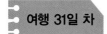

우수아이아Ushuaia.

남미 여행을 오기 전에도 이런저런 귀동냥으로 몇 번 들어본, 귀에 친숙한 이름 우수아이아. 내가 이 이름을 어떻게 알게 되었을까? 대한민국의 해남 땅끝 마을처럼 가보기도 전에 익숙했던 것은 아닐까?

이곳은 남극대륙에서 약 1,000km 떨어진, 아니 남극에서 가장 가까운 육지, 세계의 남쪽 끝이다. 이곳 여름에 해당하는 성수기(11월~3월)에만 남극 길이 열리는데 이때는 남극으로 가는 투어 상품의 팸플릿으로 길거리가 도배된다고 한다. 배를 타고 4박 5일을 더 가야 하는 쉽지 않은 일정임에도 성수기에는 남극을 가보려는 관광객들로 북새통을 이룬단다. 세상에 남극을 가볼 수 있다니…. 에베레스트도 아마추어들이 갈 수 있다고는 들었는데 남극까지….

비수기의 썰렁함은 우수아이아에서 그 느낌이 더하다. 남극 가는 최단 길이라는 장점으로 성수기에는 남극을 오가려는 세계 각국의 화물선, 크루즈선, 군함 등으로 항구엔 배와 사람들로 북적인다는 이곳이 지금은 걸어 다니는 사람도 적고 오가는 차량도 별로 없다. 남극 투어를 제외하고 이곳에서 진행되는 투어는 다윈이 비글호를 타고 탐험했다고 붙여진 비글해협 투어와 우수아이아의 국립 해상 공원인 티에라 델 푸에고Tierra del Fuego 트레킹이 있다. 오전에 비글해협 투어를 하고 오후에 트레킹을 하려고 전날 신청을 해두었는데 자고 일어나니 마음이 바뀌었다. 5시간 걸리는 비글 투어를 마치고 트레킹을 하기엔 물리적인 시간이 촉박하다는 것도 있지만 이제 호수는 그만 보고 싶다는 호수 물림 현상도 한몫한다. '서구 유럽을 보기 전에 파리를 보지 말고 파리를 보기 전에 로마를 보지 말라' 라는 말처럼 이미 토레스 델 파이네의 로마 같은 호수를 보아버린 탓이다. 비글 투어만으로도 5시간 걸리니 다녀와서 여유 있는 오후를 만끽하는 걸로 일정을 조정했다. 9시 30분에 출발하는 배를 타기 위해 선착장까지 걸어간다. 너무 서둘렀나? 8시 40분인데도 대기하는 사람이 별로 없다. 커다란 개 한 마리만 선착장 대기실을 휘젓고 있다. 날씨가 흐리다. 비가 올 것도 같고. 다윈이 비글호를 타고 항해할 때와 비슷한 날씨다.

정각 9시가 되어서야 직원들이 나오고 업무가 시작된다. 우리네

배 출발 전 우수아이아 항구의 모습. 날씨가 흐리고 바람이 쌀쌀하다.

같으면 업무 시작 적어도 10분 전에는 사람들이 이용할 수 있도록 세팅 작업이 끝나 있을 텐데 9시에 업무를 시작하니 10여 분이 지나서야 업무가 진행된다. 역시 줄 서는 데는 한국 사람들이 일가견이 있다. 어제 킹크랩 식당에서 보았던 익숙한 얼굴들이 또 같이 줄을 서고 있다. 한국말이 통하니 다른 외국인과의 짧은 대화와 달리 긴~ 이야기가 이어진다. 서로들 자신이 다녀온 여행 이력 자랑이 대단하다. 오랜만에 듣는 한국말이라 관심을 두고 있지 않음에도 그냥 들린다. 영어나 스페인어가 이랬음 얼마나 좋을까? 누구는 부에노스아이레스에 도착해서 우수아이아를 시작으로 출발하고 누구는 나처럼 우수아이아가 끝 무렵이다. 어제 이곳 우수아이아의 티에라 델 푸에고 트레킹을 다녀온 이가 호수의 아름다움에 감탄하자 끝 무렵의 누군가가 잘난 척하며 초를 친다. "칠레의 토레스 델 파이네와 엘 찰텐을 다녀왔더니 여기는 별로네요." 같은 얘기를 이렇게 얘기하는 사람도 있다. "참 좋죠? 우수아이아가 시작이니 앞으로 계속 더 놀라게 되실 거예요. 토레스 델 파이네와 엘 찰텐에선 꼭 트레킹을 해보세요. 정말 좋아요" 같은 얘기를 이렇게 다르게 듣고 있다. 뭐랄까? 그냥 웃음이 지어진다. 내가 대화에 끼였다면 어떻게 얘기했을까?

비글해협은 마젤란 해협보다 더 좁다. 빤히 건너편이 보이니 이게 호수인지 바다인지 구별하기 어렵다. 배 안에선 선상 가이드가 마이크를 잡고 영어와 스페인어를 번갈아 가며 자세히 설명해 준다. 비글해협의 크기랑 다윈 얘기랑. 아까처럼 안 듣고 싶어도 쏙쏙 들리면 얼마나 좋을까. 선실 가득 앉아있던 사람들이 와~~하고 밖으로 나간다. 이거 뭐가 있다. 빙하 투어에서의 경험이다. 바다 위 중간중간에 큰 바위섬들이 있고 그 위에 검고 흰 점들이 빼곡하게 서 있다. 펭귄이다. 펭귄. 역시 남극에서 제일 가까우니 펭귄을 무더기로 보는구나. 아~ 속지 마시라. 펭귄을 쏙 빼닮은 가마우지라는 새이다. 다윈의 진화론을 촉발하게 했다는 펭귄 닮은 새 가마우지. 날개를 접고 걷는 모습은 영락없이 펭귄이다. 타고 있던 배가 좀 더 앞으로 나간다. 또 와~~~한다. 이번엔 바다사자다. 가마우지 틈 사이로 바다사자들이 떼로 누워있다. 근데. 어휴, 냄새가 지독하다.

펭귄 닮은 새 가마우지 _ 날개를 접고 걷는 모습은 영락없이 펭귄이다.

가마우지 틈 사이의 바다사자.

가마우지도 바다사자도 시들해질 때쯤 〈세상의 끝 등대〉가 보인다. 아무것도 특별할 것 없는 그냥 빨간색과 흰색 페인트의 평범한 등대지만 세상의 끝에 있다는 상징성이 부여되어 세계적으로 유명한 관광지가 된 등대. 영화 '해피투게더'에서 세상의 모든 슬픔을 내려놓을 수 있는 등대가 있다고 해서 더 유명해진 그 등대. 나는 그 영화를 보지 않아 등대가 주는 의미나 감동이 별로였는데 모든 가이드북은 물론 배 티켓에도 등대 사진이 상징처럼 서 있다. 마치 우수아이아를 대표하는 것처럼. 다들 우와~~하는 분위기에 휩쓸려 사진을 찍는다. 마치 이 등대를 배경으로 인증 샷을 찍지 않으면 세상의 남쪽 끝에 왔던 것이 아니었던 것처럼.

그땐 심드렁하게 보았던 등대인데 여행을 마치고 나니 묘한 여운이 남는다.

세상의 끝 등대에서 있지도 않은 슬픔을 내려놓게 하고 배는 계속 달린다. 제법 큰 섬에 정박한다. 펭귄 섬이다. 섬에 내리는데 인원 제한이 있단다. 1회에 15명. 섬 한 바퀴를 돌아보는데 1시간 안에 돌아와야 한단다. 섬이 작아서 돌아보고 말고가 없을 것 같은데? 좌우지간 순서를 기다려 배에서 내린다. 엥? 내렸던 사람들이 그냥 섬을 한 바퀴 빠르게 돌곤 곧장 배로 다시 돌아온다. 펭귄 섬이라며? 펭귄들 안 보나? 의문은 내가 내리자마자 이내 풀린다. 일단 펭귄은 보이질 않는다. 펭귄을 보려면 섬 끝 쪽으로 더 걸어가야 하는데 바람이 지독하게 분다. 날씨도 매우 춥다. 따뜻한 배 안에 있다 나오니 체감 추위가 더 강하다. 손이 시리고 입이 얼어붙는 듯하다. 펭귄이고 뭐고 괜히 내렸다 싶다. 얼른 앞 사람의 뒤를 따라 정해진 코스를 한 바퀴 돌고 후다닥 배로 돌아온다. 역시 돌아오는 길은 갈 때보다 빠르다. 추위에 떨다 배 안에서 파는 커피와 간식을 먹으니 순식간에 졸음이 밀려온다. 비글 투어를 마치고 나니 다른 날과 달리 시간 여유가 많아 박물관을 찾았다. 세상의 끝 박물관. 감옥 박물관. 이곳 우수아이아에도 크고 작은 박물관들이 있다. 일요일은 휴관. 오늘이 일요일이었어? 신선놀음에 도낏자루 썩는 줄 모른다더니 매일 매일 여행의 연속이니 요일 감각이 전혀 없다. 시간 계획에 차질이 생겼다. 그래, 우수아이아 시내를 돌아보자. 항구 이쪽 끝에서 저쪽 끝까지 걷는다. 익숙한 표지판이 보인다. 우수아이아에 오면 반드시 인증 샷을 찍어야 한다는 이곳. 모든 블로그나 여행기에 죄다 올라와

Fin del mundo. 영어로는 The End of World. 말 그대로 세상의 끝에 서 있다.

있어 친근하기까지 하다.

선착장 근처에서 뜻밖에도 에비타 흉상을 발견한다. 가이드북에
도 나와 있지 않은데…. 아르헨티나 국민들의 에비타 사랑은 세상의
끝이라는 우수아이아에서도 변함이 없다(부에노스아이레스에 가면 에비

타 무덤이 있는데 그곳에 가도 아르헨티나 사람들의 에비타 사랑이 얼마나 대단한지 느낄 수 있다). 걸으니 피곤하다. 저녁 식사 시간까지는 다소 시간이 있다. 가볍게 차나 마실까? 가이드북에 100년 된 카페 & 식당이 있단다. 박물관 역할도 한다고. 주소를 보니 바로 근처에 있다. 피곤한 몸을 쉴 겸 찾아 걷는다. 그런데, 주소를 보고 아무리 찾아도 찾을 수가 없다. 주소는 정확한데 그 주소에 식당이 없다. 결국 가장 단순하지만 확실한 방법인 〈물어 독도법〉을 사용한다. 이 사람 저 사람에게 물어보았는데 레스토랑은 한 곳인데 알려주는 위치가 제각각이다. 같은 곳을 여러 번 뺑뺑 돌고 있다. 물어 독도법이 이렇게 힘든 경우는 드문데…. 사람들이 친절(?)한 까닭이다. 모르면 모른다고 하면 될 텐데 모든 사람이 잘 모르면서도 열심히 가르쳐준다. 아직 때가 묻지 않은 순수함을 간직하고 있기 때문일까? 잠시 쉬려고 찾았는데 이리저리 헤매고 다니니 오히려 더 피곤하고 힘들다. 여러 번 왔다 갔다 반복하다 보니 100년이고 뭐고 다 귀찮아진다. 돌아서는데 문득 Museo 라는 간판이 보인다. 혹시 이곳? 정말 우연히 찾았다. 가이드북의 주소가 틀려있었다. 레스토랑은 100년 전부터 그곳에 있었는데…. 들어서니 오래된 타자기와 호롱불 등 고풍스러운 물건들이 벽면을 가득 장식하고 있다. 박물관이라는 명칭을 붙일 만하다. 이곳은 1906년에 오픈했고 카페와 식당을 겸하고 있어 직접 빵도 만들어 팔고 있다. 유명한 빵집이라 빵만 사러 오는 고객도 많다. 이곳에서 생맥주를 마시면 하얀 펭귄 도자기에 담아서 준다는데

펭귄 모양의 도자기? 술은 못 마시더라도 이런 독특함을 즐기는 게
여행의 즐거움 아닌가? 호기 있게 맥주랑 펭귄 모양의 초콜릿을 주
문했는데 어라? 그냥 병맥주가 나온다. 펭귄 모양의 맥주를 달라고
하니 이곳 우수아이아 전통 맥주를 주문해야 펭귄 도자기에 담아준
단다. 에고 에고…. 잘 마시지도 못하는 맥주를 또다시 주문했다.

알마첸 라모스
헤네랄레스(Almacen Ramos Generales)
카페 정면.
1906년 설립이라 간판이 낡았나?

MUSEO라는 간판에 걸맞게 내부는 각종 전통 물건들로 가득하다.

펭귄 초콜릿과
펭귄 도자기에 담긴 맥주.
맥주 맛? 글쎄···. 기억이···.

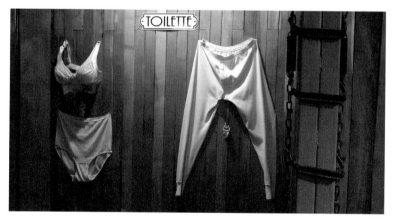

　오래간만에 카페에 앉아 늘어지게 휴식을 취하고 있다. 빵을 사러
오가는 사람들과 카페 안의 손님들을 천천히 살펴보는 여유까지. 화
장실에 갔다가 깜짝 놀랐다. 남녀 화장실을 이렇게 표시해 놓았다.
여유롭고 편안했던 우수아이아에서의 밤이 깊어가고 있다.

　12시간을 버스를 달려서 온 우수아이아. 세상의 남쪽 끝이라는 우

불을 환하게 밝힌 배들로 우수아이아의 밤바다가 수놓아지고 있다.

수아이아가 갖는 상징적인 의미를 모르는 바 아니나 과연 12시간을 달려서 와야 할 만큼일까? 사람마다 느끼는 감성이나 생각은 다르겠지만 세상의 남쪽 끝이라는 의미만으로 달려오기엔 고개가 갸웃거려진다. 가까운 거리도 아니어서 그런 느낌이 더 한 것 같다. 남미 여행의 종반으로 들어서니 많이 간사해졌다. 슬슬 가성비나 따지고.

ARGENTING
아르헨티나

03

연예인 부럽지 않은 행복

여행 32일 차

오래간만에 여유 있는 아침이다. 오늘은 오후 비행기로 부에노스아이레스Buenos Aires로 이동한다. 매일 새벽에 버스를 타려고 바쁜 이동을 하다 여유 있는 아침을 대하니 시계가 멈추어 선 느낌이다. 우수아이아 공항에 다소 이른 시간에 도착했다. 비행기 출발 시간은 오후 1시 30분. 공항 입구에서부터 우스꽝스러운 피에로 복장을 한 사람들이 지나가는 사람들과 사진을 찍는다. 조금이라도 눈이 마주치면 여지없이 함께 사진 찍자고 하고 한 명이 사진을 찍고 있으면 우르르 몰려와 같이 사진을 찍는다. 자기들끼리 깔깔거리며 조그마한 공항을 헤집고 다닌다. 혹 사진 찍은 후 팁을 강요하는 사람들이 아닐까 의심이 들어 멀찌감치 떨어져 있었다. 체크인하고 탑승을 기다리고 있는데 같은 비행기를 타는지 내가 앉아있는 게이트 쪽으로 우르르 몰려온다. 앉을 자리가 부족해 내 옆에도 몇 명이 앉았다. 뭐 하는 사람들일까? 여전히 사진을 찍지만 돈을 요구하는 것 같지는 않다. 일단 안심이다. 내 옆에 앉은 덩치 큰 여인에게 물었다. 왜 그런 복장을 하고 있냐고? 더듬더듬 영어로 설명하다가 잘 안 되겠는지 팀의 리더인 듯한 나이 지긋한 동료를 부른다. 그분이 유창한 영어로 자기들은 웃음치료사로 병원을 다니면서 웃음을 통해 치료하는 웃음 치료 공연단이며 우수아이아에서 공연을 마치고 다음 공연을 위해 부에노스아이레스로 가는 길이라고 친절하고 자세하게 알려준다. 당연히 내게 어느 나라에서 왔는지를 묻는다. "Chino? Japanese?", "No. I'm Korean." 내가 한국 사람이라고 하자 아까 그 덩치 큰 여인이 대뜸 어눌한 한국어로 〈환긍써〉라는 Korean star를 아냐고 묻는다. 환 누구? 평소에도 TV를 잘 보지 않아 연예인들을 잘 모르는데 듣지도 보지도 못한 이름을 대니 당최 누군지 짐작이 되지 않는다. 아이돌인가? 내가 전혀 짐작조차 못 하니 답답했던 그 여인, 휴대폰으로 페이스북에 올려진 사진을 보여준다. 낯선 한국 젊은이가 춤추고 있다. 무대 분위기로 보아선 가수 같은데…. 누구지? 전혀 알 수가 없다. 아하, 장근석. 사진 하단에 영어로 Jang Keun Seok이라고 적혀있다. 아~, 스페인어는 J가 H 발음이 나기 때문에 장근석이 아니라 황근석이다. 〈환긍써〉라고 발음한 것이 이해된다. 아무 생각 없이 "Oh! Jang keun seok. I know him. He is a famous singer." 순간 깜짝 놀랐다. 덩치 큰 여인이(그녀가 내게 천주교 세례명 같은 자기 이름을 알려주었는데 도무지 기억나질 않는다). "Oh, you know him? I love him. Are you his friend?" 내가 뭐라고 미처 대답할 사이도 없이 큰소리로 옆의 동료들을 부른다. 스페인어로 뭐라고 하는데 자세히 알지는 못하지만 황긍써, 황긍써 하는 걸 보니 나를 장근석 친구로 소개하는 듯하다. 피에로 복장의 수많은 동료가 나를 빙 둘러싸고 있다. 덩치 큰 그 여인, 나랑 사진을 찍자고 한다. 사진을 찍고 나니 또 다른 사람도 사진을 찍잔다. 한 사람이 찍으면 또 그다음 사람이…. 나랑 사진을 찍기 위해 줄을 서 있다. 피에로 복장의 모든 사람과 일일이 사진을 찍었다. 재미있는 것은 사진을 찍기 전 내게 자신의 이름을 말하고 내가 자신들의 이름을 두어 번 반복해서 말하며 기억하듯 고개를 끄덕이면 만족스러운 표정으로 사진을 찍는다. 찍고 나선 남녀 할 것 없이 모두가 남미 특유의 볼 맞춤 인사를 한다. 양쪽 볼 모두에. 떨어지기 전에 꼭 끌어안는다. 처음엔 당황스러웠는데 계속하니까 익숙해진다. 공항의 모든 사람이 나를 특별하게 쳐다본다. 아. 연예인들이 이런 맛에…. 그 기분을 알 것 같다. 비행기 탑승시간이 되었다는 안내방송에 피에로들이 우르르 줄을 선다. 같은 비행기는 아니다. 모두들 아쉬운 듯 내게 손 입맞춤을 보낸다. 나도 연예인이 된 듯 우아하게 손을 흔들어 화답한다. 우수아이아 공항을 생각하면 그때의 그 기분이 되살아난다. 우수아이아 공항을 잊을 수가 없다.

큰 사진 왼쪽 끝
덩치 큰 여인이 그녀다.
이 사진은 내게 다가오기 전
자기들끼리 단체 사진을 찍을 때
내가 찍은 것이다.
왜 내 사진이 없냐고?
이 수많은 사람과 일일이
사진을 찍느라 내가
사진 찍을 틈이 없었다.

　우수아이아 공항에서의 환상적인 경험을 뒤로하고 아르헨티나의 수도 부에노스아이레스에 도착했다. 택시를 타고 숙소까지 이동을 하는데 벌써 주위가 어둑어둑 어둠이 깔리고 있다. 퇴근 시간이 겹쳐서인지 시내로 들어오자 차들이 잔뜩 밀려있다. 세계에서 제일 넓다는 7월 9일 대로(Av.9 de Julio)도 꽉 막혀있다. 멀리 부에노스아이레스의 상징 67.5m의 오벨리스크가 한눈에 들어온다. 가이드북에는 이 오벨리스크에 대해 크기랑 제작 연대 및 알베아르 대통령의 제안으로 만들어졌다는 등 여러 가지 설명을 길게 하고 있지만 배낭여행객들에겐 절대로 혼자 가서는 안 되는 곳으로 소문나 있다. 관광객들을 대상으로 일명 '퍽치기'가 가장 심한 곳으로 요주의 대상 지역이다.

7월 9일 大路 & 오벨리스크. 부에노스아이레스의 상징적인 거리. 아르헨티나 독립일인 1816년 7월 9일을 기념하여 만든 것으로 폭 140m의 세계에서 가장 넓은 길로 유명함. 이 길과 꼬리엔떼스街가 만나는 지점에 67.5m의 오벨리스크가 서 있다. 오벨리스크는 이 도시의 400년을 기념해서 단 4주 만에 만든 것으로도 유명하며 파리의 에펠탑처럼 처음엔 흉물이라 말들 많았지만 지금은 부에노스아이레스의 상징이 되었음.

〈3걸음 가기 전에 강도를 만난다. 손에 든 휴대폰은 내 것이 아니다. 뒤에서 목 조르기를 당하면 죽을 수도 있다〉 여행하는 중간중간 만났던 한국 여행객들에게 수도 없이 들었던 얘기들이다. 나 특유의 무대뽀 도전정신이 사그라졌다. 예전 같으면 그런 말 듣고도 일단 가보는 모험을 시도할 텐데 혼자이다 보니 망설이기만 하다 결국 가보질 못했다. 이 멋진 오벨리스크를 그냥 멀리서 보고만 가야 하다니.... 산티아고에서 휴대폰을 날치기 당한 후 소심해졌다.

늦은 도착임에도 서둘러 시내 번화가로 나선다. 아르헨티나 페소로 환전을 해야 하는데 환전소 문 닫는 시간이 임박해서이다. 낯선거리인데다 환전소가 있는 번화가가 숙소랑 제법 떨어져 있어 한참을 걷는다. 가는 길이 좌회전 우회전으로 꼬이면 돌아오는 길이 난감해진다. 헨젤과 그레텔처럼 빵가루를 뿌려두듯 돌아올 것을 대비해 주변 지형지물을 기억해놓고 주요 랜드마크는 사진으로도 찍어두어야 하는데 휴대폰 배터리가 다 되어 사진을 찍지 못한다. 우수아이아에서 환전을 할 때 여유 있게 환전하려 했는데 블로그들을 보니 부에노스아이레스의 환율이 좀 더 낫다는 얘기가 있어 적은 금액을 환전했더니 당장 오늘 볼 탱고 쇼 관람비가 부족하다. 이렇게 먼줄 알았으면 그냥 우수아이아에서 다 바꿀걸... 우범지대라고 소문난 부에노스아이레스 밤거리를 걸어가자니 바짝 긴장이 된다. 부에노스아이레스의 명동이라는 플로리다 거리. 몇 군데 환전소를 찾았지만 늦은 시간이라 벌써 문을 닫았다. 어떡하지? 답답한 마음에 닫힌 환전소 문을 밀어보는 내게 Cambio(깜비오)...하며 누군가 다가온다. 암달러상이다. 덩치도 크고 검은 얼굴이라 두려운 마음에 얼른 되돌아섰다. 깜비오 깜비오..하며 계속 따라온다. 깜비오는 스페인어로 교환, 환전이란 뜻이다. 그리고 보니 플로리다 거리에 서 있는 수 많은 사람들이 크고 작은 목소리로 깜비오 깜비오를 외친다. 마치 개구리 합창처럼... 용기 있게 몇몇과 깜비오 시도를 했다. 환율이 나쁘지 않다. 환전소의 공식 환율과 별 차이가 없다. 우수아이아보다 오히려 조금 못하다. 차라리 우수아이아에서 다 바꾸는 게 나았다. 밤거리에 많은 돈을 바꾸기가 부담스러워 200불만 환전했다. 한국에서도 해보지 않았던 암달러상과의 길거리 환전... 나도 긴장했지만 그 암달러상도 내가 준 100달러가 못 미더운지 어두운 불빛에서 몇 번을 확인한다.

자... 이제 페소가 생겼으니 탱고 쇼를 보러 가야겠다.

남미에서의 신용카드 사용. VISA 계열 신용카드만 가능하다. 여러 개의 신용카드를 갖고 있었지만 남미 여행 땐 그 많은 카드 중 하필 MASTER 계열의 카드만 들고 가서 카드 사용이 되지 않아 곤란을 겪었다(VISA 외엔 인터넷 결제도 안 된다). 탱고 쇼도 카드 결제가 안 되어 늦은 밤 길거리 암달러 환전을 감행할 수밖에 없었다.

04

여인의 향기 가득한 탱고

"스텝이 엉기면 그게 바로 탱고라오" 영화 〈여인의 향기〉에서 알 파치노가 모르는 여인의 향기에 이끌려 함께 탱고를 추며 하는 말이 다.

탱고의 도시 부에노스아이레스. 부에노스아이레스에는 여러 개의 탱고 공연이 있다. 가장 일반적이고 대중적인 피아졸라. 한 편의 영화를 보는듯한 바수르. 뮤지컬 같은 포르테뇨. 최고의 탱고 가수였던 까를로스 가르델 이름을 딴 까를로스 가르델 공연 등을 비롯한 여러 유명한 공연들이 있는데 가격이 하나같이 다 비싸다. 티켓은 식사를 포함한 것과 공연 관람만 가능한 것 2가지 종류가 있는데 식사는 8시부터 제공되고 공연만 관람할 경우 와인이나 맥주 등 음료수를 제공한다. 티켓을 사면 무료로 탱고를 가르쳐주는 곳도 있었는데 혼자서 탱고를 배우기는 아무래도 쑥스러워 가장 대중적인 피아졸라 티켓을 예매했다. 공연 시간은 밤 10시. 아슬아슬하게 환전을 하고 티켓을 구매하고 나니 이제야 허기가 몰려온다. 지금 시각이 9시쯤. 불과 1시간도 남지 않아 멀리 가기 어렵다. 번화했던 플로리다 거리는 어느새 하나둘씩 불이 꺼지고 있고 불이 켜져 있는 가까운 식당에 들어서니 마감하고 청소 중이다. 밤늦게 문을 연 곳은 술을 파는 PUB뿐이다. 뭘 먹지? 고민하며 걷는데 익숙한 로고가 눈에 띈다. 맥도날드. 내키지는 않지만 햄버거로 급한 저녁을 때워야겠다. 맥도날드로 들어서려는데 바로 옆에 우리네 롯데리아 같은 아르헨티나의 토종 햄버거 브랜드가 보인다. 익숙한 맥도날드보다 아르헨티나 토종 브랜드를 먹어봐? 또 사소한 도전에 승부를 걸어본다. 맛있다. 소고기의 나라 아르헨티나답게 햄버거 사이 고기 패티가 아주 두껍다. 아마 맥도날드에서의 고기 패티도 비슷한 퀄리티였겠지만 도전에 대한 만족도를 감안하여 더 맛있는 것 같다.

Mostaza.
아르헨티나 토종
햄버거 브랜드.
배터리가 없어 다음날
다른 곳에서 찍은 것.

9시 40분. 극장 피아졸라에 들어선다. 무대 중앙 메인 좌석엔 아직 식사가 진행 중이다. 식사 없이 관람만 하는 좌석은 메인 좌석 옆 한쪽으로만 앉도록 배열되어 있다. 공연 시간이 가까워지니 관람객들이 밀려들어 온다. 일찍 오기를 잘한 듯하다. 식사를 동반한 메인 좌석은 대부분 정장 차림의 외국인이고 관람석은 다들 나처럼 편한 복장의 한국인들이 많다. 공연 시간은 약 1시간 30분 정도. 음악에 맞추어 현란한 탱고 춤이 이어진다. 춤을 추는 남녀 모두 모델들처럼 키가 크고 늘씬하다. 그 긴 다리들을 번쩍번쩍 들어 올리며 춤을 추는데 남자나 여자나 발끝 움직임이 현란하다. 마치 발끝으로 최고의 기교를 구사해야 하는 이유라도 있는 것처럼. 음악에 맞춰 춤을 추고 중간중간 남녀가수가 나와 노래를 부르기도 하고 춤추는 사람들이 옷 갈아입는 중간중간에는 밴드의 화려한 연주가 이어지기도 한다. 탱고 춤은 몇 번 보고 나니 심드렁해진다. 사람들이 바뀌기도 하고 때론 2인무, 4인무, 6인무 등으로 무대가 화려해지기도 하지만 같은 맥락의 춤을 연속으로 보는 느낌이다. 오히려 그보다는 밴드 연주자들의 연주가 일품이다. 피아졸라 탱고는 춤보다는 밴드 연주가 더 뛰어나다는 소박한 나의 감상평. 그중에서도 리드 기타와 드럼 연주가 압권이었다. 몇 번의 앙코르 후 공연이 끝났다. 거리를 나서니 깜깜하다. 밤 12시가 넘어가고 있다. 드문드문 가로등이 있긴 하지만 여기가 어딘지 가늠하기가 어렵다. 아까 올 때도 한참을 걸어왔는데 이 늦은 시간에 숙소까지 어떻게 걸어가지? 택시를 타야 하나? 걱정 마시라. 공연이 끝나면 피아졸라 극장 측에서 관람객들을 호텔까지 봉고로 태워준다. 대부분의 탱고 쇼 공연들이 늦은 시간에 끝나기 때문이다. 혹시나 하고 가져왔던 호텔 명함을 기사에게 전달하니 만사 OK! 항상 새로운 호텔에 도착하면 호텔 주소가 적힌 명함을 챙기는 센스가 홀로 여행엔 필수다 필수.

피아졸라 극장 무대 정면 컷.

그날 휴대폰 배터리가 다 되어 아쉽게도 탱고 추는 사진이랑 동영상을 찍지 못했다. 아쉬운 마음에 인터넷에서 몇 장의 사진들을 가져왔다. 피아졸라 공연 사진이다.

공연 시작 전 식사하는 모습. 관람만 하는 좌석은 양옆이나 뒤쪽에 있다.

공연시간은 약 1시간 30분 정도.
음악에 맞추어 현란한 탱고 춤이 이어진다.
춤을 추는 남녀 모두 모델들처럼
키가 크고 늘씬하다.
그 긴 다리들을 번쩍번쩍 들어 올리며
춤을 추는데 남자나 여자나
발끝 움직임이 현란하다.

ARGENTING
아르헨티나

05

여전히 살아있는 에비타

여행 33일 차 부에노스아이레스는 남미의 파리라고 불린다. 유럽의 그 많은 도시중 왜 파리일까? 한때 미국 보다 잘 사는 시절이 있었던 아르헨티나는 아르헨티나의 부촌이었 던 레콜레타Recoleta 지역에 당시 유럽에서 유행하던 유럽 스타일의 저택과 건물을 짓기 시작했다. 유럽풍의 레콜레타 거리를 걸으며 사 람들은 유럽의 파리와 같은 느낌을 가졌다. 지금도 아르헨티나 플로 리다 거리를 걷다 보면 파리의 샹젤리제 거리를 걷는 것처럼 화려하 다. 길가에 즐비하게 늘어선 고급 부티크와 값비싼 레스토랑, 백화 점 등등 IMF의 구제 금융을 2번이나 받은 극심한 외환위기를 겪고 있는 나라가 맞는지 고개가 갸우뚱거려질 정도다. 박물관, 예술관, 예술 공연장 등도 많아 다른 남미 국가에 비해 수준 높은 문화를 향 유하고 있어 문화의 중심지 역할을 하고 있기도 하고 당시엔 유럽의 유명 음악가들도 앞 다투어 부에노스아이레스로 순회공연을 다녀와야 그 유명세를 인정받았을 만큼 음악적 수준도 상당했었다.

부에노스아이레스는 크게 다섯 군데로 나뉜다. 대통령궁을 비롯한 7월 9일 거리가 있는 주요 번화가인 센트럴 지구. 산 마르틴 광장이 있는 레티로 지구, 레콜레타 지구, 팔레르모 지구, 그리고 탱고의 탄생지인 라 보카 + 산 텔모 지구. 짧은 3일 동안 다 돌아볼 수가 없어 각 지구의 핵심만 보기로 했다. 오늘은 센트럴 지구로부터 시작한다. 센트럴 지구는 5월 광장이 중심이다. 5월 광장은 대통령 취임식, 월드컵 축구 우승 기념식 등 주요 국가 행사가 열리는 곳으로 우리나라 시청 앞 광장을 연상케 한다. 이곳엔 대통령궁을 비롯하여 메트로폴리타나 대성당Catedral Metropolitano, 산토도밍고 교회 Iglesia de Santo Domingo 등 주요 건물들이 있다. 지은 지 450년 되었다는 대성당으로 먼저 간다. 성당 입구에 실물 크기의 프란체스코 교황 사진이 서 있다. 아 그렇지. 현재 교황님이 이곳 출신이시지. 성당 곳곳에 교황의 사진이 자랑스럽게 걸려 있다. 성당 내부를 둘러보는데 군인들이 지키고 있는 묘가 있다. 성당에 웬 군인? 교황보다 더 유명하다는 성 마르틴 장군의 묘다. 마르틴 장군은 칠레, 페루 등의 독립에도 크게 기여한 남미 독립의 영웅이다. 대성당 옆은 대통령 궁인 까사 로사다Casa Rosada이다. 장밋빛을 의미한다 해서 까사 로사다로 불리는데 장밋빛은 고사하고 덕지덕지 흉물스럽기까지 하다. 재정이 부족해서 페인트칠을 제대로 다 하지 못해서라고 한

메트로폴리타나 대성당 내부 모습.

아래 사진은 까사 로사다(대통령궁). 공사 중이어서 가까이 가기 어려웠다.

다. 까사 로사다의 테라스는 영화 '에비타'에서 에바 페론으로 열연한 마돈나가 'Don't cry for me Argentina!'를 열창했던 곳으로 유명하다. 영화의 감격을 느껴보려 했지만 아직도 공사 중으로 가까이 가기가 어렵다.

에비타Evita의 노래가 생각났으니 자연스럽게 에비타의 주인공 에바 페론이 묻혀 있는 레콜레타 지구의 레콜레타 묘지로 이동한다.

숩테Subte라는 라틴 아메리카에서 가장 오래된 전철이 있긴 하지만 교통카드도 사야 하고 날치기도 우려스러워 무조건 택시를 탄다. 아르헨티나 택시는 미터제라 페루처럼 흥정이 필요 없다. 길을 모른다고 빙 둘러 가지도 않는다. 에바 페론을 비롯해 역대 대통령 13인 등 내로라하는 유명 인사들이 묻혀있는 레콜레타 묘지. 주택과 묘지가 공존하는 아르헨티나에서는 특이하게도 주택 주변의 묘지의 수준에 따라 토지의 등급을 평가받고 있어 최고급 묘지인 이곳이 최고의 주택지이기도 하여 부에노스아이레스에서 가장 부유한 사람들이 사는 곳이기도 하다. 묘지 입구에 들어서니 최고급이라는 명성에 걸맞게 온갖 형태의 조각과 요란한 장식으로 치장한 납골당 건축물들이 줄지어 서 있다. 제일 저렴한 납골당이 약 5억 정도 된다고 하는데 이미 포화상태여서 여간한 인사가 아니면 들어올 수도 없다 하니 무덤조차 빈부의 격차가 극심한 아르헨티나의 슬픈 단면을 보는 것 같아 쓸쓸하다. 수많은 관광객이 이곳을 찾는 이유는 순전히 에바 페론 때문이다. 나 역시 에바 페론의 묘가 어딘지 제일 궁금했다. 입구에 들어서니 에바 페론의 묘가 어디에 있는지를 알려주는 지도가 있는데 오래 방치되어 제대로 알아보기 어렵다. 지도 위치를 짐작해서 찾아보지만 찾기가 어렵다. 고민하다 그냥 관광객이 제일 많이 몰려 있는 곳을 찾기로 했다. 아나나 다를까 사람들이 우르르 몰려 있는 곳이 있다. 에바 페론의 묘이다. 아마 사람들이 몰려 있지 않아도 금방 알아볼 수 있었을 것 같다. 다른 묘에는 없는 수많은 꽃이 헌화

되어 있었기 때문이다. 아르헨티나 국민들의 에비타에 대한 사랑은 지금도 여전하다. 성녀처럼 추앙받고 있고 그 향수를 못 잊어 한다. 남미 대륙에서 가장 축복받은 땅이라는 아르헨티나가 지금의 수준으로 몰락하게 된 배경에 '페론주의'의 폐해가 극심했는데 국민들은 여전히 페론주의와 에비타에 대한 향수를 못 잊어 하고 있으니 참으로 알 수 없는 나라이다.

묘지 입구.
거대한 박물관 입구 같은 느낌이다.

아파트처럼 줄지어 서 있는 납골당.
온갖 장식과 조각으로
화려하게 치장을 하고 있다.
죽어서도 이런 사치가 필요할까?

　얄팍한 조식을 먹고 힘차게 돌아다녔더니 다리가 풀리고 힘이 빠진다. 시계를 보지 않아도 배꼽시계가 점심때가 지났음을 친절하게 알려준다. 해는 뜨겁고 배는 고프다. 고급 주택가여서인지 길거리 좌판도 보이질 않는다. 오프라인에서도 작동하는 맵스 미Maps me로

에비타의 납골당 _ 사생아로 태어나 여배우, 영부인으로 드라마틱 한 삶을 살다 불과 33세의 나이에 이곳에 왔다. 꽃이 끊이지 않을 정도로 아직도 수 많은 국민들의 사랑을 받고 있다.

주변 맛집을 검색한다. 걸어서 10분 거리에 있단다. 터벅터벅 지도를 보며 걸어가는데 요란한 차림의 여인들 무리가 떼를 지어 들어가는 곳이 있다. 유난히 멋진 여인들이라 나도 모르게 고개가 돌아갔는데 그녀들이 들어간 곳을 보니 제법 수준 있어 보이는 레스토랑이다. 동서양을 막론하고 여인들이 몰리는 곳이라면 지역 사람들만 아는 숨은 맛집일 것이라는 기대 반(?) 호기심 반으로 따라 들어간다. 종업원이 반갑게 맞이할 줄 알았는데 예약하셨나요? 예약해야 하는 곳이었어? 예약하지 않았는데 혹 자리가 없냐? 이곳이 마음에 드는데 가능하냐? 물어보니 난처한 눈빛의 종업원이 주방 쪽으로 눈길을 보내고 주방에서 OK 사인이 났는지 자리를 안내한다. 우르르 몰려간 여인들은 모두 8명. 미리 예약을 해두었는지 세팅된 둥근 원탁 테이블에 앉아있다. 아쉽게도 내가 앉은 자리와는 너무 멀리 떨어져 있다. 메뉴를 보니 점심시간이라 특별히 할인해 준다. 그래서 사람들이 많구나. 350페소. 우리 돈으로 약 12,000원 정도. 파스타 종류를 주문했는데 양도 많고 맛도 아주 훌륭하다. 뜻밖의 즐거움. 다음에 오게 되면 반드시 또 와야지.

온통 스페인어로만 되어 있는 메뉴.
영어 한 줄도 없는데 눈치로 점심 특선을 때려잡았다.
다시 찾아오려고 가게 간판을 찍고 싶었지만
아무리 찾아도 간판을 찾을 수가 없어서
그냥 가게 앞에서 인증 샷만 찍었다.

다음 목적지는 엘 아테네오El Ateneo. 걷기도 택시 타기도 애매하게 멀다. 역시 배가 부르니 힘이 난다. 소화도 시킬 겸 걸어가기로 했다. 엘 아테네오는 세계에서 가장 아름다운 서점으로 유명하다. 원래는 유명한 오페라 극장이었던 곳을 2002년 서점으로 만들었는데 오페라 극장의 틀을 그대로 활용하고 있어 그 특이함 때문에 유명세를 더하고 있다. 1층 극장 무대는 카페로 2층과 3층의 오페라 객석 박스는 책으로 가득 차 있으며 천장의 벽화조차 건물 자체가 예술작품이라는 것을 웅변으로 보여주는 듯하다. 하루 방문객 3천 명, 전시 서적만 약 12만 권으로 건축과 음악 문학을 한곳에 모은 아르헨티나 문화의 핵심으로 손꼽히고 있다. 인구 비례로 따져 보았을 때 세계에서 서점이 가장 많은 도시가 부에노스아이레스라고 한다. 역시 남미의 파리다운 문화적 수준이다.

엘 아테네오 건물 정면.
큰 대로변에 있다.

거대한 홀에 들어서면,
참 아름답다는 느낌이
절로 든다.
카페로 운영되고 있는
1층 무대.

에어컨 빵빵한 서점을 뒤로하고 또 길을 나선다. 아직도 돌아보아야 하는 곳이 많이 남아 있다. 어두워지기 전에 부지런히 다녀야 한다. 오늘 있었던 여러 에피소드를 잠시 소개하면 현대 미술관인 줄

오페라 극장의 틀을 그대로 활용하고 있어 그 특이함 때문에 유명세를 더하고 있다. 이곳에서 책을 읽고 있으면 오페라 나비부인의 허밍 코러스가 들려오는 것만 같다.

알고 들어섰던 곳이 대학 구내식당이었던 해프닝. 신호 없는 건널목을 현지 대학생들 따라 무단횡단하다 비명횡사할 뻔했던 일, 늦은 저녁을 먹고 나니 대형 슈퍼마켓이 문을 닫아 작은 생수를 살 수 없어 편의점에서 대용량의 생수통을 어깨에 메고 끙끙대며 호텔로 돌아와 남은 이틀 동안 그 물 다 먹느라 더 끙끙대었던 일 등등. 크고 작은 사건들이 있었지만 일련의 사건들을 뒤로하고 아르헨티나의 밤이 또 하루 깊어가고 있다. 내일은 탱고의 발생지인 보카 지구를 간다.

06

탱고의 발생지에서 만난 예술가

 부에노스아이레스에 가면 이곳은 꼭 가봐야 한
다. 탱고의 발생지 라 보카La Boca.

엄마 찾아 삼만 리….

아득한 바다 저 멀리
산 설고 물길 설어도
나~는 찾아 가리 외로운 길 삼만 리

이 노래를 따라 흥얼거린다면 1970년대에 국민학교를 다녔던 세대
임이 틀림없다. 갑자기 웬 〈엄마 찾아 삼만 리〉냐고? 라 보카La Boca
지역이 탱고의 발생지가 된 이유가 이탈리아 소년 마르코가 〈엄마

찾아 삼만 리〉를 하게 된 배경과 맞닿아 있다. 지금은 IMF 구제금융이 거론될 만큼 극심한 경제난에 직면한 가난한 나라의 대명사로 전락하였지만, 이야기의 배경이 되는 19세기 말 ~ 20세기 초의 아르헨티나는 넘치는 일거리에 일손이 부족하여 해외 노동자의 이민을 대거 받아들여야 할 정도로 부유한 나라였다. 당시 지독하게 가난했던 이탈리아의 수많은 젊은이가 꿈을 찾아 아르헨티나로 몰려왔듯이 마르코의 엄마도 부에노스아이레스의 최남단 항구도시 바이아비앙카로 돈을 벌기 위해 왔다. 그 당시 최초의 항구도시였던 라 보카La Boca는 이탈리아를 비롯한 가난한 유럽 이민자들 300만 명이 몰려들 만큼 호황을 누렸는데 유럽 이민자들은 고향에 대한 향수와 노동의 고달픔을 달래기 위해 노동이 끝나면 밤마다 거리에서 춤과 노래를 즐겼다. 그러나 어찌할꼬! 남자들은 넘쳐나지만 여자들 숫자가 턱없이 부족해서 몇 안 되는 여인들의 눈에 선택되기 위한 남자들의 피나는 경쟁이 시작되었으니…. 춤을 잘 추는 남자가 여인들로부터 선택되다 보니 마치 공작새가 화려한 부채 꼬리로 경쟁하듯 남자들은 누가 더 독특하고 현란한 춤을 출 수 있는지 경쟁을 하였고 그 경쟁의 결과로 지금의 탱고가 탄생하게 되었다고 한다. 그래서 어제 보았던 탱고에서 남자들의 발놀림이 유난히도 현란했나 보다. 화려했던 그 시절의 영화가 사라지고 경제가 나락으로 떨어지면서 이곳은 가난한 노동자와 선원들만이 남았다. 그 때문일까? 라 보카La Boca 역시 우범지역으로 손꼽힌다. 지난주에도 관광 지역으로 구별

되어 있는 곳을 벗어난 관광객이 목 졸림을 당하고 가진 것을 털렸다는 얘기가 들린다. 택시를 타고 라 보카La Boca 지역을 찾아가는데 그런 얘기를 들어서인지 목적지가 가까울수록 주변 건물이나 거리가 을씨년스럽다. 자꾸 고개가 돌아가고 잘못 내리면 어쩌나 하는 괜한 불안감이 든다. 멀리 택시 승강장이 보이고 줄지어 서 있는 택시들이 보인다. 여긴가 보다. 여기는 택시를 타고 오면서 보았던 우중충한 거리의 모습과는 확연하게 다르다. 택시에 내리자마자 Main street인 Caminito가 한눈에 확 들어온다. 강렬한 원색 건물들이 도로를 따라 서 있다. 독특하다. 이곳이 주요 관광지라는 것을 색으로 뚜렷이 구별하고 있다. Caminito 앞에는 화려하고 강렬한 색깔의 드레스를 입은 무희가 탱고를 추며 호객하고 있다.

Caminito. 라 보카에 도착하면 단연 눈에 띄는 건물이다.

빨간 옷의 무희와 모자 쓴 댄서가 고객을 기다리고 있다.

치안이 매우 불안하다더니 빈말이 아닌가 보다. 구석구석 관광 경찰들이 배치되어 있다. 행여 관광에 몰입하다 관광 지역을 벗어나

캘리포니아에서 왔다는 이 커플. 남자는 여자 댄서가, 여자는 남자 댄서가 탱고 춤 포즈를 취하며 사진을 찍어주는데 밀착(?) 강도가 아주 높다.

사고를 당할까 걱정스러워 안전하게 관광할 수 있도록 walking guide를 신청했다. 호텔에 있는 관광안내책자에 라 보카La Boca의 Caminito 앞에 매일 10시부터 walking guide가 출발한다고 되어 있었다. 10시가 되니 흩어져 있던 관광객들이 하나둘씩 모여든다. 그냥 보아도 나처럼 walking guide를 신청한 사람들이다. 5분쯤 지나 키가 크고 건장한 남자가 나타나 모이라고 한다. 오늘 투어를 안내할 가이드란다. 자신은 미국인으로 아르헨티나에 공부하러 왔다가 라 보카에 반해 라 보카에 대한 석사 논문을 쓸 정도로 반해버렸단다. 그 때문에 라 보카의 역사적 흐름에 대해 누구보다 잘 알고 있다고 한다. 투어는 약 1시간 정도 진행되며 돈은 투어가 끝난 다음 받겠다고 한다. 마음에 들지 않으면 중간에 그냥 돌아가도 좋단다. 대단한 자존심이고 배짱 한번 두둑하다.

지금까지 들어본 영어 가이드 중 가장 빠른 스피드로 설명을 시작

가이드 앞으로
모여들고 있는 사람들.
나를 포함 20명이
훌쩍 넘는다.

한다. 순간적으로 들리는 몇몇 단어들로 유추해보는바, 라 보카의
역사적 배경을 설명하고 있다. Caminito 거리를 벗어나 당시 이민
자들을 실어 나르던 항구 쪽으로 자리를 옮겨 또 예의 초스피드 영
어로 설명을 시작하는데 그의 박학한 지식이 놀랍기도 하지만 역사
학자와 같은 전문용어들의 사용으로 귀를 쫑긋해서 들어도 당최 뭔
말인지 알아들을 수가 없다. 이런 상태로 1시간을 끌려다녀? 평소
같으면 영어 실력의 한계를 탓했을 터인데 오늘은 그의 스피드 덕분
에 포기가 한결 빠르다. 그의 빠른 스피드의 영어에도 날카롭게 꽂
히는 이름이 있다. 항구 광장에 서 있는 동상의 인물에 대한 설명.
현재 Caminito의 색감 있는 거리를 있게 한 장본인. 항구의 바닥을
비롯한 거리 모두를 알록달록 색감 있게 만들어 세계의 관광지로 만
든 사람. 베니토 킨케라 마르틴Benito Quinquela Martin.

아르헨티나가 자랑하는 세계적인 화가로 부두 노동자들의 고단한
삶의 모습을 대표적으로 그렸던 화가. 라 보카에서 태어나자마자 버

려져 고아로 자란 불운한 어린 시절을 보냈지만 7살 때 입양되어 아르헨티나가 자랑하는 유명한 화가가 된 이 사람은 유명 화가가 되어 많은 돈을 벌게 되었지만 자신의 부를 자신이 태어난 라 보카를 위해 모두 사용했다고 한다. 라 보카 거리의 알록달록한 색감이 이 화가가 자신의 전 재산을 투자하여 만들어진 거리라 한다.

베니토 킨케라 마르틴의 동상.

가난한 시절 화가의 모습.

자연스럽게 그의 박물관으로 발걸음을 옮긴다. 베니토 킨케라 마르틴 미술관. 그가 살아온 배경을 듣고 나니 유료입장이지만 기꺼이 지갑이 열린다. 생전에 거주했던 방에는 평소 사용했던 그림 도구들과 친구였던 토스카니니가 연주했다고 하는 피아노도 놓여있다. 그림도 그림이지만 옥상에 올라가니 라 보카의 거리가 한눈에 내려다 보인다. 항구가 전면에 보이는 이곳에서 가난하고 고달픈 노동자들의 삶의 모습을 화폭에 담았던 마르틴. 라 보카 사람들은 물론 아르헨티나 국민들의 존경을 받고 있다 한다.

박물관 외벽에 그려진 마르틴 초상.

박물관에서 내려다본 라 보카 港. 알록달록 색감의 길이 예쁘다.

배에서 화물을 옮기고 있는 노동자들. 마르틴의 주요 모델들이다.

태양이 중천에 떠 있다. 뜨거운 햇빛도 아랑곳하지 않고 caminito앞 댄서들은 여전히 화려한 의상을 앞세워 손님 끌기에 바쁘다. 조심조심 관광 지역을 벗어나지 않으려 애쓰며 거리를 돌아다닌다. 울긋불긋 화려한 단색으로 치장한 이 거리가 탄생하게 된 배경엔 슬픈 사연이 묻어있다. 너무 가난해서 한꺼번에 같은 색의 페인트 살 부족해 돈 생기는 대로 사서 그때그때 칠하다 보니 이렇게 알록달록한 거리가 되었다고 한다. 지금은 꾸며진 아름다움이지만 당시엔 가난한 아름

박물관에서 보이는 라 보카 거리. 지금은 꾸며진 아름다움이지만 당시엔 가난한 아름다움이었을 건물들.

다움이었을 건물들.

Caminito 거리 안쪽은 식당가와 상점들이 차지하고 있다. 도로를 면하고 있는 곳은 어김없이 레스토랑이다. 모든 레스토랑엔 탱고 춤을 추는 댄서들이 있고 당연히 탱고곡을 연주하는 작은 밴드(주로 기타와 몇몇 타악기)도 있다. 점심시간이 가까워지는지 레스토랑마다 댄서들이 탱고를 추고 있다. 화려한 군무(솔직히 말하자면 무희들의 옷차림에)에 시선을 빼앗긴다. 밴드와 탱고 댄서들이 있으니 당연히 음식값이 비싸다. 고민하다가 무희랑 밴드가 없는 길 가운데 펼쳐진 노천

식당을 선택했다. 상대적으로 가격이 아주 저렴하다. 아사도랑 엠파나다를 시켜 먹고 있는데 저쪽 식당에선 탱고를 끝낸 댄서들이 객식을 돌며 팁을 걷는다. 그쪽에 안 가길 잘했다. 팁을 줄 만한 적은 돈을 갖고 있지 않아 낭패를 볼 뻔했다.

탱고 쇼가 있는 레스토랑.

식당마다 밴드와 댄서가 있다.

식당이나 시장의 건물들마다 유명인 들의 미니어처들이 세워져있다.

라 보카의 알록달록 거리를 뒤로하고 산 마르틴 광장Plaza Libertador General San Martin으로 이동한다. 산 마르틴? 많이 들어본 이름인데? 맞다. 대성당에 군인들이 지키고 있었던 묘의 주인이다. 그리고 보니 칠레에서도 익숙하게 들었던 이름이다. 마르틴 장군은

산 마르틴 장군의
기마상.

칠레의 독립은 물론 아르헨티나와 남미 해방 전쟁에 잊어서는 안 되는 영웅이다. 그의 이름을 딴 산 마르틴 광장은 부에노스아이레스에서 가장 아름다운 공원이라는 찬사를 듣고 있다.

라 보카를 돌아다니느라 지쳐서인지 아름다움보다는 더위를 피할 에어컨 있는 커피숍이 간절하다. 공원은 시내 한복판에 있어 고즈넉한 아름다움과 여유로움이 가득하긴 하지만 날씨가 너무 덥다. 마침 산 마르틴 공원은 부에노스아이레스에서 가장 화려한 플로리다 거리Calle Florida와 연결되어 있다. 샹젤리제 거리처럼 화려한 가게들을 돌아다니며 아이쇼핑을 한다. 플로리다 거리를 다녀보면 이곳이 구제 금융을 받아야만 하는 가난한 나라라는 사실이 실감 나질 않는다. 어느새 거리가 어두워지고 있다. 몇 군데 더 돌아보고 싶은 곳이 있지만 자칫 헤매다가 더 어두워지면 위험해질까 걱정이 되어 호텔로 발걸음을 옮긴다. 벌써 부에노스아이레스의 마지막 밤이라니…. 뮤지컬처럼 진행한다는 탱고 쇼를 더 보았으면 했는데 아쉽다.

07

저가항공의 악몽

여행 35일 차
오늘은 가슴 두근거리는 일정을 혼자 기대하고 있다. 이 계획을 위해 일정도 바꾸었다. 그런데 저가항공 때문에 다 망쳐버렸다.

어제는 저녁 일찍 잠들었다. 10시도 채 안 되었듯. 그래서인가? 눈을 떴다. 새벽 2시 30분. 너무 이르다. 에라 모르겠다. 그냥 일어나자. 혼자 자는 호텔 방이라 소란을 피워도 누구 잠을 방해하는 일은 없으니 이왕 일찍 일어난 것 짐이나 꾸리자. 이것저것 챙기느라 제법 시간이 지났다고 생각했는데 겨우 30분 지났다. 배낭으로 한 달 넘도록 여행을 하니 배낭 꾸리는 것도 뚝딱 달인이 되었다. 원래 계획은 부에노스아이레스에서 17시간 버스를 타고 아르헨티나 쪽의 이과수를 볼 수 있는 푸에르토이과수Puerto Iguazu로 가는 일정이었는데 페루의 리마에 있을 때, 그러니까 여행을 시작한 지 이틀 만에 급하게 일정을 변경했다. 내가 알지 못했던 정보를 그날 리마의 숙소에 같이 묵었던 한국 청년에게 들었던 까닭이다. 청년에게 그 정보를 듣자마자 일초의 망설임도 없이 일정을 변경했는데 그러려면 처음 계획하였던 푸에르토 이과수로 17시간 동안 버스로 이동하는 것을 포기하고 더 비싼 비행기로 브라질 쪽 국경도시인 포스 두 이구아수Foz do Iguacu로 가야만 했다. 그래도 그게 더 좋았다. 그렇게 해야만 내가 그렇게 원하는 것을 실행할 수 있었으니까. 안데스 항공이라는 저가 항공을 예약하려 하는 데 인터넷 여건이 좋지 않은 곳이라 와이파이가 그나마 잘 되는 숙소 로비에 앉아서 스마트폰으로 예약을 진행하려니 죽을 맛이었다. 안데스 항공 홈페이지는 영어가 지원되지 않아 알지도 못하는 스페인어를 네이버 스페인 사전으로 검색을 해가며 겨우겨우 예약을 진행하는데 매번 제일 마지막 단계인 신용카드 결제에서 에러가 났다. 앞에서도 언급했듯이 남미에서는 VISA 계열의 신용카드만 사용된다. 내가 VISA 계열 카드가 없어 정보를 제공했던 청년의 카드를 빌려 진행하는데 1시간이 넘도록 쩔쩔매고 있다. 제일 마지막에서 에러가 나니 매번 맨 처음으로 되돌아가 다시 하기를 수도 없이 반복, 짜증이 머리끝까지 올랐다. 더 짜증스러운 것은 안데스 항공 홈페이지엔 국가 선택란에 대한민국이 없다. Republic of Korea나 South Korea가 없어 그냥 Others를 선택해야 한다. 안 그래도 짜증이 나는데 이런 것까지 신경을 곤두세우게 한다. 아니 대한민국을 뭐로 보고 기타 국가라니…. 하도 반복을 많이 해서 입력해야 하는 란의 스페인어를 이제는 사전을 찾지 않아도 될 만큼 익숙해졌다. 혹시나 하고 배낭여행 블로그를 검색하니 역시나 나와 같은 왕짜증을 경험한 사람들이 있다. 신용카드로 인터넷 결제할 때 카드 소유자의 국가를 선택하게 되어있는데 이때 반드시 Argentina를 선택해야 결제가 된단다. 왜 그런지 이유는 묻지 말란다. 시키는 대로 하니 그제야 그렇게 애를 먹이던 결제가 순조롭게 진행된다. 이것으로 안데스 항공과의 전쟁이 끝났냐고? 천만의, 만만의 말씀. 저가 항공인 안데스 항공은 보딩 시간이 오래 걸리기로 악명이 높다. 셀프체크인을 미리 해두지 않으면 비행기를 놓칠 수도 있단다. 보통의 항공사는 출발 하루 전에 셀프체크인을 하라고 메일로 알려오는데 안데스 항공은 그런 친절을 베풀지 않는다. 불안한 마음에 어제부터 홈페이지로 체크인을 시도하는데 홈페이지가 계속 먹통이다. 결국 인터넷으로 셀프체크인을 할 수 없어 무려 3시간이나 일찍 공항에 나왔다. 3시간이나 일찍 와서인지 체크인하는 데는 그렇게 시간이 걸리지 않았다. 보딩을 기다리는데 비행기가 계속 delay 된다. 무려 2시간이나. 오우! 저가 항공의 악몽이다. 아무 생각 없이 시계만 쳐다보고 있다. 2시간이 훌쩍 지나고 다시 예고된 보딩 시간도 지났는데 여전히 소식이 없다. 아까는 비행기가 도착하지 않아서라고 대답을 하더니 비행기도 도착했고 승무원들과 보딩 진행 요원들이 1시간 전에 입장했음에도 오래도록 반응이 없다. 갑자기 박수가 터져 나온다. 맨 앞에 줄 서 있던 승객이 손뼉를 치니 함께 줄 서 있던 사람들이 따라 치기 시작한다. 난데없는 박수 소리가 실내에 가득 울려 퍼진다. 빨리 보딩하라는 항의의 박수다. 길게 늘어선 대기 승객들이 분노를 박수 소리에 실어 보낸다. 그래도 소용이 없다. 이렇게 순박한(?) 방법으로 항의해선 답이 나오질 않는다는 것을 우리는 진즉에 알고 있다. 저가 항공의 한계다. 제대로 시간을 지켜주지 못한다. 이들의 횡포에 애꿎은 내가 일생일대의 막대한 피해를 입었다. 저가 항공의 delay를 염두에 두고 늦어도 1시에 도착하는 것으로 스케줄을 짜놓았는데 호텔에 도착하니 오후 4시. 아무것도 진행할 수 없다. 비행기 때문에 하루 일정이 송두리째 날아갔다.

호텔은 역시 브라질 쪽이 훨씬 낫다. 프런트의 직원들도 영어가 훨씬 유창하다. 식사랑 주변 구경을 할 겸 호텔을 나섰다. 날씨가 덥다. 태양도 뜨겁고. 호텔에서 한 블록 지나니 제법 괜찮아 보이는 레스토랑이 있다. 다소 이른 시간이라 손님은 하나도 없다. 멋모르고 들어가 앉았다. 고기 뷔페다. 고기의 각종 부위를 통째로 가져와 식탁에서 먹을 만큼 잘라주는 곳으로 메인은 고기 뷔페인데 일반 뷔페처럼 다른 음식들도 멋지게 차려져 있다. 스시도 보이고. 가격이 좀 세긴 하다. 지금 기억으로 우리 돈 2.5만~3만 원 정도 된 듯하다. 하지만 그만큼 상당히 훌륭하다. 맛도 서비스도. 먹는데 급급하느라 사진 찍을 생각을 못 해 식당 이름을 기억하지 못한다. 브라질 이과수를 가면 다시 싶은 곳이다.

식사를 마치고 호텔에 들어서니 프런트가 난리 법석이다. 오빠야~ 환전소는 어디 있다 카더노? 뭐라 캐쌌노? 하이 톤의 경상도 사투리가 난무한다. 대구 아지매, 아저씨들이 떼로 몰려와 있다. 시끄러웠지만 억수로(?) 반갑다. 엄마야… 요도 한국 사람이 있네? 오데서 왔어예? 호텔 로비를 들어서는 나를 보더니 화들짝 놀라며 반가워한다. 아지매들이 더 적극적이다. 묻지 않아도 다 얘기해 준다. 대구 부부 모임 멤버들인데 모두 18명. 멕시코, 쿠바에서 시작해서 중미, 남미를 돌아보는 100일 투어 중인데 지금 90일째란다. 100일~, 자기네들은 인원이 많아 전문 가이드를 대동하고 다녀 훨씬 수월하단다. 아~, 부럽다. 41일간 남미 여행도 퇴직하고 겨우 감행하는데 3개월이 넘는 기간을 여행하다니? 그것도 그룹으로. 연배는 다들 나보다 조금 많아 보인다. 내가 더 많이 부러웠던 것은 저렇게 함께 다닐 수 있는 친구들이 있다는 것. 마음 맞는 사람들끼리 저렇게 여행을 다닐 수 있으면 얼마나 재미있을까?

ARGENTING
아르헨티나

08

허공에 날아가 버린 스카이다이빙

스카이다이빙….

이과수 폭포를 내려다보며 몸을 날리는 쾌감!

세계에서 가장 멋진 스카이다이빙이라고 소문난 브라질 이과수 스카이다이빙. 남미 여행의 마지막을 이것으로 마무리 짓고 싶었다.

이과수를 내려다보며
점프하는 상상을 하면서….
여행하는 내내
브라질 날씨를 체크했다.
하지만 날씨로 인해
비행이 전면 중지가 되어
다들 망연자실.

원래의 계획은 부에노스아이레스에서 스카이다이빙을 하는 것이었다. 가격 면에서도 가장 저렴했다. 그런데, 페루 리마의 숙소에서 만난 청년으로부터 브라질 이과수 스카이다이빙에 대한 정보를 듣고 계획을 바꾸었다. 행여 날씨 때문에 못 뛰는 경우가 생길지도 몰라 부에노스아이레스에서도 뛰고 브라질에서도 뛰는 게 좋지 않을까도 생각했지만 부에노스아이레스의 스카이다이빙은 대기시간이 길어 하루 일정을 다 소비해야만 했다. 가뜩이나 짧은 일정으로 부에노스아이레스를 돌아보는 것도 시간이 부족해서 몇 군데만 골라보고 있는데 하루를 온종일 희생하기엔 시간이 너무 아까웠다. 그래서 브라질 스카이다이빙에 올인하기로 했다. 이과수를 내려다보며 점프하는 상상을 하면서…. 여행하는 내내 브라질 날씨를 체크했다. 그래도 혹시나 해서 하루 전에 도착해 오후 점프도 가능하도록 비싼 비행기로 이동하는 예비 장치까지 단단히 준비했었는데….

안데스 항공의 어마 무시한 delay로 도착하는 날의 점프는 물 건너 가버렸다. 남은 것은 오늘뿐인데 소풍 가는 아이처럼 새벽에 눈이 떠진다. 불안한 마음으로 창밖을 내려다보았다. 아뿔싸…, 거리가 젖어있다. 비가 온 것이다. 그래도 지금은 오질 않으니 점프는 할 수 있지 않을까? 불안한 마음으로 날이 밝아 오기를 초조하게 기다렸다. 호텔 조식이 지금까지의 호텔 중의 최고였지만 아침을 즐길 여유가 없다. 먹는 둥 마는 둥. 예약을 해둔 터라 스카이다이빙 업체에서 호텔까지 픽업을 오기로 해서 기다리고 있었다. 로비에서 초조하게 기다리고 있는데 시간이 되어도 차가 오질 않는다. 혹시나 하고 메일을 체크하니 이럴 수가? 오늘 날씨로 인해 비행이 전면 중지가 되었단다. 호텔에는 나 외에도 점프하려 했던 몇몇 한국인들이 있었는데 다들 망연자실. 다들 일정이 짜여 있어 내일로 미룰 수도 없는 상황들이다. 차라리 하루 일정을 포기하더라도 부에노스아이레스에서 뛸걸. 후회막급이다. 어제는 날씨가 좋아 이상 없이 뛰었다는데 조금만 일찍 도착했어도 이렇게 아쉽지는 않았을 텐데. 행여나 날씨가 맑아지면 비행이 재개되지 않을까 일말의 희망을 품고 기다려보았지만, 호텔에서 액티비티 투어를 담당하는 직원이 냉정하게 얘기한다. 브라질은 비행 금지가 내리면 하루 종일 이라고. 아~ 이 아쉬움을 어쩐단 말이냐…. 오후가 될수록 쨍쨍 맑아 오는 하늘이 저렇게 원망스러울 수가 없다. 뒤돌아보며 후회하면 무엇 하랴. 깨끗이 미련을 접고 이과수 폭포 투어에 나선다. 이과수 폭포까지는 가까운 거리여서 택시를 탔다. 오후 하늘이 진짜 쨍쨍하다. 바람도 없고 점프하기에 정말 좋은 날씨다. 이과수 폭포에 도착해서 티켓팅을 하면서도 아쉬워서 현지 전화기를 빌려 전화를 해본다. 날씨가 정말 좋은데 혹 뛸 수 있지 않겠냐? 비행이 금지되면 all day 금지라는 교과서적인 같은 답변만 들린다. 아~~. 이 섭섭함을 어찌 이루 말할 수 있으랴! 그때의 아쉬움이 지금도 깊은 미련으로 남아있다.

이과수 폭포에 집중하자. 이과수 폭포는 세계 3대 폭포라는 빅토리아, 나이아가라 중 크기나 규모로 비교해도 단연 으뜸이라 한다.

이과수 폭포 조감도.

아직 빅토리아를 보지 못해 단언하긴 어렵지만 각종 자료에 그렇게 나와 있다. 나이아가라폭포가 미국과 캐나다의 국경으로 나누어져 있는 것처럼 이과수 폭포는 브라질과 아르헨티나의 국경에 걸쳐 있다. 브라질에서 접근하는 경로가 있고 아르헨티나에서 접근하는 경로 둘로 나누어져 있다. 비율은 브라질 쪽이 20% 아르헨티나 쪽이 80%를 차지하고 있다. 여기서 역사 공부 한자락. 원래 이과수 폭포는 파라과이 영토였다.

이과수 폭포는 이과수 강이 파라나 강과 만나는 합류점에서 상류 쪽으로 23km 지점에 있다. 말발굽 모양으로 높이는 82m 너비는 북아메리카에 있는 나이아가라 폭포의 4배인 4km에 달하며, 275개의 크고 작은 폭포들로 이루어져 있다. 강의 이름과 마찬가지로 폭포의 이름도 과라니어로 '거대한 물'을 뜻한다. 1800년대 중반만 해도 이과수는 파라과이 땅이었으며 이 당시 파라과이의 국력은 막강했다. 파라과이는 브라질이 우루과이를 자신의 편으로 만들려고 하는 것을 저지하려다가 브라질과 전쟁을 하게 되었는데 당시 파라과이 병력은 6만이고 브라질은 3천 정도였기에 쉽게 이길 것으로 생각하였으나 그것이 오산이었다. 전쟁의 양상은 당시 파라과이와 분쟁 관계에 있던 아르헨티나가 개입하여 파라과이 대 브라질, 아르헨티나, 우루과이 삼국동맹으로 확대되었다. 땅덩어리가 크고 인구가 많은 국가와의 전쟁에서 이기기가 쉽지 않아 파라과이는 시간이 갈수록 수세에 몰려 결국 전쟁에 패하게 되었다. 전쟁에 패했을 때 항복을 했으면 좋았을 것인데 게릴라전을 전개하여 끝까지 저항한 것이 국가를 완전히 초토화하게 만들었다. 브라질, 아르헨티나, 우루과이가 파라과이에 들어와 파라과이 국민 절반을 죽음으로 몰고 가게 되었고, 특히 남자는 90%가 죽었다고 한다. 그리고 이과수도 브라질, 아르헨티나에게 거의 다 빼앗기게 되었다. (출처 : 다음 백과사전을 중심으로 재편집)

남미를 여행하면서 각 나라마다 역사를 돌아보니 지도자가 얼마나 중요한지를 매번 깨닫는다. 브라질에서 가장 부유한 곳이라는 이과수 지역. 전 세계 관광객을 빨아들이는 관광 수입 등을 생각하면

파라과이 국민들이 갖는 상실감이 어떠할지….

　스카이다이빙을 못 한 아쉬움을 애써 털어버리고 셔틀버스에 오
른다. 셔틀버스는 브라질 쪽 이과수가 흐르는 방향을 거슬러 올라가
게 되어 있는데 제일 위에서 보고 내려오는 것보다 중간쯤에서 내려
걸어 올라가는 것을 추천한다. 제일 위쪽의 폭포가 하이라이트인데
미리 보고 내려오면 하류 쪽 폭포가 별로인 까닭이다. 셔틀버스를
중간에 내려 데크 깔린 길을 따라 걷는다. 제일 먼저 맞은편에 보이
는 아르헨티나 쪽 폭포와 데크 깔린 길이 눈에 띈다. 저쪽도 관광객

이과수 폭포 정면 모습.

브라질 쪽 폭포들. 바로 옆인데도 굉음이 그리 크지 않았다.

이 상당하다. 차지하는 비중이 20%밖에 안 되어서인지 브라질 쪽 폭포는 마치 미국 쪽 나이아가라 같다. 그냥 덩치 큰 녀석이 별 멋없이 서 있는 느낌이다. 폭포 바로 밑에까지 가보아도 별로다. 나이아가라 동굴 투어를 했을 때 폭포 뒤에서 들었던 두두두~~하는 심장을 쿵쾅거리게 했던 굉음을 기대했는데 거기에 한참 미치지 못한다.

"오, 불쌍한 나이아가라(Oh, poor Niagara)!" 이과수 폭포를 본 루즈벨트 대통령 부인 엘리노어가 한 말이다. 그런데 브라질 쪽 폭포를 보면서 도저히 그 말에 동의하기 어려웠다. 나이아가라 폭포를 미국 쪽과 캐나다 쪽 둘 다를 보았는데 개인적으로는 캐나다 쪽에서 보고

쿠아치Quati. 너구리과 동물. 산책로에 뻔질나게 나타나는 녀석. 슬금슬금 다가와 가방도 뒤지고 매달리기도 하는데 할퀴고 물기도 하니 조심해야 한다. 그냥 보기만 하는 게 좋다.

느꼈던 것과 비교해서 오히려 나이아가라가 낫다고 생각했기 때문이다. 브라질 쪽에서는 폭포의 위용도, 아름다움도 그렇게 강렬하게 느끼지 못했다. 내일 보게 될 아르헨티나 쪽이 어떨지는 모르겠지만 아직은 루즈벨트 부인의 말에 동의하기 어렵다.

09

이과수야 미안해!

여행 37일 차 이과수 폭포를 제대로 돌아보려면 꼬박 이틀하고도 부족하다. 대강을 훑어도 이틀은 족히 걸린다. 브라질 쪽에서는 산책로를 통해 아르헨티나 쪽 전망과 폭포의 굵은 면을 보며 헬기 투어를 통해 전체를 돌아볼 수 있고 아르헨티나 쪽은 가장 메인이라는 '악마의 목구멍'을 비롯하여 개별 폭포들을 아주 가까이에 볼 수 있는 즐거움이 있다. 특히 브라질 쪽 헬기투어에 대응하는 보트 투어가 있는데 보트 투어는 '완전 강추다 강추'

스카이다이빙 업체에서 연락이 왔다. 오늘은 가능하단다. 쾌재를 부르며 나가질 못한다. 어제의 브라질 쪽 투어는 과감하게 생략할 수 있어도 오늘 아르헨티나 쪽은 그럴 수 없다. 왜냐고? 스카이다이빙을 하게 되면 악마의 목구멍 보트 투어나 낮은 산책로와 높은 산책로 중 하나를 포기해야만 하기 때문이다. 고민 고민하다가 스카이다이빙은 다른 곳에서도 할 수 있지만 이과수 폭포는 이곳 아니면 못 보는 것이라 스카이다이빙을 깨끗하게 포기를 한다. 하늘이 무지 맑다. 아니면 아쉬운 마음에 더 그렇게 보이는 것일까? 아르헨티나 쪽 이과수 폭포 투어를 나선다. 오전에 '그랑 아벤투라Gran Aventura'라는 보트 투어를 먼저 하고 나중에 산책로 탐방을 하는 걸로 스케줄을 잡았다. 가이드북에 의하면 그랑 아벤투라를 하기 위해선 지프로 정글 안으로 들어가는 정글 사파리를 한다고 되어 있어서 동물들이 튀어나오는 아마존의 정글을 기대했다. 티켓팅을 하고 지정장소에서 기다리니 차가 오는데 지프가 아니라 트럭이다. 많은 사람이 탈 수 있도록 개량하여 의자를 놓았다. 차가 출발하자 소속된 투어가이드가 영어와 스페인어로 설명을 하는데 길이 너무 잘 닦여있다. 비포장도로이긴 하지만 정글 사이로 길이 잘 나 있어 동물 구경은 애당초 글렀다. 그냥 정글이 아닌 깊은 숲속을 차로 이동하는 느낌이다. 얼마를 달렸을까? 모두를 내리게 한 후 강 쪽으로 내려가게 한다. 아래쪽으로 내려가니 물벼락에 대비해서 옷을 갈아입게 하고 갈아입은 옷이랑 가방들을 보호하도록 두꺼운 비닐봉지를 하나씩 나누어준다. 나는 아예 갈아입지 않아도 되도록 잘 마르는 옷으로 입고 왔지만 외국인들, 특히 외국 여인네들은 비키니 가까운 탱크톱 차림도 많다. 구명조끼를 단단하게 착용하고 이과수 강을 거슬러 올라간다. 어제 브라질 쪽에서 보았던 폭포들을 빠르게 지나간

보트 타기 전에 보이는 아르헨티나 쪽 폭포들.

다. 여느 보트답지 않게 속도가 빠르다. 일어서서 사진도 찍는다. 그냥 이렇게 폭포를 구경하나 보다. 아주 어마어마한 물보라를 일으키는 거대한 폭포를 조금 멀리 두고 보트를 돌려 모든 사람이 사진을 찍을 수 있도록 배려한다. 사진을 찍고 나선 소지품 잘 챙기라는 안내를 하곤 다시 보트가 밖으로 나간다. 벌써 끝? 그게 아니다. 바깥쪽으로 나갔던 보트는 크게 유턴을 하더니 마주 보이는 폭포 속으로 그냥 질주를 한다. 어우……. 폭포 물을 맞는 느낌이 어마어마하다. 더구나 저렇게 높은 곳에서 떨어지는 낙차 큰 물줄기를 온몸으로 맞

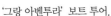

'그랑 아벤투라' 보트 투어.

여기서 보이진 않지만
저 뒤 무지개 왼쪽 끝
폭포로 들어간다.
나중에 알게 된
사실이었지만
그곳이 '악마의 목구멍'
아래쪽이었다.

다니…. 물이 코로 입으로…. 정신을 차릴 수가 없다. 물도 물이지만 폭포 떨어지는 굉음도 어마어마하다. 우르르 쾅쾅…. 아…. 뭐라고 표현할 수가 없다. 배가 다시 폭포 밖으로 나왔는가 싶은데 또 들어간다. 처음 멋모르고 당했을 땐 당황했지만 두 번째는 아…, 정말 재미있다. 스릴도 넘치고…. 배가 다시 나오자 모두 한목소리로 외친다. "One More! One More!" 반응이 좋으니 선장이 신이 났다. 무려 다섯 번을 드나들었다. 온몸이 흠뻑 젖었지만 즐거움으로 마음도 흠뻑 젖었다. 예상치 못한 즐거움, 기쁨. 아~ 정말 재미있다. 스트레스가 확 풀린다. 이과수를 가게 되면 꼭 해 볼 것을 강추한다.

아 정말 신난다. 보트 투어는 끝났지만 그 감동은 여전하다. 다시 투어 코스로 데려다줄 차를 기다리면서 다들 얼굴에 어린아이 같은 미소가 어려 있다. 잠시나마 여행의 고단했던 피로와 마음의 짐들을 폭포수로 씻어낸 것 같다. 아르헨티나 쪽은 브라질 쪽보다 훨씬 크고 길어서 셔틀버스가 아닌 트램 기차가 운행된다. 그럼에도 낮은 산책로와 높은 산책로 코스를 다 돌아보려면 상당한 시간이 걸린다. 이리저리 왔다 갔다 하다가 이과수 폭포의 최고 하이라이트라는 악마의 목구멍Garganta del Diablo을 못 볼까 하는 걱정에 곧장 악마의 목구멍을 보러 간다. 트램에 내려서 데크 길을 따라가는데도 수십 개의 폭포가 즐비하게 늘어서 있다. 여기서의 아주 작은 폭포의 위용도 우리나라의 어지간한 폭포보다 크다. 어제 브라질 쪽과는 비교할 수가 없다.

루즈벨트 부인이 Oh, poor Naiagara! 라고 충분히 할만하다. 이세 그 말에 전적으로 동의한다. 입이 다물어지시시 않는다. 악마의 목구멍을 보기도 전에 이러면 어쩌지? 길을 따라 제법 걷는다. 영화 미션에서 가브리엘 신부가 올랐던 폭포가 어디 있을까? 궁금해진다. 영화 속 장면을 생각하며 비슷한 폭포를 찾아보는데 폭포가 많아도 너무 많다. 무려 275개라니···. 한참을 걸어간다. 데크 길이 끝나는 곳에 사람들이 잔뜩 몰려있다. 저기다 저기!!! 드디어 도착했다. 그런데 할 말을 잃고 말았다. 도저히 말로 표현할 수가 없다. 그냥 폭포를 보면서 우와~ 와~ 우와~~. 감탄만 하고 있다. 폭포 앞에 쓰여 있던 글이 이제야 무슨 뜻인지 이해가 된다. "Do not try describe it in your voice" 당신의 언어로 묘사하려 애쓰지 마라. 악마의 목구멍Garganta del Diablo. 진짜 악마의 목구멍 같다. 보고만 있어도 그냥 빨려들 것만 같다. 우기에는 1초당 1만 3천여 톤의 물이 떨어진다고 한다. 악마의 목구멍이라 불리는 이유는 엄청난 물의 양 때문에 무시무시하기도 하겠지만 또 다른 이유도 있다. 악마의 목구멍을 1분 동안 보고 있으면 근심이 사라지고 10분 동안 보고 있으면 인생의 시름이 없어지고 30분을 바라보고 있으면 영혼을 빼앗긴다고 한다. 실제로 샌프란시스코의 골든게이트보다 자살률이 높다는 통계도 있다 하니 빈말은 아닌 듯하다. 나도 한참을 넋 놓고 보고 있었더니 기분이 묘해졌다.

많은 사진을 찍었지만 사진으로도 악마의 목구멍을 표현할 수가 없다. 솔직히 더 보고 싶었다. 혼자 왔으니 누가 빨리 가자고 재촉하는 사람도 없고. 오래도록 보고 있으니 이상하게도 사람을 끄는 묘한 힘이 있다. 그냥 멍해졌다. 무엇에 홀린 듯하다. 이래서 악마의 목구멍이라고 하는가 보다. 악마에게 영혼을 빼앗길까 서둘러 목

악마의 목구멍으로 걸어가는 입구.

악마의 목구멍.

구멍을 빠져나온다. 지금부터는 본격적인 폭포 투어에 나선다. 높은 산책길은 폭포를 위에서 감상하고 낮은 산책길은 폭포가 떨어지는 바로 밑에서 감상하게 되어있다. 어디가 좋으냐고? 둘 다 좋다. 하지만 하나만 고르라고 한다면, 개인적으론 낮은 산책로가 폭포를 아주 가까이에서 볼 수 있어서 더 좋았던 것 같다. 물론 보트 투어 후 다니면서 말랐던 옷들이 다시 젖는 불편을 감수해야 한다. 코너마다 계속 감탄이 터져 나온다. 먼저 높은 산책로로 들어선다. 높은 산책로는 폭포를 멀리서도 볼 수 있지만 몇몇 폭포는 낙차가 시작되는 초입 부분에 데크가 놓여 있어 아찔한 경사를 발밑으로 체험할 수 있다.

높은 산책로에서 본 악마의 목구멍.

이제 높은 산책로를 돌아 낮은 산책로로 들어선다. 영화 미션에서 가브리엘 신부가 올랐던 폭포가 낮은 산책로 쪽에 있다고 되어 있던데. 여기다 여기. 높은 산책로와 낮은 산책로가 만나는 지점의 귀퉁이. 폭포를 내려다보니 맨손으로 오르는 가브리엘 신부의 모습이 보이는 것 같다. 어디선가 '가브리엘의 오보에' 소리도 들리는 것 같다. 낮은 산책로는 높은 산책로와 달리 폭포 아래쪽을 감상할 수 있도록 데크 길이 놓여있어 폭포를 바로 옆에서 볼 수 있다.

영화 '미션' 에서 가브리엘 신부가 올랐던 폭포. 일명 세 개의 줄기로 뻗어 삼총사 폭포.

얼마나 걸었는지 다리가 뻐근하고 허기가 진다. 돌아가는 버스가 늦어 더 지치고 힘든 걸음으로 숙소로 돌아왔다. 너무 늦어 주변 식당이 문을 닫아 늦게까지 문을 열고 있는 고급 식당에 간 기억이 난

날씨가 흐렸다 맑았다 하는데 그때마다 폭포가 다르게 보인다 사진으로 표현할 수 없는 아름다움과 장대함. 이과수 앞에서는 할말을 잊는다.

낮은 산책로에서 찍은 사진.

다. 이과수를 보았으니 이 정도는 먹어도 된다는 호기를 부렸던 기억이 난다.

아…, 이과수…. 아…, 아르헨티나 그리고 남미…. 다시 한번 말하지만 남미는 꼭 가봐야 한다. 시들해질 법한 여행의 막바지에도 남미는 여전히 실망시키지 않는다.

PART 06

BRAZIL
브라질 🇧🇷

잊지 못할 리우 항의 석양

빵산. 실제 이름은 팡 데 아수카르Pao de Acucar.
바다 위로 우뚝 솟은 바위산인데 포르투갈어로
설탕 빵이란 뜻이다. 산의 생긴 모습이
설탕을 쌓아 올린 모습과 비슷하다 하여 붙여졌는데
한국 사람들은 그냥 쉽게 빵산으로 부른다.

01

잊지 못할 리우 항의 석양

여행 38일 차 리우 데 자네이루Rio de Janeiro, 줄여서 그냥 리우라 부르는, 삼바 춤을 추는 리우 카니발로 더 유명한 도시. 1960년까지 브라질의 수도였고 올림픽까지 치른 도시 리우. 그런데 그런 리우를 제대로 보지 못하고 수박 겉핥기처럼 쓱 지나치고 말았다.

이과수의 감격을 뒤로하고 마지막 여행지 리우 데 자네이로 행 비행기에 몸을 실었다. 깜박 졸았나 싶은데 벌써 도착했다. 2시간이 채 걸리지 않는다. 리우의 유명한 해변 코파카바나Copacabana 근처에 호텔을 정하고 서둘러 빵산으로 향한다. 원래는 일요일에만 열린다는 이파네마Ipanema 해변의 히피 시장을 돌아보고 해변 근처의 기암절벽 위로 지는 석양을 보려 했는데 어제 한국인 관광객이 이파네마 해변에서 목 졸림을 당하고 소지품을 모두 빼앗겼다는 소식을 들어 그쪽 일정은 포기하였다. 브라질이 아르헨티나보다 더 무서운 것은 강도들이 총기를 소유하고 있기 때문이다. 사진을 찍기 위해 카메라를 들면 오토바이로 채어 가거나 아예 힘으로 뺏는 경우도 많고 아이들이나 여자들이 다가와 옷에 아이스크림이나 오물을 쏟고 당황해하는 틈을 타 가방이나 지갑을 털었다는 소식은 블로그에도 넘쳐난다. 〈뽀그대 뿌러!〉 복대 풀라는 말이다. 한국인들이 주머니 외에 복대를 차고 있다는 것을 어떻게 알고 강도들이 말한다는 서툰 한국말이란다. 이런 지경이니 유명 관광지에서 자칫 일정이 늦어져 낭패를 볼까 하여 서두르고 있다.

빵산. 실제 이름은 팡 네 아수카르Pao de Acucar. 바다 위로 우뚝 솟은 바위산인데 포르투갈어로 설탕 빵이란 뜻이다. 산의 생긴 모습이 설탕을 쌓아 올린 모습과 비슷하다 하여 붙여졌는데 한국 사람들은 그냥 쉽게 빵산으로 부른다. 이곳이 유명한 이유는 이곳에서 세계 3대 미항 중 하나라는 리우 항의 절경을 한눈에 볼 수 있기 때문이다. 코파카바나, 이파네마 해변은 물론 코르코바두 예수상까지 한눈에 다 볼 수 있다. 택시에서 내리니 묘하게 생긴 바위산이 우뚝 서 있다. 한 눈에도 빵산임을 알 수가 있다. 빵산을 오른다. 아니 빵산을 오르는 케이블카를 탄다. 빵산은 2개의 케이블카로 연결되어 있는데 1차는 우르카 언덕까지 가서 그곳에서 다시 2차 케이블카로 갈아타야 한다. 높은 곳이라 케이블카의 경사도 상당하다. 사람들이 많아 한참을 기다려 순서가 되었다. 빵산에서 보는 리우 항의 석양이 최고라는데 혹 늦어 석양을 놓칠까 조바심이 난다.

위로 보이는 언덕이 우르카, 오른쪽이 빵산 이다.

케이블카를 한번 더 타야 한다.

정상에 오르니 나처럼 석양을 보려는 사람들로 넘쳐난다. 장애물 없이 사진을 찍고 싶은데 다들 앞쪽으로 몰려있어 사진은커녕 경치를 보기도 어렵다. 이쪽저쪽 기웃거리다 드디어 틈새를 발견, 눈치 주는 걸 무시하고 비집고 앞쪽으로 나선다. 아…. 탄성이 터진다. 세계 3대 미항이라더니 역시나…. 세계 3대 미항은 나폴리, 시드니, 리우를 말한다고 한다. 아직 시드니는 가보질 못해서 잘 모르겠지만 나폴리는 옛날의 나폴 리가 아니던데…. 낡고 지저분하고. 세계적인 미항이라는 기대감을 갖고 찾았다가 실망만 하고 돌아섰던 터라 혹시나 이곳도 했는데 그게 아니다. 멋진 요트들이 섬처럼 정박해 있고 그 위를 석양이 아스라이 비춘다. 한 폭의 멋진 그림 같다. 멀리서 보아서일까? 어쩌면 나폴리 항도 이곳처럼 멀리서 지는 해거름에 보았으면 그 명성에 걸맞은 아름다움으로 느끼지 않았을까? 저 멀리 코르코바두 예수상도 보인다. 줌으로 당겨보지만 너무 멀다. 요트 선착장 옆으로 보이는 코파카바나 해변도 예쁘다. 사진 찍는 것도 잊고 경치 삼매경에 빠져있다. 이런 경치니 앞쪽 자리의 틈이 잘 나지 않는 게 당연하다.

해가 완전히 졌다. 사방에 어둠이 내렸지만 리우 항은 여전히 아름답다. 더 보고 싶은 마음이 굴뚝같았지만 돌아갈 길이 걱정되어 발길을 돌렸다. 브라질은 언제쯤 마음 놓고 관광할 수 있을까? 아쉽기만 하다.

탄성이 터질 만큼 아름답다. 세계적인 미항美港. 딱 맞는 표현이다.

석양을 보려는 사람들로 꽉 차 있는 전망대. 한번 서면 여간해선 자리가 나질 않았다.

빵산에서 석양을 보고 제법 어두워져서야 호텔로 돌아왔다. 저녁을 먹은 후 남미를 떠날 짐 정리를 한다. 배낭을 메어서 제대로 가져온 것도 없었지만 여행의 끝자락까지 함께 견뎌준 옷들을 보면서 버려야 하나 가져가야 하나 갈등을 한다. 효용 가치론 당연히 버려야 하지만 옷들을 보니 마추픽추가 생각나고 모레노 빙하가 생각나 쉽게 버리질 못한다. 옷이 아니라 추억이 되어버린 것이다. 짐 정리를 마치니 밤 10시가 넘은 시각. 바로 코앞이 코파카바나 해변인데 남

리우 항의 야경, 여전히 아름답다.

미 여행의 마지막 밤에 이렇게 일찍 잠들어야 하나? 혼자 밤거리를
나섰다가 봉변이라도 당하면? 그래도 너무 아쉽다. 나가자. 나가보
자. 대신 행여 사건이 발생할 수 있으니 비록 분실한 다음 얻은 구형
폰이긴 하지만 지금까지 찍었던 사진들을 따로 저장 해둔다. 돈은
하나도 들고 가지 않고. 혹 불상사를 당하면 깔끔하게 휴대폰만 잃
어버리는 걸로…. 해변으로 나선다. 해변까진 불과 10여 분. 그런데
가로등이 제대로 없어 지나다니는 자동차 불빛에 의지해 걷는다. 해
변에 도착하니 한국의 해변과는 달리 불빛들이 그렇게 많지 않아 화
려하진 않다. 군데군데 라이브 카페가 있고 어떤 곳은 광란의 춤 잔
치가 벌어지고 있다. 처음엔 겁이 나서 사진 찍기가 두려웠는데 조
금 있어 보니 그렇게 위험스럽지는 않은 느낌이다. 용감하게 휴대폰
을 꺼내어 사진을 찍는다. 얼마나 지났을까? 문득 이 수많은 사람 중

에 사진을 찍고 있는 사람은 나밖에 없다는 사실을 깨닫는다. 관광객으로 보이는 사람들도 무리 지어 다닐 뿐 아무도 사진을 찍지 않는다. 순간, 등골이 오싹해진다. 휴대폰을 주머니에 넣고 행여 다가오는 사람이 없는지 주변에 신경을 곤두세운다. 많이 늦었다. 해변은 내일 아침에 다시 보자. 오늘은 혼자 용감하게 해변을 다녀왔다는 사실만으로 위안을 삼자. 혼자라서 몹시 아쉬운 리우의 밤이다.

해변에 있는 카페
광안리 해변 같은 그런 느낌이었다.
이곳에선 요란한 밴드에 맞춰
춤 잔치가 벌어졌다.
함께 즐기고 싶을 만큼
흥겨운 음악이었다.

BRAZIL
브라질

02

코파카바나 해변의 비키니

여행 39일 차
남미 여행의 마지막 날이 밝았다. 입고 버리려고 가져왔던 낡은 옷들은 여행 중간중간 나름 잘 처분하였음에도 배낭 무게는 여전한 듯하다. 출발할 때 꺾어지듯 아팠던 허리는 여행 다니는 동안 나도 모르게 나은 것 같다. 하루에도 몇 번씩 배낭을 들었다 놓았다 반복하다 보니 허리 근육이 절로 좋아진 게 아닐까?

남미 마지막 날. 저녁에 미국행 비행기를 타야 하니 일정이 바쁘다. 각 나라에서 보내온 2,000여 개의 타일로 장식된 셀라론 계단 Escadaria Selaron을 가보고 싶었는데 그렇게 되면 시간에 쫓겨 코르코바두 예수상Corcovado Cristo Redentor을 보지 못할 수도 있을 것 같다. 익숙지 않은 거리를 헤매다 두 개를 다 놓칠 수도 있어 셀라론을

코파카바나 해변 _ 브라질 역시 하늘이 좋다. 남미의 하늘은 잊을 수가 없을 것 같다.

부상당한 병사 _ 코파카바나 18요새의
반란 기념 동상.

포기하고 예수상만 보기로 한
다. 덕분에 오전 시간이 다소 여
유가 있다. 어젯밤에 못다 본 코
파카바나 해변을 간다. 아침이
라 밤보다는 덜 위험하겠지? 날
씨가 더워서인지 이른 아침인데
도 수영하는 사람들이 있다. 해

변 끝에서 끝까지 걸어본다. 밤보다는 낮의 코파카바나가 낫다. 아
찔한 비키니의 여인들도 많다.

점심을 먹고 서둘러 코르코바두 언덕으로 간다. 거대한 예수상을
보기 위함이다. 오후가 되면 관광 차를 대동하고 전 세계 관광객이
한꺼번에 몰리니 그들이 오기 전에 티켓팅을 해야 한다. 단체 관광
객이 몰려들면 구경은커녕 사진조차 제대로 찍지 못할 수도 있단다.
급한 마음에 엘리베이터를 내리자마자 계단을 뛰어 올라간다. 헉헉
거리고 올라가서 보니 바로 옆에 에스컬레이터가 있다. 약삭빠른 고
양이 밤눈 어둡다더니. 계단을 오르니 예수상의 뒷모습이 먼저 보인

코르코바두 언덕이 리우의 중심에 있어 리우의 경치가 한눈에 다 들어온다. 예수상을 보려
다 리우의 경치에도 빠져든다. 멀리 빵산도 보인다.

아쉽게도 강렬한 태양이 역광이다. 이 사진을 찍으려면 카메라맨은 거의 바닥에 누워야 한다.

다. 과연 거대하긴 거대하다. 손바닥 길이만 3m라고 한다. 코르코바두 언덕의 예수상은 1931년 브라질 독립 100주년을 기념하여 세워진 것인데 파리의 에펠탑처럼 브라질을 대표하는 상징물로 우뚝 서 있다. 앞쪽으로 가니 벌써 사람들로 가득하다. 좁은 언덕이라 거대 예수상이 카메라 렌즈에 다 들어오질 않아 다들 각종 해괴한 포즈로 사진을 찍는다. 찍히는 사람의 포즈가 이상한 것이 아니라 찍는 사람의 포즈를 말하는 것이다. 바닥에 엎드려 찍는 것은 기본이고 아예 드러누워 찍는 사람도 있다. 거대한 예수상을 카메라에 담으려는 노력이 눈물겹다.

공항으로 발길을 돌린다. 저녁 8시 40분 마이애미행. 그곳에서 댈

러스를 거쳐 인천공항까지 또 하루를 꼬박 가야 한다. 여행의 마지막 종착지 리우. 건강하게 무사히 여행을 마칠 수 있어 감사하다. 스마트폰도 잃어버리고 고산증세로 힘겹게 여행했지만 덕분에 여행 내공이 많이 강해졌다. 시간이 허락하는 대로 아내와 함께 꼭 다시 오겠다는 다짐을 한다. 문득 아쉬워 고개를 돌리니 멀리 코르코바두 예수상

장난스럽게 포즈를 취했지만 여행을
건강하게 무사히 마치게 되어 감사한 마음이
절로 들었다. Thank you Jesus.

의 실루엣이 내게 작별 인사를 건넨다.

Adios~~ .

"그냥 먼 그림으로 생각했던 남미가 구체적인 희망 여행지로 자리매김 했으면 한다"

2009년 여름 한 달 동안 아내, 두 딸과 함께 렌터카로 유럽을 여행했다. 지금은 보편화되었지만 당시 렌터카 유럽 여행은 쉬운 도전이 아니었다. 한 달 내내 유럽 곳곳을 헤집고 다니면서 만들어진 추억은?아직도 행복 그 자체로 남아있다.

오래전 내게 유럽 여행의 꿈을 심어 준 대학 선배가 있다. 그는 유럽이 모두의 로망이던 시절, 2주간의 가족 유럽 여행기를 인터넷에 올렸었다. 당시 직장인이 2주일간 휴가를 낸다는 것이 가족들과 유럽을 가는 것보다 힘든 일이었지만 그 선배는 해내었고 내게는 꿈을 심어 주었다. 선배 가족의 여행기를 읽으면서 나도 큰딸이 6학년이 되면 가족들과 유럽을 다녀오겠노라고 마음먹었다. 계획보다 늦어지긴 했지만 그 결심을 실천에 옮겼다. 2주가 아닌 한 달 동안. 나의 여행기를 읽은 후배들은 더 큰 꿈을 꾸었고 그들은 나보다 훨씬 저렴한 비용으로 더 멋지게 자동차 유럽 여행을 다녀왔다.

또 다른 선배가 있다. 유럽 여행도 쉽지 않던 시절 남미를 다녀왔던 그 선배의 여행기를 읽으며 나는 남미여행이라는 또 다른 꿈과 목표를 가졌다.

그 결심은 쉽게 실천하기 어려웠다. 직장인에겐 돈만큼 시간도 문제였으니까. 그리고 지금, 남미의 모든 것이 내 눈과 마음속에 깊이 새겨져 있다.

여행기를 읽으며 나는 부러워만 하지 않고 도전하고 닮아가는 사람이 되었으며 덕분에 꿈을 이루어가는 새로운 인생을 보내고 있다. 이번 여행기를 그런 마음으로 썼다. 누군가에게 나도 그 선배처럼 되기를 바라면서...

누구나 다 은퇴를 한다. 먼저 은퇴한 선배의 한 사람으로서 이 글이 앞으로 은퇴할 후배들에게 새로운 도전의 디딤돌이 되었으면 한다. 그냥 먼 그림으로 생각했던 남미가 구체적인 희망 여행지로 자리매김 했으면 하는 바람이다. 그래서, 더 멋지고 더 즐겁게 남미를 다녀오시는 분들이 많아졌으면 좋겠다.

내게 여행의 도전과 영감을 주신 두분 선배께 깊이 감사드린다.

무엇보다 30년의 직장생활을 마감하며 시작한 41일간의 여행을 응원해 준 아내가 없었다면 나의 도전은 꿈으로만 머물렀을 것이다.
물론 그 시간이 아내에게도 행복한 시간이 되었음을 믿어 의심치 않
는다. 사랑합니다.

41일간의 남미 여행

건강하게 무사히
여행을 마칠 수 있어 감사하다.
휴대폰도 잃어버리고 고산증세로
힘겹게 여행했지만
덕분에 여행 내공이 많이 강해졌다.
시간이 허락하는 대로 아내와 함께
꼭 다시 오겠다는 다짐을 한다.

✿